KB251599

Binder

바인더

바인더 4

이새인 판타지 장편 소설

초판 1쇄 찍은 날 § 2002년 10월 5일
초판 1쇄 펴낸 날 § 2002년 10월 15일

지은이 § 이새인
펴낸이 § 서경석

편집장 § 문혜영
편집 § 장상수 · 박영주 · 김희정 · 권민정 · 이종민 · 연종은
마케팅 § 정필 · 강양원 · 김규진 · 안진원

펴낸곳 § 도서출판 청어람
등록번호 § 제1081-1-89호
등록일자 § 1999. 5. 31
어람번호 § 제1-0300호

주소 § 경기도 부천시 원미구 심곡1동 350-1 남성B/D 3F (우) 420-011
전화 § 032-656-4452 팩스 § 032-656-4453
http://www.chungeoram.com
E-mail § eoram99@chollian.net

ⓒ 이새인, 2002

값 7,500원

ISBN 89-5505-449-1 (SET)
ISBN 89-5505-497-1 04810

※ 파본은 본사나 구입하신 서점에서 교환하여 드립니다.
※ 저자와 협의하여 인지를 붙이지 않습니다.

이새인 장편 소설

Binder

바인더

4 미궁 ● 완결

도서출판
청어람

목차  4 미궁

제8화

혼자 꾸는 꿈

혼자 꾸는 꿈 12

주변을 돌아보며 민주는 자기도 모르게 몸을 떨었다. 그녀가 밤늦게 걸어가고 있는 곳은 오래된 빌라촌이었다. 건물들은 대부분 헐려 있었고 사람도 거의 살지 않는지 불 켜진 집이 몇 집 없었다. 여기저기 부서진 건물들은 어둠 속에서 웅크린 괴물처럼 보였다.

위이이잉… 위이이잉…….

"으…… 가지가지 하는군."

바람이 불어 나무들까지 윙윙 울어대며 흔들리자 민주는 식은땀을 흘렸다. 혹시 잘못 찾아온 게 아닐까 싶어 비상연락망에서 적어온 수경의 집 주소를 다시 한 번 들여다보았다. 산호빌라 D동 302호. 맞긴 맞았다. 바로 눈앞에 있는 귀신 나올 것처럼 낡은 건물에 '산호빌라'라고 적혀 있는 걸 보니. 어느새 수경이 사는 빌라 앞에 도착해 있었던 것이다. 그리고 건물의 3층, 커튼 사이로 빛이 새어 나오는 집이 그녀의 집일 것이다. 옆집은 사람이 살지 않는지 아예 유리창이 깨져 있었으니. 현재의 말대로 수경은 집에 있는 것 같았다.

"그런데 왜 전화를 안 받는 거냐구!"

민주는 수경의 집으로 들어가기 전 마지막으로 한 번 더 그녀에게 전화를 걸었다. 역시 받지 않았다. 집 안에 이안이까지 같이 있다면서. 무슨 일이 생긴 걸까 걱정이 되기 시작했다. 이렇게 외지고 을씨년스러운 곳이라면 무슨 일이 일어나기에 충분해 보였고, 그래도 아무도 모를 것 같았다.

민주는 마음이 급해져 걸음을 재촉하며 빌라 안으로 들어갔다. 1층에는 두 집이 있었는데 두 집 다 양쪽 문이 훤히 열린 채로 허물어진 내부가 보였다. 어두운 집 안에서 당장 뭐라도 튀어나올 것만 같아 그녀는 눈을 질끈 감고 계단을 뛰어 올라갔다.

'정말 나한테 고마워해야 돼, 최현재. 웬만한 담력으로는 여기 들어올 엄두도 못 냈을 거라구!'

겨우 302호 앞에 도착한 민주는 문을 두드리려다 고개를 갸웃했다. 괴이하게도 손잡이가 거꾸로 되어 있는 것이다. 손잡이의 자물쇠를 비틀자 딸깍 소리와 함께 문이 열렸다. 이런 곳에 살면서 문단속이 너무 허술했다. 민주는 일단 신발을 벗고 조심스레 안으로 들어섰다.

컴컴한 거실에는 오디오의 디지털 계기판이 깜박거리며 경쾌한 댄스곡이 흘러나오고 있었다. 부조화스런 분위기가 왠지 섬뜩하게 느껴졌다. 다행히 방 안에서 희미한 빛이 새어 나오고 있어 민주는 그곳으로 걸음을 옮겼다. 안에서는 이상한 소리가 들리고 있었는데 수경의 목소리 같았다.

"수경아……."

대답이 없었다. 그녀는 무언가를 읽고 있는 모양이었다. 높낮이도 강약도 없는 똑같은 성조의 목소리였다. 그 순간 민주는 발 아래 시커먼 그림자가 드리워진 것을 느꼈다.

"무슨 일이지?"

놀랍게도 말을 한 것은 인형이었다. 새빨간 입술과 반짝이는 눈을 가진 요사스러울 정도로 예쁜 인형.

"꺄악!"

너무 놀라 민주는 그 자리에 주저앉고 말았다. 비명 소리를 듣고 수경이 안에서 달려나왔다. 수경은 바닥까지 닿는 새하얀 가운을 입고 있었는데 얼굴은 표백한 것처럼 하얗다 못해 푸르게 보였다.

"무슨 일이지?"

인형을 안아 드는 수경은 인형과 똑같은 말을 했다. 창백한 얼굴 때문인지 인형과 그녀가 무척 닮아 보였다. 수경의 품에 안긴 인형은 정말 사람처럼 잘 만들어진 것이었다. 민주는 말로만 듣던 단백질 인형 같은 거라고 생각했다. 말까지 하는 걸 보면 무지 비쌀 것 같았다.

"이, 이안이를 만나러 왔어. 여기 있다고 해서."

"조금 전에 돌아갔어. 그럼 더 볼일없으면 돌아가 줄래? 피곤해서."

하지만 민주는 이미 현관 앞에 놓인 이안의 신발을 본 후였다.

"호오, 그래서? 그럼 이안이는 맨발로 돌아갔나 보지?"

거짓말이 탄로나자 수경의 얼굴이 일그러졌다.

민주가 매섭게 몰아붙이자 마침내 수경은 한숨을 내쉬었다.

"정말… 끈질기구나. 이쯤 되면 이안이가 너 만나기 싫어한다는 거 눈치 못 채겠니? 네가 싫지만 마음이 약해서 지금까지 억지로 친구로 지냈던 거래더라."

민주의 양 눈썹이 파르르 떨렸다.

"흥, 걔는 그런 말 남한테 함부로 할 애가 아니야! 어쨌든 급한 용건이 있다고 전해줘."

"알았어. 전해줄 테니 돌아가."

"뭐야? 네가 이안이 대변인이니?"

"피곤하다고 했잖아. 이 시각에 남의 집에 쳐들어와 놓고 왜 언성을 높이는 거니? 어서 돌아가!"

수경이 드디어 화를 냈지만 민주는 콧방귀를 뀌며 비웃었다.

"웃겨. 볼일만 끝나면 이런 귀신 나올 것 같은 집엔 더 있으라고 붙잡아도 안 있을 거야!"

그렇게 두 사람은 실랑이를 벌이며 옥신각신했다.

'으… 응……. 저건 민주?

이안은 수경과 민주가 싸우는 소리에 다시 정신을 차렸다. 눈을 떠보니 여전히 온몸이 꽁꽁 묶인 채로 수경의 피로 그려진 결계 안에 있었다.

그런데 민주가 왜 여기 와 있는 거지? 잘못하다간 그 애도 위험해질 텐데. 이안은 어떻게든 이곳에서 탈출해야겠다고 생각했다. 안 그러면 자기와 최현재, 그리고 민주까지 위험해질 것이다. 그때 이안은 손에 깨진 유리컵 조각이 쥐어져 있다는 사실을 깨달았다. 먼저 손목을 묶은 끈을 끊기 시작했다. 하지만 끈보다는 유리에 손이 먼저 베인 것 같았다. 따끔한 통증과 함께 뜨듯하고 끈적거리는 액체가 손바닥을 적셨다. 하지만 그녀는 차근차근 유리의 모서리 부분과 끈을 마찰시켰다.

"이안아, 정이안!"

수경과 말이 통하지 않자 민주는 아예 방 안에 대고 이안을 불렀다. 아무 대답이 없었다. 뭔가 이상한 기분이 들었다.

"설마 이안이가 잘못된 건……."

민주는 수경을 밀치고 성큼성큼 방 안으로 들어가려 했다. 그 순간이었다.

"위험해!"

외침 소리를 듣고 그녀는 반사적으로 몸을 피했다. 수경이 휘두른 야구 배트가 귓가에 바람 소리를 내며 스쳐 지나갔다. 그러나 수경은 쉬지 않고 계속 배트를 휘둘러 댔다. 마구잡이로 휘두르는 공격에 민주는 정강이와 어깨 등 여기저기를 얻어맞았다. 어깨뼈가 잘못되기라도 했는지 참을 수 없을 정도로 고통스러웠다.

"그만두지 못해!"

이안이 수경의 등 뒤로 뛰어들며 팔을 붙잡았다. 수경은 발버둥 치며 그녀를 떨쳐 내려 했다. 그러나 가벼운 이안은 아예 착 달라붙어 떨어지지 않았다. 민주도 겨우 몸을 추스르고 수경의 배트를 끌어안았다. 두 소녀에게 저지당한 수경은 벗어나려 저항을 했지만 그럴 수 없었다.

"다행히 살아 있었구나!"

"휴우~ 말도 마. 하마터면 죽을 뻔했어."

민주가 반가워하자 이안은 고개를 내두르며 대답했다.

"근데 얘 왜 이렇게 된 거야? 학교에선 멀쩡했잖아."

그녀들에게 붙잡혀 움직일 수 없게 되자 수경은 미친 듯이 발버둥을 쳤다. 마치 귀신이라도 들린 것 같았다.

"맞아, 인형!"

이안은 진짜 적을 찾아 주위를 두리번거렸다. 그 순간 민주의 얼굴이 일그러졌다. 이안의 등 뒤로 인형이 걸어오고 있었던 것이다. 아무리 값비싼 인형이라도 걷는 모습이 너무 자연스러웠다. 기분 나쁠 정도로.

창백한 얼굴에 붉은 입술이 씨익 위로 치켜 올라가더니 인형은 요사스럽게 웃기 시작했다.

"깔깔깔, 절 찾으셨나요?"

아무리 기술이 발달했다지만 민주는 이것이 절대로 만들어진 물건이 아니라는 걸 알 수 있었다.

"이안아, 저 인형 혹시… 아니, 아니겠지……."

"깔깔깔, 맞답니다. 저는 살아 있는 인형."

인형은 마치 자기소개라도 하듯 고개를 까딱했다.

"저리 가!"

흥분한 이안이 인형을 걷어찼다. 하지만 인형은 가뿐하게 몸을 피하더니 요사스럽던 웃음을 그쳤다.

"나의 주인이시여, 주술 의식을 계속하시겠습니까?"

"물론이야."

수경의 대답이 떨어지자 인형은 고개를 끄덕인 후 목에 건 두루마리를 펼쳤다. 그러자 은색 가루가 쏟아져 나오더니 이안과 민주를 에워쌌다.

"어? 어어……."

이안과 민주는 의지와 상관없이 몸이 저절로 움직였다. 그녀들은 어느새 방 안으로 걸어 들어가고 있었다. 그리고 이안은 결계 안으로, 민주는 결계 밖에 서 있게 되었다.

"도, 도대체… 이, 이건 뭐야?"

피로 그려진 결계를 본 민주는 얼굴이 새파랗게 질려 버렸다. 도망가고 싶어도, 이안을 구해주고 싶어도 못 박힌 듯 제자리에서 한 걸음도 움직일 수 없었다. 하지만 그건 이안도 마찬가지였다. 결계를 벗어나고 싶어서 아무리 발버둥 치며 움직여도 작은 결계 안을 계속 맴돌게 될 뿐이었다.

그녀들에게서 놓여난 수경은 다시 결계 앞에 엄숙한 얼굴로 섰다. 하얀 옷자락에는 이안의 손에서 묻었는지 피가 군데군데 얼룩져 있었다. 이 의식에 대해 아무것도 모르는 민주마저도 그 모습은 심상치 않아 보였다.

"그만 해! 안 그러면 가만 안 둘 거야!"

민주는 윽박도 질러보고 협박도 해보았다. 하지만 수경은 입가에 잔인한 미소를 머금었다.

"넌 그냥 거기서 얌전히 지켜보기만 하면 돼. 굉장히 재미있는 일이 벌어질 테니까. 이를테면 증인 같은 거라고나 할까?"

그리고 나서 수경이 인형을 바라보자 인형은 다시금 두루마리를 펼쳤다. 은색 가루들이 쏟아져 나와 이번엔 수경을 에워쌌다. 반짝거리며 떠돌던 가루들은 그녀의 주위를 맴돌며 점차 알 수 없는 형태의 문자로 변해갔다.

그러자 수경은 넋 나간 얼굴이 되어 그 문자들을 읽었다. 이안도 민주도 처음 보는 낯선 문자였는데 그녀의 입에서는 유창한 발음이 나왔다. 은빛의 문자들은 수경에게 읽혀질 때마다 빠른 속도로 날아가더니 결계가 그려진 바닥에 낙인처럼 들어박혔다. 둥그런 결계의 둘레는 어느새 2/3 정도가 그 문자들로 채워져 갔다. 이안은 막연하게나마 저 문자가 결계 둘레를 모두 채우게 되면 주술이 완성될 거라고 생각했다.

"으아…… 안 돼! 그만두지 못해!"

이안은 수경에게 고래고래 고함도 쳐보고 욕도 해봤다. 하지만 수경은 꿈쩍도 하지 않았다. 이안은 다시 한 번 결계를 빠져나가려 발버둥쳤다. 하지만 조금도 효과가 없었다. 마치 보이지 않는 줄에 묶인 것처럼 결계선 가까이만 가면 더 이상 앞으로 나갈 수가 없었다.

이안은 괴로워하며 머리를 쥐어뜯었다. 차라리 조금 전처럼 잠이라도 들었더라면 덜 괴로웠을 것이다. 몸도 말짱하고 정신도 말짱하다는 게 문제였다. 급기야 '설마 정말로 내가 현재로 변하게 될까?' 라는 의구심마저 들었다.

'헤…… 그것도 나쁘지 않겠는데. 최현재랑 사귀지 못할 바에야 차라리 그 애의 몸을 갖는 것도…… 윽! 뭐야, 내가 미쳤나! 무슨 말도 안 되는 생각을…….'

어쨌든 주술이 완성되면 최현재가 죽게 되는 것이다. 성질 나쁘고 제멋대로이며 싸가지도 없지만 조금은 멋진 최현재가 지상에서 영원히 사라져 버리는 것이다. 그런 생각을 하자 이안은 갑자기 가슴이 허전하고 우울해졌다. 차라리 자기가 이 세상에서 사라져 버리는 것이 열 배 백 배는 더 나을 것 같았다.

'그래, 잠든 것보다 이렇게 결계에 갇힌 게 더 다행이야.'

이안은 차라리 자기가 목숨을 끊는 게 낫겠다고 생각했다. 그런다면 의식은 중단되고 현재를 살릴 수 있을 것이다. 그녀는 줄을 끊었던 유리 조각을 다시 집어 들었다. 날카롭고 뾰족한 유리가 노란 백열등 아래에서 빛났다.

이걸로 목을 찌르면 죽을 수 있겠지? 아프지는 않을까? 무지 아플 텐데. 피도 장난 아니게 많이 나올 거야. 으…… 생각만 해도 기분 나쁘다. 그러니까 한 번에 확실하게 찔러야 해. 내가 잘할 수 있을까?

"꿀꺽."

이안은 유리를 쥔 손에 힘을 주었다.

우우우웅…….

어디선가 이명 같은 소리가 들려온 것은 그때였다.

혼자 꾸는 꿈 13

"제길, 이 레이디는 왜 또 안 받는 거야!"

게일은 거칠게 핸드폰의 폴더를 닫았다. 민주에게 전화를 수십 번 걸었지만 계속 받지 않았다. 무슨 일이 생긴 건지 도무지 알 수가 없으니 초조해졌다.

"저기……."

"뭐야!"

지철이 모기만한 소리로 부르자 게일은 두 눈을 치켜떴다. 한껏 목을 움츠린 지철은 게일의 손에서 박살나기 직전인 핸드폰을 가리켰다.

"그거… 망가뜨리면 안 되는데…… 할부금도 다 못 낸 건데……."

"신경 끄고 빨리 달리기나 해! 레이디가 잘못되면 네 녀석부터 아작 날 줄 알아!"

그러자 지철은 열받은 마음을 운전으로 표현이라도 하듯 거칠게 속력을 올렸다. 하지만 게일은 화를 내기는커녕 더욱 부추겼다.

"좋아, 좋아! 지금처럼만 달리라구."

그러자 안경 속에서 두 눈을 사악하게 번뜩이며 지철이 웃었다. 그가 모는 차는 지금 비포장도로를 달리다가 이번엔 공사 중인 고가도로로 접어들고 있었다. 길 입구에 '공사 중'이라는 팻말이 서 있었지만 그는 무시하고 달렸다. 여기저기 도료통과 철제 골조들이 길가에 아무렇게나 널려 있었다.

"이 길로 가면 20분 정도는 단축시킬 수 있거든요. 자, 안전손잡이를 꽉 잡으시고!"

"……!"

헤드라이트가 비추는 전면의 도로가 갑자기 사라졌다. 하지만 지철은 더욱 속도를 올렸다. 일순 그가 모는 차가 허공을 날았다.

덜컹~ 쿵!

잠시 후 차는 난폭하게 그 옆의 둑으로 떨어졌다. 구르듯 둑을 내려온 차는 어느새 고속도로를 달리는 자동차들 속에 합류했다.

"호오~ 운전 하나는 끝내주는걸."

게일은 약간 어지러운 듯 머리를 흔들었지만 지철의 운전 테크닉을 칭찬했다. 지철의 입꼬리가 보이지 않을 정도로 올라갔다. 변태에다 음산한 사람이긴 했지만 그 역시 칭찬받는 것은 기쁜 모양이었다. 아이처럼 신이 난 지철은 더욱 속도를 높였다.

하지만 아무리 빨리 달려간다 해도 게일의 마음은 답답하기만 했다. 지금쯤 이안에게 무슨 일이 벌어졌을지도 모르기 때문이다. 민주와도 갑자기 연락이 되지 않는 게 무엇보다 심상치 않았다. 몇 번이고 다시 전화를 걸어봤지만 마찬가지로 받지 않았다.

'제길, 이럴 때는 어떻게 한다?'

초조한 듯 턱을 긁적이던 게일은 제이디가 주고 간 메신저 북을 떠올렸다. 순식간에 그의 손에 성서처럼 두툼한 책이 쥐어졌다. 마지막 페이지를 빠르게 넘기며 게일이 소리쳤다.

"지금 그쪽 상황이 어떻게 된 건지 좀 가르쳐 줘봐!"

자기 행동을 감시하고 있을 신관들에게 한 얘기였다. 마지막 장을 넘기자 이미 새로운 메시지가 기록되어 있었다.

대충 내용은 이안이 처해 있는 상황에 대한 것이었다. 수경의 주술로 인해 그녀는 지금 현재로 폴리모프되기 직전이었다. 다행히 메신저 북의 마지막에는 이안을 구할 수 있는 방법이 적혀 있었다. 다름 아닌 능력의 돌을 사용하는 것이었다.

'능력의 돌이라고?'

게일은 두 눈을 번쩍 뜨며 그 부분을 자세히 읽었다.

이에 저희 신관들이 식음을 전폐하고 간절한 기도를 올렸나니, 가이아 여신께서 지혜를 주시와 능력의 돌을 사용하는 법을 알게 하셨나이다. 그것은 힘의 저장고. 세계의 불균등한 힘을 흡수하고, 또 불러 쓸 수 있는 지혜의 광물. 힘의 주인은 의지에 따라 광물의 저장된 힘을 꺼내어 쓸 수 있나니, 부디 선하고 정의로운 일에 사용되게 하옵소서.

그 부분을 읽던 게일의 표정이 밝아졌다. 기록된 글을 정리하자면 돌은 특별한 능력을 흡수하는 힘이 있었다. 그것은 게일도 이미 알고 있는 내용이다. 하지만 흡수된 힘의 주인이 원할 때만 저장된 힘을 부를 수 있다는 것은 처음 알게 된 사실이었다.

그래서 처음 돌을 집어 들었을 때 마리로슈의 노랫소리가 들렸었던 것이다. 그녀가 그 노래를 돌 속에 저장해 놓고 자기에게 들려주고 싶어했기 때문에.

　어쨌든 다행인 것은 능력의 돌이 지금 이안에게 있다는 점이었다. 그리고 웨일 소드의 힘이 돌 안에 들어 있다는 것. 이제 자신이 원하기만 하면 돌에서 빠져나온 웨일 소드의 힘이 마물을 해칠 수 있을 것이다.

　'하지만 어떻게?'

　게일이 인상을 쓰며 다시 메신저 북을 노려보자 빈 페이지에 희미하게 글자가 나타나더니 점차 또렷해졌다.

　우리의 용맹한 기사가 검을 뽑았으니 이제 어둠의 무리를 물리치게 하옵소서.

　'웨일 소드를 불러내라는 얘긴가?'

　게일은 지철에게 차를 세우라고 했다. 따라오지 말라고 명령한 후 도로 옆의 한적한 수풀 속으로 들어갔다. 그의 손에 금방 시커먼 웨일 소드가 울음소리를 내며 나타났다. 그러자 놀랍게도 이안이 처해 있는 상황들이 머리 속에 선명하게 그려졌다.

　그녀는 좁은 방 안에 서 있었다. 주변에는 붉고 둥그런 결계가 쳐져 있다. 그녀는 결계에서 나가려 아무리 애를 썼지만 허사였다. 결계 밖에는 민주가 서 있었는데 그녀 역시 주술에 걸렸는지 꼼짝도 하지 못했다. 그리고 수경의 모습도 보였다. 은색의 주술 문자들이 흰옷을 입은 그녀 주위를 에워싸고 있었다. 그녀가 문자들을 읽을 때마다 그것은 주술로 실현되어 결계에 새겨졌다.

그 주술 의식을 돕는 것은 로브를 입은 꼬마 인형이었다. 소름 끼치도록 예쁜 얼굴과 전신에서 뿜어내는 요사스러운 기운은 게일에게도 익숙한 것이었다.

"저 녀석은 카타라나의 인형이군. 좋아, 단숨에 없애주지."

이제 거의 모든 결계에 주술 문자가 새겨져 있었다. 남은 빈칸은 수경이 서너 번만 읽으면 모두 채워질 것이다. 그러자 이안이 바닥에서 무언가를 집어 들었다. 날카로운 유리 조각이었다.

설마 저걸로 목숨이라도 끊으려는 건가? 게일의 예상이 맞는 것 같았다. 이안은 자신의 목 부분을 겨냥하며 유리 조각을 치켜들었다.

"제길! 그만둬! 무슨 미친 짓이야!"

게일은 웨일 소드에 온 힘을 집중시켰다.

지이이잉…….

울음소리와 함께 웨일 소드에 실린 힘이 이공간(異空間) 속으로 빨려 들어가기 시작했다.

이안은 이명 같은 소리가 점차 가까워지는 것을 느꼈다. 그 순간,

빠직!

요란한 소리와 함께 닫아놓았던 방문에 주먹만한 구멍이 뚫렸다. 능력의 돌이 공주를 구하러 나타난 용사처럼 맹렬하게 돌진해 들어온 것이다. 그것은 마기에 반응해 새파란 빛을 뿜어내고 있었다.

갑작스런 사태에 수경은 물론이고 인형마저도 당혹스러워 멈칫거렸다. 그사이 능력의 돌은 이안이 빠져나갈 수 없었던 결계를 쉽게 뚫고 들어오더니 그녀의 눈앞에 둥실 떠 있었다. 이안은 엉겁결에 돌을 잡았다.

지이이잉…….

게일이 웨일 소드를 불렀을 때와 똑같은 소리가 나더니 돌에서 푸르고 기다란 검날이 생겨났다. 돌은 점차 웨일 소드와 똑같은 모양으로 변해갔다. 이안은 어느새 검을 든 여전사가 된 것이었다.

"자, 잠깐! 설마… 나더러 저 마물이랑 싸우라는 건 아니지?"

대답 대신 검은 이안을 결계 밖으로 끌고 나갔다. 이안이 결계의 선을 넘으려 하자 결계 둘레에 박혀 있던 주술 문자들이 살아나 일제히 달려들었다.

"거봐! 난 못한다고 했잖아!"

하지만 말과 달리 손은 능숙하게 주술 문자들을 깨부수고 있었다. 팔과 다리도 신들린 듯 자유자재로 움직이며 방어하고 공격을 해댔다. 웨일 소드에 스치기만 해도 주술 문자들은 금방 산산이 깨져 원래의 은색 가루로 돌아가 버렸다.

"어라? 내가 이렇게 싸움을 잘했었나?"

이안은 자기한테 검술에 대한 천부적인 재능이 있는 게 아닐까 생각했다.

"흥! 미안하지만 레이디, 그건 전부 내 실력이라구."

어두운 수풀 속에서 게일은 허공에 대고 검을 휘두르며 대꾸했다. 이안이 들고 있는 웨일 소드는 그가 이곳에서 조종하고 있는 것이었다. 그녀가 있는 방 안의 상황을 마치 자신이 처해 있는 것처럼 생생하게 느낄 수 있었기 때문이다. 하지만 눈을 감고 검을 휘두르는 그 모습을 누가 봤더라면 틀림없이 정신을 의심하고도 남았을 것이다.

이안이 결계에서 빠져나오자 수경은 믿을 수 없다는 표정이었고 민주는 기뻐서 환하게 웃었다. 주술의 인형이 이안의 앞을 가로막아 섰다.

"그 검… 어떻게 된 건가요?"

인형은 두려운지 웨일 소드를 제대로 쳐다보지도 못했다.

"글쎄, 아무래도 내 나이트가 나를 수호하기 위해 보내준 것 같은데?"

"당신이 그와 관계된 인물일 줄은……."

인형은 분하다는 듯 이를 갈더니 다시 한 번 두루마리를 펼쳤다.

휘오오오……!

은색 가루들이 눈보라처럼 사납게 쏟아져 나왔다. 그러더니 회오리가 되어 이안의 주위를 맴돌기 시작했다. 숨이 막혔다. 팔다리가 회오리에 휘말려 조각조각 분해돼 버리는 것만 같았다. 그런데도 그녀의 손은 웨일 소드를 허공으로 높이 치켜들고 있었다.

"가위이이일……! 정화의 바람!"

게일은 목소리를 높여 소리쳤다. 그러자 웨일 소드의 주위로 정화의 바람이 회오리가 되어 몰아쳐 왔다.

"어라?"

이안이 들고 있는 검에서 갑작스레 회오리가 생겨나더니 그것은 곧 넓게 퍼지며 마물이 만든 회오리와 맞물려 그 회오리와는 반대 방향으로 돌고 있었다.

위우우우웅!

두 개의 회오리가 맞부딪치자 엄청난 바람 소리가 들려왔다. 이안은 귀청이 찢어지는 것 같은 고통에 귀를 틀어막고 싶어졌다. 하지만 오히려 그녀의 다리는 두 개의 회오리가 충돌하는 사이로 뛰어들고 있었다.

"우와아아아!"

자신의 의지와 상관없이 움직이는 몸뚱이를 보며 이안은 비명을 질러댔다. 저 회오리에 휩쓸리면 몸이 갈기갈기 찢겨져 버릴 것이다. 하지만 어느새 그녀는 그대로 회오리를 뚫고 나가더니 이번엔 인형을 향해 달려들었다.

이안이 검을 들고 달려들자 인형의 안색이 새파랗게 변했다. 인형이 어떻게 안색이 변하는지 의문을 가질 사람도 있을 것이다. 하지만 이안도 너무 순식간에 벌어진 일이라 정말로 그랬는지, 아니면 기분 탓인지 확신할 수 없었다. 그리고 너무 순식간에 벌어진 일이라 인형은 그 어떤 방어도 공격도 제대로 하지 못했다.

슈카아아악!

이안이 들고 있는 웨일 소드는 그대로 인형의 정수리를 꿰뚫었다. 그러자 검에 맴돌던 푸른 빛이 눈부시도록 환하게 밝아졌다. 그것은 그대로 커튼을 뚫고 밖을 향해 뻗어 나갔다.

철거 직전인 빌라촌은 아주 짧은 순간 대낮처럼 환하게 밝아졌다가 다시 어두워졌다.

게일이 있는 수풀 속도 마찬가지였다. 눈부실 정도로 밝은 빛이 사방으로 뻗어 나가 도로까지 환하게 밝혔다. 달리던 차들은 무슨 일인가 싶었겠지만 찰나 동안에 일어난 일이라 호기심을 가질 새도 없었다.

하지만 길 옆에 주차해 있던 지철은 달랐다. 호기심이 강한 그는 안경 속의 두 눈을 번뜩이며 빛이 나타났다가 사라진 장소를 주시했다. 그곳은 분명 게일이 들어간 장소였다. 갑자기 차를 세우라며 수풀 속으로 뛰어들기에 소변이라도 보러 간 줄 알았다. 그런데 그곳에서 아까부터 이상한 소리가 들리는가 싶더니 결국은 심상치 않은 빛이 퍼져 나온 것이었다. 마치 만화 속에서 미소녀가 여전사로 변신할 때와 비슷한 상황이지 않은가?

'혹시 달의 요정 세일러문 같은 거로……?'

처음 게일을 봤을 때부터 평범한 사람과 어딘가 다르다고 생각했던 지철은 호기심 때문에 참을 수가 없었다. 차에서 내려 게일이 들어간 수풀 속으로 살금살금 걸음을 옮겼다.

"쥐새끼처럼 도망가려는 건가?"

화들짝 놀라 고개를 들자 게일이 팔짱을 낀 채 내려다보고 있었다. 아쉽게도(?) 변신은 하지 않은 것 같았다. 두 사람은 꼿꼿이 서 있었지만 지철은 겨우 게일의 턱에 닿을 정도로 작았다.

"도, 도망가긴 누가… 이상한 빛이 나길래 궁금해서 가보려던 것뿐이었다구요."

"글쎄, 난 그런 거 못 봤는데?"

"아냐, 분명 이쪽이었어."

"못 봤다니까. 졸다가 꿈이라도 꾼 모양이지."

게일은 대수롭지 않게 대답하고 지철을 끌고 다시 차로 돌아왔다. 하지만 그는 아까보다는 상당히 여유로웠다.

"정이안, 너……."

민주와 수경은 경악스러운 얼굴로 이안을 쳐다보았다. 민주가 놀라고 조금은 기쁘기도 한 표정이었다면 수경은 당혹스럽고 처참한 표정을 짓고 있었다.

"도대체 지금 무슨 짓을 한 거야? 너, 정말 내 친구 맞아?"

인형이 사라지자 주술에서 풀려나 움직일 수 있게 된 민주는 이안을 끌어안으며 물었다.

"몰라. 지금 무슨 일이 일어난 건지 나도 잘 모르겠어."

"네가 저 무시무시한 악마를 물리쳤다구!"

"아, 그랬지……."

이안은 그제야 머리를 긁적이며 헤헤 웃었다. 자기가 한 일이 맞긴 했지만 왠지 자기가 했다고 하기가 쑥스러웠다. 어쨌든 그녀가 바라는 것은 앞으로도 평범한 학교 생활을 할 수 있게 되는 것뿐이었다.

"도대체 넌 누구야?"

수경은 잔뜩 원망스러운 얼굴로 이안을 노려보았다. 피 묻은 흰옷에 머리까지 풀어헤치고 있어 꿈에라도 나올까 봐 무서운 모습이었다. 이안은 진지하게 대답했다.

"난 2학년 8반, 우리 아버지의 막내딸 정이안. 그뿐이야."

"아니야…… 네가 어떻게 그 주술을 파괴할 수 있었던 거지? 그게 얼마나 어렵게 얻은 주술인데…… 그냥 평범한 네가… 어떻게?"

"네가 이상한 힘을 잠시나마 손에 넣었듯이 나 역시 그랬던 것뿐이야. 우린 둘 다 그저 평범한 학생이지. 그러니까 이 일은 그냥 잊어버리자."

"너희는 몰라도 난 절대 못 잊어. 쟨 너한테 이상한 저주를 걸려고 했다구! 넌 괴상한 칼을 휘둘러 댔고! 이렇게 황당한 일을 어떻게 잊을 수 있어?"

고개를 절레절레 흔들어대던 민주는 이안의 커다란 눈과 마주치자 움찔했다. 민주를 설득하는 대신 이안은 상당히 간절하고 애원하는 듯한 눈빛을 보냈다. 마음 약한 민주는 그 눈을 외면하려 했지만 이안의 그 눈은 집요하게 쫓아다녔다.

"알았어! 알았다구."

그리고 마침내는 항복을 받아내고야 말았다.

"그럼 문단속 잘하고, 학교에서 보자."

이안은 바닥에 떨어져 있는 능력의 돌을 집어 들고 주술이 그려진 수경의 방을 나왔다. 인형이 사라진 그녀의 방에는 화려하던 은빛 가루들도 모두 사라지고 피로 그려놓은 동그란 결계만이 남아 있었다. 결계 앞에 넋을 놓고 서 있는 수경의 뒷모습이 무척 우울하고 음산해 보였다.

"가자, 민주야."

"으응……."

수경의 집을 나오기 무섭게 이안은 바닥에 주저앉았다.

"이안아!"

"미안……. 조금만 쉬었다가 가자. 조금이면 되거든."

이안은 왠지 자꾸만 눈이 감겼다. 갑자기 긴장이 풀어졌기 때문인지 온몸에서 힘이 모두 빠져나가 버린 것 같았다. 다리는 부들부들 떨렸고 손가락 하나도 까딱할 수 없었다. 그녀는 컴컴한 계단에 쪼그리고 앉았다. 그런데 갑자기 몸이 붕 뜨는 기분이 들었다.

"이런… 레이디가 아무 데서나 주저앉으면 안 되지."

"게일!"

이안을 번쩍 안아 든 게일은 빙긋 웃고 있었다. 수려한 이목구비 때문에 매우 시원스러운 웃음이었다. 그의 얼굴을 보자 이안은 마음이 놓이며 왈칵 눈물이 쏟아질 것만 같았다. 자기도 모르는 사이에 그에게 매우 의지하고 있었던가 보다.

"레이디의 활약은 모두 봤어. 멋지던데?"

게일이 보기 드물게 칭찬을 하자 이안은 눈물이 그렁그렁한 채 헤헤 웃었다.

"그런데 현재는요?"

게일은 표정이 조금 굳어졌지만 곧 아무렇지 않게 대답해 버렸다.

"재경에게 조금 안 좋은 일이 생겼거든. 거기 갔어."

"아…… 그랬구나. 설마 재경 씨가 잘못된 건가요?"

"지금은 괜찮아."

"다행이네……."

이안은 미소를 지으며 고개를 끄덕였다. 하지만 씁쓸한 표정은 어떻게 감출 수가 없었다.

"하지만 내 생각에 레이디는 괜찮지 않은 것 같은데? 흠… 이 상태로 정신이 말짱하다는 게 믿어지지 않는군."

뜻 모를 소리에 이안은 고개를 들어 게일을 쳐다보았다. 게일은 혀를 찼다.

"레이디 머리 말야. 찢어져서 피가 철철 흐른다고. 설마 몰랐단 말야?"

"……?"

"정말 무쇠신경의 레이디로군."

게일의 말이 끝난 후에야 이안을 자세히 쳐다본 민주는 얼굴을 일그러뜨렸다. 지금까진 경황이 없어서 몰랐는데 이제 보니 그녀의 까만 머리카락은 온통 피 범벅이 되어 있었던 것이다.

"으악! 이안아!"

"수선 떨지 말고 조용히 해, 레이디의 친구."

"지금 이 상황에서 조용하게 생겼어요!"

민주가 눈을 흘기며 말했다.

"그럼 소리 지른다고 해결이라도 된다는 건가? 두피에는 원래 혈관이 많아서 조금만 다쳐도 피가 많이 나는 법이야. 귀나 코에서 출혈이 없는 걸 보니 안심해도 돼."

게일이 먼저 성큼성큼 걸어 빌라를 빠져나가자 민주도 따라갔다. 빌라 앞에는 빨간 승용차 한 대가 서 있었다.

그 상황은 게일도 조금 의외인 것 같았다.

"흠… 내가 돌아가도 좋다고 하지 않았던가?"

"당신하고 있으면 뭔가 사건이 생길 것만 같아서."

라며 지철은 예쁘지 않은 미소를 지었다.

"흥! 맘대로."

원하지 않았는데도 주위에 사람들이 항상 끊이지 않고 몰려들었다. 게일은 그것이 못마땅했지만 어쨌든 지금은 지철이 기다려 준 것이 반가웠다. 그는 의식을 잃은 이안을 차 뒷좌석에 눕혔다. 민주가 그 옆에 앉으려 했지만 자기가 대신 앉았다.

"병원으로 빨리!"

병원으로 가는 동안 게일은 자신의 웃옷을 찢어 피가 흐르는 이안의 머리를 싸매고 능숙하게 응급 처치를 했다. 지철의 옆에 앉아 룸미러로 그 장면을 보던 민주는 고개를 갸웃했다. 이안을 대하는 게일의 표정이 어딘지 애틋하다고나 할까? 도대체 둘이 무슨 사이인 거야?

혼자 꾸는 꿈 14

이안의 병실에는 지금 초긴장 기류가 흐르고 있었다. 그녀는 세상 모르고 잠들어 있었지만 그녀를 문병 온 두 남정네들은 금방이라도 무슨 일을 저지를 것만 같았다.

"저기… 그게 말이죠…… 어쩔 수가 없었습니다."

"후후, 어쩔 수가 없었다라……."

게일이 노려보자 세규는 갑자기 온몸이 얼어붙는 것 같았다. 은둔해서 3백 년을 수련했다는 심오한 무공 때문일 거라고 생각했다. 그러자 왠지 숨이 막혀오는 것만 같았다.

세규는 생존을 위해서 억지로 미소를 띠었다. 하지만 게일은 여전히 험상궂은 얼굴이었다. 평소엔 개미 한 마리 죽이지 못할 것처럼 선한 얼굴이 저렇게 돌변할 수 있다는 것은 불가사의한 일이었다. 물론 그 얼굴의 주인과 영혼의 주인이 다른 사람이라는 건 세규가 꿈에도 알리 없는 사실이지만.

"저기… 전 갑자기 급한 일이 생각나서……."

있는 힘을 짜내 몸을 움직일 수 있게 된 세규는 슬글슬금 뒷걸음질 치다가 문밖으로 뛰쳐나갔다.

"제길!"

혼자 남게 된 게일은 이를 갈며 TV를 노려보았다. 한 남자가 인터뷰 중이었다. 얼굴은 모자이크 처리가 되었지만 목소리만으로도 조금 전이 방에서 도망친 녀석이라는 걸 충분히 알 수 있었다.

―물론 알고 있죠. 저희 사부님이시거든요.

―사부님이라고요? 요즘에도 그런 호칭을 쓰나요? 무협소설에서나 나오는 거 아니었나요?

―하하! 저희 사부님은 3백 년 동안 은둔해서 무공을 연마하셨거든요. 저는 그분의 수제자입니다.

―그럼 그때도 무공을 펼친 거란 말인가요? 혹시 경공술이나 그런 걸 말하는 건지…….

그러자 모자이크 화면으로도 세규가 씨익 웃는 것이 보였다.

―글쎄요. 아직 저로서도 사부님의 심오한 무공을 전부 알고 있는 게 아니라서 뭐라 말씀드릴 수가 없군요.

―그렇다면 제자 되시는 분의 무공이라도 조금 보여줄 수 있을지?

―그것도 힘들겠는데요. 저희 사부님께서 속세에 나와서는 함부로 힘을 쓰지 말라 가르치셔서. 기회가 된다면 다음에 허락을 받은 후 한 번 생각해 보도록 하죠.

―아! 그때는 꼭 사부님 되시는 분과 같이 방송에 출현하도록 해주십시오.

세규와 몇 마디를 더 나눈 후 리포터는 인터뷰를 끝냈다. 그리고 나서 혼자서 말하기 시작했다.

—네, 장안의 화제가 된 '스피드맨'이라는 기인을 알고 있다는 제보자와 긴급 인터뷰를 해봤습니다. 하지만 현재 스피드맨의 정체에 대해선 모든 것이 미확인된 상태라 제보자의 말을 그대로 수용할 수는 없을 것 같습니다. 저희 프로그램에서는 다음 시간까지 스피드맨에 대해 좀 더 정확하고 자세한 정보를 시청자 여러분들께 전해 드릴 것을 약속합니다.

그리고 그 프로그램은 끝이 났다.

여기서 말하는 스피드맨이란 당연히 게일이었다. 그가 스피드맨이라는 다소 키취적인(통속적이고 천박스러운 대중문화) 닉네임으로 방송에 나오게 된 사연은 이러했다.

며칠 전 지철을 쫓던 그가 60km의 속력으로 달리는 자동차를 추격하는 장면이 한 시청자의 비디오에 찍혔던 것이다. 그 비디오는 곧바로 공중파 방송국에 보내졌고, 각종 오락 프로와 심지어는 뉴스에서까지 그 화면이 합성이다 아니다 논란이 많았다.

워낙 빨리 움직이는 장면을 촬영한 것이라 게일의 얼굴은 자세히 알아볼 수 없었다. 그러자 이 수수께끼의 인물에 대한 이야기는 점점 더 부풀려져 갔고, 급기야 '스피드맨'이라는 별명까지 얻게 되었다.

혹자들은 그를 외계인이라고도 했고, 또 한편에서는 엄청난 무공고수라는 설도 있었다. 하지만 게일의 주변 사람들은 입고 있는 의상만으로도 그의 정체를 쉽게 알아차렸다. 검도 도복에 장화를 신는 개성적인 복장은 아무나 흉내 낼 수 없는 것이었으니까.

그래서 세규가 방송국에 제보를 했던 모양이다. 그로 인해 게일은 더 이상 자신이 좋아하는 의상을 입을 수 없었다. 그는 이안을 문병 올 때에도 세규의 청바지와 스웨터를 빌려 입어야만 했다.

"곤란하게 됐죠?"

잠들어 있는 줄만 알았던 이안은 커다란 눈을 말똥말똥 굴리며 게일을 바라보았다.

"일어났군, 레이디."

"아저씨의 살기가 목을 짓누르는 것만 같아서요. 화 많이 났어요?"

"흥! 화는. 아무리 그래도 어차피 날 못 찾을 텐데 뭘."

"하지만 매스컴은 생각보다 무섭다구요. 잘못하다가 정체가 드러나면 어떡해요?"

게일은 씨익 웃었다.

"오랜만에 왕국으로 돌아간 기분인걸? 록센에서도 성기사단과 왕실 기사단이 언제나 내 꽁무니만 쫓아다녔지. 그래서 귀찮은 파리들을 따돌리는 데에는 이골이 났어. 녀석들이 불쌍하다거나 도망 다니기 귀찮을 때는 가끔 잡혀주기도 했지만. 아마 난 왕국 최대의 전과 기록을 가지고 있을걸?"

"성기사단이라면 제이디가 소속되어 있다고 하지 않았어요?"

"그래, 그 녀석도 날 잡으러 몇 번 쫓아다녔었지."

"그러고도 용케 살아 있네요."

"날 죽일 수 있는 사람은 이 세상에서 단 한 사람뿐이야. 그 사람을 만날 때까지 무슨 일이 있어도 죽으면 안 되지."

이안은 게일이 말하는 그 한 사람이 누구인지 알 수 있었다. 마리로슈라는 이름의 그 여자일 것이다. 그의 모든 증오와 사랑을 독차지하고 있다는…….

그녀는 도대체 어떤 사람일까? 게일 같은 괴물을 지배할 수 있는 여자. 아니, 어쩌면 그 여자로 인해 게일이 괴물로 변하게 된 것은 아닐까? 모든 마음을 다 바쳐 사랑하던 사람을 어느 날 증오할 수밖에 없게 되어서.

그런 생각을 하자 가슴이 아파졌다. 사람을 사랑하게 된다는 것이 어떤 건지 조금은 알고 있기에, 그 사람으로부터 멀어진다는 것이 얼마나 힘들고 괴로운 일인지도 어렴풋이 알게 되었기에.

따르르릉… 따르르릉…….

병원에 비치되어 있는 전화기가 울렸다. 게일이 수화기를 들어 건네 주었다.

"여보세요?"

―나야.

"최… 현재……?"

―미안해, 문병도 못 가봐서.

"걱정 마. 별로 많이 다친 것도 아닌데 뭐. 재경 씨는 어때?"

―응, 그동안 거의 굶고 살았었나 봐. 요즘 세상에 영양실조라니… 내일쯤이면 퇴원해도 된대.

옆에서 재경이 뭐라고 대꾸하는 소리가 들렸다. 현재는 지금 그녀의 병실에 같이 있는 모양이었다. 이안은 조금 서운한 마음이 들었지만 애써 밝은 목소리로 말했다.

"잘됐다. 재경 씨는 옆에서 챙겨주는 사람이 없어서 그런 거야. 네가 당분간 신경 써줘야겠다."

―그래야 할 것 같아. 쳇, 어린애가 따로 없다니까. 아무래도 이 녀석 점점 유아 퇴행이 되는 것 같…… 하하하…… 알았어, 알았어! 농담. 간지럽다니까! 하하하!

말을 하다 말고 현재는 웃기 시작했다. 재경이 뭔가 장난을 쳤나 보다. 이안은 지금껏 이토록 환하고 밝은 그의 웃음소리를 들어본 적이 없었다. 희미하게 그녀의 웃음소리도 섞여 들려왔다.

"그럼 나중에 또 통화하자."

이안이 힘없이 수화기를 내려놓는데 게일이 빈정거렸다.

"그것도 위선이라고."

"네?"

그러자 게일은 수화기에 대고 고래고래 소리쳤다.

"이런 망할 녀석! 나는 머리에 구멍이 뚫렸는데 한 번도 문병을 안와? 네 녀석이 쓸데없이 페로몬을 뿌리고 다녔기 때문에 죄없는 내가 골로 갈 뻔했잖아! 그런데 네놈이 지금 희희낙락거릴 때냐? 죽일 놈아! 나도 너 좋아한다구! 네놈 쌍판 한번 보고 싶어 기다리다 눈알 빠져버리겠다! 얼른 코털이 휘날리도록 못 뛰어와!"

이안이 멍한 얼굴로 바라보는데 게일이 다시 수화기를 건넸다.

"이렇게 말하라고, 다시 전화 걸어서."

"무, 무슨 소리예요!"

"마음속에 있는 말을 해. 괜히 착한 척하지 말고. 혼자서 눈물 흘려봤자 아무도 알아주지 않아."

"못해요……."

"쳇, 할 수 없군."

게일은 한심스럽다는 얼굴로 병실을 나가려 했다. 그의 등 뒤에서 이안이 말했다.

"현재는요… 재경 씨를 사랑해요."

"알고 있어."

"재경 씨도 현재를 좋아하나 봐요. 그러니까 방해할 수 없는 거라구요."

"그리고 레이디 정이안도 최현재를 사랑하지."

"……."

게일이 돌아보자 이안은 울먹거리고 있었다. 그는 한숨을 쉬었다. 이럴 때는 애라고 해야 하는 건지 어른이라고 해야 하는 건지…….

"하지만 내가 좋자고 현재가 사랑하는 사람과 헤어지게 할 순 없잖아요."

"그러면 너를 몇 배 더 좋아하게 만들면 되잖아. 그 녀석이 너를 싫어한다고 했어?"

이안은 고개를 저었다.

"그럼 된 거야. 가능성은 충분하니까."

"가능할까요?"

이안은 그제야 손등으로 눈물을 슥슥 훔치며 물었다. 정말 이럴 때는 어른이라고 해야 하는 건지 애라고 해야 하는 건지……. 저 얼굴이 어떻게 사랑 때문에 눈물을 흘리는 소녀의 얼굴이란 말인가? 게일은 자기도 모르게 이안의 볼을 잡아 흔들며 말했다.

"한 가지 사실을 알려주지."

"아야! 씨이……."

"그 녀석, 레이디를 처음 만났을 때는 무지 싫어했었다고. 그땐 내가 레이디의 몸속에 들어 있을 때였지. 하지만 지금은 어때? 금방 좋은 친구 사이로 발전했지? 레이디와 그 녀석이 잘 어울린다는 얘기야. 그렇다면 사랑하는 사이가 되는 것도 시간문제지."

이안은 아무 대답이 없었지만 어느 정도 설득당한 얼굴이었다.

그때 병실 문이 벌컥 열리며 세규가 뛰어들어 왔다. 그의 얼굴은 못

볼 거라도 본 것처럼 하얗게 질려 있었다.

"쫙 깔렸어!"

"뭐가?"

"기, 기자들……. 아무래도 날 미행했나 봐. 병원 앞에 잔뜩 진을 치고 있어. 이럴까 봐 방송국에서 나올 때부터 신경을 많이 썼는데. 어떡하지, 여기까지 알고 쳐들어오면?"

그러면서 세규는 겁먹은 얼굴로 게일을 쳐다보았다. 화가 난 그가 기다란 검을 꺼내 목이라도 베어버릴까 봐 두려웠던 것이다. 그때 게일이 무섭게 명령했다.

"벗어."

"네?"

"옷 말야."

"아, 네!"

딱!

"누가 속옷까지 벗으랬어!"

세규가 속옷만 남기고 홀랑 벗어버리자 게일은 그 옷을 이안에게 주었다.

"레이디가 입어."

이안은 무슨 영문인지 몰라 얼떨떨한 얼굴로 환자복 위에 주섬주섬 옷을 껴입었다.

"우린 지금부터 최현재를 탈환하러 간다."

"네?"

"억울하게 가만히 앉아서 빼앗길 순 없잖아. 그리고 세규는 사물함에 있는 옷을 입고 여길 빠져나가."

"하지만 그건 여자 옷인데요?"

속옷만 입고 있는 세규는 억울한 얼굴로 반박했다.

"그러니까 잘됐지. 사람들을 따돌리기 쉬울 거 아냐."

"하하! 그렇겠군요. 역시 사부님이셔……."

잠시 후 이안과 게일은 병실을 무사히 빠져나가 재경이 입원해 있는 병원으로 갔다. 병원 앞에서 한 다발의 꽃을 산 그녀는 병실 문을 열기 전 잠시 심호흡을 했다.

"안 들어가고 뭐 해, 레이디?"

"쉿! 마음을 가다듬는 중이에요."

"전쟁에서는 생각이 많으면 지는 거라구. 일단 돌진!"

그러자 게일은 재경의 병실 문을 노크하더니 무조건 이안의 팔을 잡아끌고 들어갔다.

"우와아악!"

요란스럽게 나타나는 두 사람을 현재와 재경은 다소 어이없다는 얼굴로 쳐다보았다. 하지만 재경은 금방 화사한 미소를 지으며 맞이했다.

"어서 와요."

그녀가 미소 짓자 주변의 공기들이 반짝이는 것 같았다. 게일 역시 남자이다 보니 재경의 미소 공격은 치명적인 것이었다. 어떤 무쇠심장을 가진 남자가 그림처럼 아름다운 미소에 마음이 흔들리지 않을 수 있을까?

그 순간 게일은 아주 조금이지만 '나의 레이디가 정말 최현재를 무사히 탈환할 수 있을까?'라는 의심이 들었다. 물론 이안에게는 비밀이었지만.

제9화

영웅 전기

영웅 전기¹

개학날 아침.

학교의 분위기는 전체적으로 어수선했다. 밀린 과제를 하느라 개학날 아침은 원래 떠들썩하고 어수선한 것이 정상이었다. 하지만 오늘은 어수선한 와중에 어딘지 침울한 분위기가 감돌았다.

영문을 몰라 하는 이안에게 혜라가 다가오며 투덜거렸다.

"정말 개학하자마자 이게 뭐야, 음침한 얘기나 들려오고."

"음침한 얘기라니?"

"한수경이 자살했대."

"뭐?!"

"알고 보니 한수경 정신병자였다더라. 십 년 전인가? 걔네 아빠가 엄마랑 걔를 같이 감금시켜 놨는데 엄마는 죽고 걔만 구출된 거래. 신문에도 나온 큰 사건이었나 봐. 그래서 얼마 전까지도 정신병원에 다

넜다더라. 그런 주제에 잘난 척은 혼자 다 하고…… 감쪽같이 속았지 뭐야."

문 손잡이가 거꾸로 된 건 그 때문이었나 보다. 아빠가 그녀들을 감금시켜 놨던 흔적.

이안은 그녀의 집을 나올 때 수경의 우울하던 뒷모습이 생각나자 안쓰러워졌다. 그때 조금만 더 다정하게 대해줄걸. 마물에게 홀려서 일을 저지른 거니 조금만 더 이해해 줬더라면 자살까지는 하지 않았을 텐데…….

"네 책임이 아니야."

민주가 속마음을 듣기라도 한 것처럼 말했다. 놀라서 쳐다보자 그녀는 손가락으로 이안의 이마를 콕콕 찍었다.

"얼굴에 다 쓰여 있다고. 그 정도로도 넌 수경이한테 충분히 다정했어."

"맞아! 그러고 보니 이안이 너, 한수경이랑 친하지 않았니? 어머, 정신병이 옮았으면 어떡해?"

혜라의 비아냥거리는 말에 이안은 화를 내려 했다. 하지만 그녀는 이미 다른 아이들의 화제에 참견 중이었다. 혜라가 끼어든 곳에는 아이들이 사진을 한참 돌리고 있었다. 멀리서 보았지만 이안은 사진에 찍힌 것이 누구인지 한눈에 알 수 있었다.

"저 사람은 그때……."

민주도 금방 알아보고 확인하듯 이안을 쳐다보았다. 사진에 찍힌 것은 스피드맨이었다. 얼굴은 가면을 써서 알아볼 수 없었지만 그 특이한 복장은 얼마 전 게일이 입고 다니던 것이었다. 그래서 수경의 집에서 게일과 만난 민주 역시 한눈에 알아본 것이다.

이안은 아니라고 부인하고 싶었지만 민주의 예리한 눈만은 속일 수 없다는 것을 잘 알았다. 이안이 난처한 얼굴로 식은땀까지 흘리자 민주는 일단 입을 다물기로 한 것 같았다. 물론 조건이 따라왔지만.

"언젠가는 반드시 전부 말해 줘야 된다."

"무, 물론이지……."

하지만 문제는 이안에게 그다지 우호적이지 않은 혜라였다.

"어머, 나 이 사람 알……!"

그 즉시 혜라는 이안에게 입이 틀어막혀 끌려 나오고야 말았다. 위기 상황이 닥치면 그녀는 게일 못지않은 괴력을 발휘할 수 있는 것 같았다.

"이거 놓고 얘기해! 나 저 사람 분명 너희 집에서 봤어."

이안에게 옥상으로 끌려온 혜라는 비협조적인 태도였다. 그녀가 언제 자기 집에 왔었는지 알 수 없는 이안이었지만 게일을 본 것만은 틀림없다고 생각했다.

"우리 집엔 뭐 하러 왔는데?"

"염려 마, 너 때문이 아니라 제이디를 만나러 간 거였으니까. 그런데 그는 없고 저 괴상한 남자만 있더라. 옷차림이 하도 촌스러워서 기억해."

이안은 그 순간 혜라의 약점을 떠올렸다.

"그래서 소문 내겠다는 거야? 제이디는 입이 싼 레이디를 싫어할 텐데. 그는 제이디의 친구이기도 하거든."

"홍, 제이디라고? 필요없어, 그런 호모 따위."

"호, 호모! 제이디가?"

이안은 금시초문이었다. 제이디가 게이라니…… 오히려 플레이보이라면 모를까.

"그래, 그가 살던 나라에 남자 애인들이 우글우글하다고 그 괴상한 사람이 그러더라."

비로소 이안은 제이디를 음해하기 위한 게일의 거짓말이라고 추측할 수 있었다. 성격이 조금 안 좋기는 했지만 그래도 멋진 사람이었는데 너무한 거짓말이었다. 더구나 게일의 거짓말 덕분에 혜라를 꼬실 만한 미끼가 사라져 버린 것이다. 정말 도움 안 되는 나이트였다.

"하하, 그건 뭔가 오해일 거야. 제이디가 널 얼마나 특별하게 생각했는데."

하지만 표정을 보아하니 이미 마음이 떠난 혜라에겐 재고의 여지도 없는 것 같았다. 정말 매정하고 냉정한 성격이었다.

"그런데 이안아, 그 사람은 누구니?"

"누구? 게일 말야?"

"이름이 게일이야? 특이하네."

아무리 둔한 이안이었지만 혜라의 움직이는 사랑이 이번엔 게일에게 향하고 있다는 것을 눈치 챌 수 있었다. 그녀에게서 사랑에 빠진 사람 특유의 핑크 빛 오로라가 발산되고 있었던 것이다.

"응, 그러고 보니 그가 내 친구들에 대해 물어보던데, 아마 너 때문에 그랬나 보다. 굉장히 관심있는 눈치던데……. 게일이 좀 무뚝뚝해 보이긴 하지만 사실 기사도 정신이 투철한 사람이야. 머리도 좋고, 운동 신경도 좋고, 집안도 좋고. 그가 가지고 있는 재산은 또 얼마나 많은 줄 아니?"

"그으래……?"

혜라가 완전히 게일에게 넘어갔다고 생각되자 이안은 쐐기를 박듯 말했다.

"그런데 말야… 게일은 자기 얘기가 사람들 입에 오르내리는 걸 무척 싫어해."

그 순간 학교 전체가 술렁거렸다. 운동장에 있던 아이들이 손가락으로 가리키며 고함을 질러댔다.

"스피드맨이 나타났다!"

"우와! 스피드맨과 배트맨의 대결이다!"

아이들이 손으로 가리키는 곳에는 속옷을 입지 않고 레인코트 자락을 펄럭이는 배트맨(?)이 서 있었는데, 그를 향해 빠른 속도로 스피드맨이 날아가고 있었다.

검도 도복에 장화를 신고 가면까지 쓴 스피드맨은 행글라이더를 타고 있었던 것이다. 푸른 창공을 날던 스피드맨의 행글라이더 날개가 갑자기 기울어졌다. 그러더니 고도를 낮춰 바닥으로 낮게 비행하기 시작했다.

"우와아아!"

아이들의 탄성 소리와 함께 스피드맨은 배트맨의 옷자락을 낚아챘다. 순식간에 벌어진 일이었다. 알몸이 된 배트맨은 재빨리 차에 올라타고 옷을 빼앗기 위해 스피드맨을 추격했다. 하지만 스피드맨은 약올리기라도 하듯이 속력을 줄였다가 그가 추격해 오면 다시 저만치 날아갔다. 두 맨들의 대결은 스피드맨의 압승이었다.

"호호호, 이안아, 알지? 너랑 나랑 아주~ 친한 친구라는 거?"

혜라는 어느새 애교 모드가 되어 이안을 끌어안았다. 하지만 그 순간 이안은 생각에 잠겨 고개를 갸웃할 뿐이었다.

'게일이 행글라이더를 타고 다닐 리 없잖아. 저건 도대체 누구야?'

"나마르치아라 가이위일!"

게일의 힘찬 주문과 함께 사방이 순식간에 눈부신 푸른 빛으로 물들었다. 그러자 웨일 소드에 꿰뚫려 있던 시커먼 짐승은 갸르릉대는 처절한 비명을 지르며 점차 검 안으로 빨려 들어가기 시작했다.

잠시 후 빛이 사라지자 게일은 무표정한 얼굴로 검신에 묻은 시커먼 피를 털어냈다. 그리고 마물의 흔적을 지우기 위해 낡은 건물에 불을 질렀다. 마물이 도망치다가 기름통을 엎질렀기 때문에 불길은 금방 번져 갔다. 건물은 옷을 만드는 작은 공장이었는데 작업하던 사람들은 이미 마물에게 모두 먹혀 버린 후라 대피해야 할 사람은 아무도 없었다.

불붙는 건물을 나가려던 게일은 갑자기 무언가가 자기를 잡아끄는 듯한 느낌을 받았다. 마물을 쫓아다니면서 발달된 육감 때문이라고 해야 할까? 그는 심상치 않은 기운을 뿜어내고 있는 캐비닛을 열어보았다.

안에서 나온 것은 약상자였다. 붉은색의 이상한 문자가 쓰여 있었는데 어디선가 본 것 같았다. 생각을 더듬어보던 게일은 아영의 집에서의 일을 떠올렸다. 그녀가 유키에게 전해주고 싶어했던 약이란 그것이었을 것이다. 하지만 약상자에서 마기 같은 것은 전혀 느껴지지 않았다. 게일은 일단 작은 알약 병 하나를 주머니에 집어넣고 건물을 나왔다.

그런데 그때였다. 사람들이 갑자기 그의 주변에 우르르 몰려들더니 소리치기 시작했다.

"스피드맨이다!"

"어디? 어디?"

몰려드는 사람들을 보며 게일은 난처하게 얼굴을 찡그렸다. 이 사람들이 도대체 내 정체를 어떻게 아는 거지? 하지만 기우였다. 우르르 몰려든 사람들은 금방 게일의 곁을 지나쳤다. 그들이 가는 방향에는 게일과 복장이 똑같은, 아니, 과거의 게일과 똑같은 복장을 한 사람이 서 있었다. 그는 검도 도복 위에 장화를 신고, 한 술 더 떠 얼굴에는 해괴한 마스크까지 쓰고 있었다.

'뭐, 뭐야, 저 녀석!'

게일은 황당해하며 그 가짜 녀석을 노려보았다. 아무리 정체를 숨기고 있다 해도 가짜를 보자 기분이 나빠졌다. 그러나 몰려든 사람들은 가짜를 보며 열광했다.

그 가짜는 위험에 처한 레이디를 구해주고 난 직후였는지 사색이 되어 있는 여자로부터 고맙다는 인사를 받는 중이었다. 두 사람의 주위에는 누가 봐도 악당처럼 생긴 녀석들이 무더기로 쓰러져 있었다.

"정말 스피드맨이야. 주먹 쓰는 것도 안 보이더라니까."

"빠르기만 한 게 아니라 정의의 화신 같은 존재지. 위험에 처한 여성들의 수호신이라며?"

"꺄악! 조금 전 영화보다 더 멋지지 않았니?"

그 장면을 목격한 사람들이 찬사를 해대자 가짜는 머쓱하다는 듯 머리를 긁적였다. 그러자 몰려 있던 관중들, 특히 여성들이 또 한 번 탄성을 터뜨린 것은 말할 것도 없었다. 생각보다 귀엽다는 둥 겸손하다는 둥.

"쳇! 진짜는 나라고."

게일은 혼자서 투덜거리다가 그 자리를 빠져나왔다. 조금만 더 있다가는 열받아서 자기가 진짜라고 주장하게 될 것 같아서였다. 그런데 등 뒤에서 또다시 수런대는 소리가 들려왔다.

"불이야!"

"아아! 저기 사람이……!"

"뭐어? 정말! 아이고~ 이를 어째?"

돌아보자 게일이 불을 지른 건물이었다. 불길은 이제 내부에서 타올라 창밖으로 모습을 드러냈다. 밖에서 보니 창 안쪽에 사람들이 서 있는 실루엣이 보였다. 하지만 게일은 그것이 마네킹이라는 걸 알고 있었다. 그 사실을 알 리 없는 사람들은 사람이 불에 타 죽는다고 아우성을 치기 시작했다.

"연기 때문에 못 나오나 봐!"

"어서 신고해!"

"이를 어째! 저러다 소방차가 오는 동안 다 타 죽겠네."

그 순간 머리를 긁적이던 가짜 영웅은 갑자기 불붙는 건물 안으로 뛰어들었다.

"호오~"

게일은 흥미롭다는 표정을 지었다. 가짜라서 형편없는 사기꾼이라고만 생각했는데 나름대로 영웅다운 면모가 있었던 것이다. 하지만 좋아하고 있을 때만은 아니었다.

'제길! 저 녀석, 괜히 일을 만드네.'

마네킹을 구하러 목숨 걸고 불길 속으로 뛰어든 바보 녀석을 그대로 놓아둘 수만은 없었다. 그는 사람들의 눈길을 피해 재빨리 불붙은 건물 안으로 들어갔다.

"이봐!"

게일은 불길이 기세 좋게 타오르는 방 안으로 들어가려는 가짜를 붙잡았다. 방은 이미 불바다였고 사방이 시커먼 연기로 가득 차 숨이 턱턱 막혔다. 물을 뒤집어쓰고 들어왔는데도 후끈거리는 열기는 살갗을 익혀 버릴 것만 같았다. 하지만 가짜는 오히려 게일에게 화를 냈다.

"위험한데 여기서 뭘 하는 거야! 빨리 나가!"

"저기… 난 괜찮으니……."

"걸어서 나갈 수 있겠나? 난 방 안의 사람들을 구해야 하니 그럼 이만!"

게일은 하는 수 없이 뛰어가려는 가짜의 뒷덜미를 잡아챘다.

"이봐! 안에 있는 건 모두 마네킹이라고. 사람들은 모두 대피했으니 안심해."

가짜는 다소 의심스러운 얼굴로 게일을 쳐다보았다.

"당신은 이곳 직원인가?"

"그렇다고 해두지."

그제야 가짜는 안도하며 미소를 지었다. 가면으로 얼굴을 가리고 있긴 했지만 그 가면이라는 것이 만화에 흔히 나오는 눈만 가리는 것이라 화사하게 웃는 얼굴을 볼 수 있었다. 남자치고는 꽤나 예쁘장했다. 더구나 키는 컸지만 가볍고 가는 체격은 아무리 봐도 남자라고 할 수 없었다. 무엇보다 게일에게 여자라는 확신을 준 것은 어색하게 힘을 준 목소리였다.

그 순간 가짜의 눈에 이채가 스쳤다.

"왜 그래?"

게일이 물었지만 그는 대답도 없이 불길이 넘실거리는 복도로 달려가기 시작했다. 이번에도 게일이 목덜미를 잡아챘다.

"이봐, 이봐, 또 어딜 가?"

"누군가 살아 있어. 기척이 느껴졌단 말이야."

"그 누군가라면… 이 녀석 말야?"

게일은 두 사람의 주위를 맴돌고 있는 강아지를 집어 올렸다. 털이 불에 그슬리기는 했지만 기세 좋게 짖어대는 걸 보니 멀쩡한 것 같았다. 가짜는 또다시 화사하게 웃더니 강아지를 얼른 안아 들었다.

"쳇! 그렇게 좋아할 때가 아니라고."

그들이 들어온 길은 이미 불바다가 되었고 불에 탄 기둥과 천장이 무너져 내리고 있었다. 각 방에서는 엄청난 불덩이를 복도로 뿜어댔다. 복도도 금방 불바다로 변할 것이었다. 아니, 그전에 이 매캐한 가스에 질식해 버릴 것 같았다.

연기 때문에 콜록거리던 가짜는 금방 쓰러질 듯이 비틀거렸다. 그의 품에 안긴 강아지도 끙끙대다가 축 늘어져 버렸다.

"제길, 하는 수 없군."

게일은 한 사람과 한 마리를 어깨에 둘러메고 용광로처럼 뜨거운 불길 속을 헤쳐 나갔다. 불에 타 떨어지는 골재들은 웨일 소드가 불러내는 정화의 바람에 의해 전부 날아가 버렸다.

건물을 빠져나온 게일은 불길이 아직 번지지 않은 입구에 가짜를 내려놓았다. 맑은 공기를 마시자 그는 정신이 든 듯 몸을 추슬렀다.

"고마워. 당신 이름이 뭐야? 내가 좋아하는 사람이랑 왠지 말투가 비슷해."

하지만 어느새 게일은 바람처럼 사라지고 없었다.

가짜가 강아지를 안고 밖으로 나오기 무섭게 건물 한쪽이 와지끈 소리를 내며 붕괴되었다. 그 소리와 동시에 눈앞에 불빛이 번쩍했다. 가짜는 놀라서 팔을 들어 두 눈을 가렸다.

"안녕하세요? 주간 시사 프리즘의 박시내 기자예요. 이번 특집 기사로 취재를 하려는데 잠시 시간 좀 내주세요."

단발머리에 똘망똘망하게 생긴 여자가 녹음기를 들이대고 서 있었다. 그녀의 뒤로 안도의 한숨을 내쉬고 있는 사람들이 보였다. 불길 속에 뛰어든 가짜를 걱정하고 있었던 것이다. 가짜는 사람들에게 함빡 미소를 지어 보이며 안고 있던 강아지를 내려놓았다. 강아지가 답례라도 하듯 꼬리를 흔들며 짖어댔다. 박시내와 동행한 사진 기자는 또 한 장의 사진을 찍었다.

"난 유명해지고 싶어서 하는 일이 아니야. 그러니 취재에는 응하고 싶지 않은데……."

하지만 또다시 후레쉬가 터지자 가짜는 턱을 괴며 사색에 잠긴 포즈를 취해 보였다.

"그럴 순 없어요! 벌써 인터넷에 당신의 팬클럽이 수십 개 만들어지고 각 매체마다 당신 정체에 대해 알고 싶어하는 사람들의 전화가 빗발치고 있어요. 당신은 원하지 않았어도 이미 이 사회의 공인이 된 거예요. 공인으로서 시민들의 알 권리를 충족시켜 줘야 할 의무가 있는 거 아닌가요!"

가짜는 조금 난처한 표정을 짓더니 길게 휘파람을 불었다. 고음의 가는 휘파람 소리가 멀리 울려 퍼져 갔다. 뭘 하려는 건가 싶어 눈을 말똥말똥 굴리며 가짜를 바라보던 박시내와 사람들은 갑자기 머리 위로 시커먼 그림자가 드리워지는 것을 느꼈다. 고개를 들자 하늘을 가르며 커다란 물체가 날고 있었다.

"어머나!"

"어이쿠!"

사람들은 화들짝 놀라 피했다. 그것은 그대로 가짜를 향해 날아갔다.

"행글라이더?"

어느새 가짜는 하늘 높이 올라가고 있었다. 입술을 잘근 씹으며 노려보는 박시내에게 그는 영화 속의 히어로처럼 윙크하며 키스를 날렸다. 그리고 새처럼 아름다운 날개를 가진 행글라이더는 어두워져 가는 저녁 하늘 속으로 유유히 사라져 갔다.

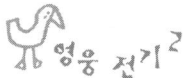 영웅 전기 2

"으아악!"

다음날 아침 조간 신문을 보던 세규는 분노한 얼굴로 신문을 구기더니 구석에 처박아 버렸다.

"왜 그래? 나도 아직 안 본 신문인데."

"이럴 순 없어, 이럴 수는!"

"쯧쯧……."

이안은 오늘따라 상태가 더 안 좋아 보이는 세규를 향해 혀를 차며 구석에 처박힌 신문을 집어 들었다. 몇 장 뒤적뒤적하던 그녀는 눈에 띄는 제목을 발견하고는 유심히 읽어 내려갔다.

하늘을 끝으로 질주한 스피드맨!

제목 아래로 두 장의 사진이 실려 있었다. 왼쪽에 있는 사진은 불타는 건물을 배경으로 강아지를 안고 있는 가면을 쓴 사람 사진이었다. 여기저기 그슬려 있는 것이 불 속에서 강아지를 구출해 나오는 장면 같았다. 그리고 오른쪽 사진은 행글라이더를 타고 하늘을 나는 장면이었다. 멀리 찍혀 얼굴은 자세히 안 나왔지만 둘 다 같은 사람이라는 걸 알 수 있었다. 똑같이 괴상한 복장을 입고 있었으니까. 검도 도복에 장화를 신는 발상은 아무나 할 수 있는 게 아닌 것이다.

"흠……."

이안은 행글라이더를 타고 다니던 스피드맨은 게일이 아니라는 걸 확실히 알 수 있었다. 아무리 가면을 쓰고 있다지만 사진으로 보니 이목구비가 확연히 달랐다. 몸집도 게일보다는 훨씬 야리야리했다. 세규가 아침부터 왜 이렇게 흥분하는지 알 것 같았다.

"저건 가짜라구! 가짜야!"

"알았어, 그만 좀 흥분해."

"내가 지금 흥분 안 하게 생겼냐? 어떻게 가짜가 나타나 버젓이 진짜 행세를 하느냐 말야! 이 자식, 한두 번도 아닌 것 같더라!"

"좀 열받긴 하지만 그렇게 흥분할 일은 아니잖아. 나쁜 짓을 저지르고 다니는 것도 아니고."

"이건 타인의 오리지널리티를 훔친 거라구! 표절과 절도만큼이나 나쁜 짓이야!"

"그런가?"

이안은 무성의하게 대답하며 계속 신문을 읽었다. 그때 게일이 부스스한 몰골로 방에서 나왔다. 세규는 쪼르르 달려가 신문에 실린 기사를 이야기했다. 게일 역시도 이안과 마찬가지로 시큰둥한 반응을 보였다.

"알고 있어. 어제 나도 현장에 있었으니까."

"정말입니까? 사부! 억울하지도 않습니까? 놈들이 사부의 행세를 하며 속세를 어지럽히는데……."

게일은 고개를 갸웃했다.

"좀 억울하긴 하지. 하지만 뭐, 그런 녀석 하나쯤 있다고 해서 나쁠 것도 없지."

"그렇다면 제3, 제4의 가짜가 나타나면 어떻게 하시겠습니까?"

"크게 나쁜 짓만 하지 않는다면 뭐……."

세규는 고개를 떨어뜨린 채 한참 동안이나 말이 없었다. 그러더니 굉장히 낙심한 표정으로 말했다.

"예, 사부의 뜻 잘 알겠습니다. 하지만 전 제자로서 이대로 두고 볼 수는 없습니다. 사부의 위명을 더럽히는 놈들을 철저하게 응징해 버릴 것입니다!"

그가 어찌나 결연한 표정을 짓고 있던지 게일은 진담일지도 모른다고 생각했다. 그런데 이 녀석이 왜 나보다 더 흥분하는 거야? 정말 이해할 수 없는 캐릭터였다.

"뭐… 좋을 대로."

"알겠습니다."

세규는 마치 하산이라도 하는 듯 게일 앞에 큰절을 꾸벅 올리고는 표표히 자기 방으로 들어갔다. 방 안에서 도대체 무슨 흉계를 꾸미려는 건지 걱정이 된 이안이 한마디 소리쳤다.

"정리하기 힘드니까 적당히 놀아!"

세규는 의미심장한 미소를 남기고는 방문을 닫았다.

"그런데 예전부터 한 가지 궁금한 게 있는데 왜 우리 오빠가 아저씨의 제자가 된 거예요?"

"나도 몰라."

시큰둥하게 대답한 게일은 이안이 펼쳐 놓은 신문의 사진을 바라보더니 씨익 웃었다.

"실물이 좀 더 나은걸?"

"상당한 미남인가 보네요."

"미남이라기보단 흠… 아무리 그래도 레이디의 짝사랑만은 못하지."

"……."

"벌써 포기한 거야, 최현재 탈환 작전은?"

이안은 밝게 웃으며 고개를 저었다.

"포기라뇨! 잠시 휴식 중이라고요."

하지만 게일은 그녀가 억지로 웃고 있다는 걸 알 수 있었다. 현재는 요즘 재경에게 푹 빠져 얼굴에 '행복'이라고 써놓고 다녔으니까. 예전의 그 성격 나쁘고 시큰둥하던 녀석이 맞을까 싶을 정도였다. 이안으로서는 최현재 탈환이 불가능해 보이는 것도 당연할 것이다. 아니, 마음 약한 그녀는 시도조차 못할 것이었다.

침울한 분위기를 깨려는 듯 벨이 울렸다. 문을 열자 뜻밖의 인물이 서 있었다.

"잘 지내니?"

활짝 웃으며 나타난 것은 재경이었다. 하얀 얼굴에 흰 머플러와 흰 모자를 쓰고 있어서인지 이안은 순식간에 주변이 환하게 밝아지는 느낌을 받았다. 재경은 그녀에게 파란 아이리스 꽃다발을 내밀었다.

"현재에게 주소를 물어 찾아왔어."

"그, 그래… 어서 와."

천성이 친절한 이안은 얼떨결에 웃으며 그녀를 맞아들였다. 그런데 게일이 그녀들 사이를 가로막았다.

"잠깐, 레이디는 무슨 목적으로 여기 온 거지?"

"모, 목적이라니요. 추운데 일단 안으로 들어와 얘기해요."

이안은 자기 때문에 게일이 재경에게 화를 낸다고 생각했기에 어쩔 줄 몰라 했다. 하지만 그가 화내는 이유는 다른 데 있었다.

"저 레이디도 일행인가?"

게일이 가리킨 것은 대문 밖에 주차되어 있는 자동차였다. 차 안에는 어제저녁 가짜에게 박사내라고 자신을 밝혔던 여기자가 타고 있었다. 숨어 있다가 들킨 시내는 윈도우를 내리고 겸연쩍게 웃어 보였다. 하지만 재경은 여전히 대수롭지 않다는 표정이었다.

"오늘 온 건 이안 씨를 만날 목적도 있었지만 무엇보다 당신에게 확답을 듣고 싶어서예요. 영화 출연 건… 기억하시죠?"

게일은 재경을 빤히 바라보았다. 그가 정색을 하고 있었기에 이안은 무슨 일이 벌어지지나 않을까 싶어 내심 긴장했다. 그러나 재경은 눈 하나 깜빡하지 않고 그의 시선을 맞받아쳤다. 혼혈인 그녀의 눈동자는 색소가 엷어 왠지 고양이를 연상시켰다.

잠시 후 이안의 우려와 달리 게일은 피식 웃었다.

"영악한 레이디로군."

"요령이 좋은 거라고 생각해요. 당신도 눈치가 굉장히 빠르군요."

"내가 그… 출연인지 뭔지를 한다면 저 기자 레이디는 어떻게 되는 거지?"

"새로 크랭크 인(영화 촬영을 시작하는 것)할 영화의 신인 배우 인터뷰 기사를 작성하겠죠. 대본이 나올 때부터 관심을 많이 끌었던 작품이라 파격적 신인 기용이라는 것도 기삿거리로는 나쁘지 않으니까."

"내가 거절한다면 스피드맨인지 뭔지 하는 녀석의 정체가 이 세상에 알려지게 되는 건가?"

"좀 골치 아프게 되겠죠?"

재경은 어깨를 으쓱했다. 그제야 이안은 그녀가 무슨 속셈으로 온 건지 알 수 있었다. 재경은 게일을 협박하고 있는 것이다. '영화에 출현하지 않으면 정체를 폭로해 버리겠다'는……. 그녀도 스피드맨이 게일이라는 걸 알고 있을 테니까.

게일을 협박하다니, 매우 깜찍하고도 대담한 여자였다. 저번만 해도 재경이나 강대철이라는 감독은 게일을 탐내는 정도였었다. 하지만 그가 스피드맨이라는 것을 알게 되었을 테니 캐스팅에 열을 올리는 것이 당연했다. 그렇다고 이렇게 비열하게 협박까지 하다니…….

그런 줄도 모르고 기쁘게 꽃다발을 받은 이안은 자기가 한심하게 생각됐다. 더불어 집 주소를 가르쳐 준 현재가 밉기도 했고.

"이재경!"

현재가 현관 계단을 뛰어 올라왔다. 그를 다시 보게 된 이안은 자기도 모르게 얼굴이 굳어졌다. 애써 아무렇지 않은 표정을 지으려 노력했다. 그와는 아직 좋은 친구인 것이다. 이안은 그 관계만이라도 유지하고 싶었다. 현재에게서 멀어지고 싶지 않았으니까.

"그만 해. 게일은 영화에 출현하지 않을 거라니까."

"왜? 이렇게 좋은 기회를……."

현재가 말리자 재경은 절대로 이해할 수 없다는 표정이었다. 하지만 이안은 그렇게 생각하는 재경을 더 이해할 수 없었다. 많은 사람들이 영화배우가 되고 싶어 하지만 사람에 따라서는 원하지 않을 수도 있다. 왜 모두가 자기처럼 영화배우가 되고 싶어한다고 생각하는 걸까?

"저, 재경 씨… 게일은 그 일을 별로 원하지 않아요. 원하지 않는 사람에게 강요하는 건 잘못이라고 생각해요."

"그렇다면 하는 수밖에 없네요."

재경이 포기한 것 같자 현재와 이안은 한시름 놓았다. 하지만 그녀는 포기를 모르는 인간이었다. 재경은 시내의 차를 향해 걸어가며 말했다.

"박 기자님, 스피드맨의 정체에 대해 궁금하다고 했죠?"

현재와 이안은 경직된 얼굴로 재경을 쳐다보았다. 그녀는 마지막 경고라도 하듯 그들을 향해 생긋 웃었다. 하지만 정작 당사자인 게일은 어째서인지 아무런 표정 변화가 없었다. 오히려 그는 능청스럽게 응수했다.

"나도 그 스피드맨인지 뭔지가 상당히 궁금하더군. 이봐, 기자 레이디. 스피드맨의 정체가 궁금하다면 여기 있을 게 아니라 저 사람을 쫓아가 보는 게 좋을 것 같은데?"

게일은 대문 너머를 가리켰다. 그곳에는 놀랍게도 스피드맨 복장을 한 사람이 지나가는 중이었다. 이번에는 행글라이더가 아니라 오토바이였다. 스피드맨이 오토바이를 몰고 빠르게 사라지자 시내는 정신없이 차를 몰아 쫓아갔다.

번화가의 한 고층 빌딩 옥상.

젊은 남자는 퀭한 두 눈으로 옥상 난간에 서서 아래를 내려다보았다. 자기를 올려다보는 사람들이 까마득하게 보였다. 20층이 넘는 이곳에서 떨어지면 바로 즉사할 것이다. 그런데도 그는 아랑곳 않고 소주병을 입에 물고 들이부었다.

"아이고, 저러다 정말 떨어지면 어쩌려구 그랴~"

"그러게. 취해서 푹 고꾸라지면 영락없이 골로 가는 건데."

"저런 미친놈은 일찌감치 죽는 게 더 나아."

구경꾼들의 말은 제각각이었지만 모두 불안한 표정들이었다.

"어어어……!"

순간 사람들이 비명을 질렀다. 옥상 위의 남자의 몸이 떨어질 것처럼 휘청거렸던 것이다. 다행히 그는 중심을 잡고 다시 섰다. 사람들은 안도의 한숨을 내쉬었다.

남자는 벌써 삼십 분째 저러고 있었다. 신고를 받은 구조대원들이 조금 전 도착했지만 그가 빌딩으로 들어오면 뛰어내릴 거라고 위협해서 아무도 다가가지 못하고 있었다.

"죽어버릴 거야…… 죽어버릴 거야!"

남자는 소주를 벌컥벌컥 들이마시더니 광소성을 터뜨렸다. 입술에서는 침이 줄줄 흐르고 얼굴은 시뻘겋게 달아오른 것이 미친 사람처럼 보였다.

"이봐, 죽을 때 죽더라도 민폐는 끼치지 말아야지."

등 뒤에서 들려온 목소리에 남자는 화들짝 놀라 돌아보았다. 한 사람이 옥상 문을 열고 다가오고 있었다. 어두워져 가는 저녁 하늘 아래 옷자락을 날리며 서 있는 사람을 보자 남자는 놀라서 중얼거렸다.

"너, 너는……."

"사람들은 스피드맨이라 부르더군."

스피드맨은 연출된 동작을 하듯 멋지게 눈을 찡긋했다. 복면을 쓰고 있어 얼굴이 제대로 보이지 않았다. 그러나 턱 밑에 수염이 비죽이 자라고 있는 것으로 보아 스무 살도 안 된 애송이가 분명했다.

"뭐야, 어린애잖아."

"당신보다 어릴지 모르지만 자기 삶을 이렇게 쉽게 포기하진 않아."

남자는 스피드맨의 말에 발끈했다.

"어린애 따위가 삶에 대해 뭘 안다고! 삶이 얼마나 허무하고 공허한 건지 알기나 해? 사람은 말야, 태어날 때부터 사형 선고받은 인생을 사는 거라구. 후훗, 웃기지 않아? 사형수 주제에 미래니 희망 따위를 얘기한다는 게? 인간에게는 희망이란 없는 거야……."

염세적으로 웃던 남자는 갑자기 머리 위에서 휘파람 같은 소리가 나는 것을 들었다. 곧 이어 시커먼 그림자가 바닥에 드리워졌다. 고개를 들자 하늘 위에서 커다란 새가 날아오고 있었다. 그 새는 추락할 것처럼 비틀거리더니 두 사람의 머리 위로 떨어졌다.

"허억! 피해!"

"으아아악!"

스피드맨이 소리치자 남자는 얼른 옥상 난간에서 내려서며 바닥에 납작 엎드렸다. 비틀거리던 새 그림자는 남자가 서 있던 난간을 아슬아슬하게 스치고 지나갔다. 아마 남자가 내려서지 않았더라면 그대로 빌딩 아래로 밀려 떨어졌을 것이다. 그 사실을 깨닫자 남자는 등골이 오싹해졌다.

"뭐야! 저건?"

하지만 위태위태하던 등장과 달리 그림자는 옥상 바닥에 사뿐하게 착륙했다.

"자살이라니… 그건 말도 안 돼."

"너, 너는……."

남자는 앞서 나타난 스피드맨 때와 똑같은 대사를 했다. 그러자 행글라이더에서 내린 사람 역시 능청스럽게 대답했다.

"스피드맨이라고들 하더군."

"뭐? 가짜 주제에 누구 이름을 사칭하는 거냐!"

먼저 나타난 스피드맨이 발끈해서 따지자 두 번째 스피드맨은 가소롭다는 듯 웃었다.

"후훗, 사칭이라니. 그건 사람들이 내게 붙여준 이름. 너야말로 나를 닮고 싶어하는 것까지는 용서할 수 있다. 그러나 내 이름을 팔고 다니는 건 용서할 수 없다!"

"하하! 닮고 싶어한다고? 가짜! 오늘 네 정체를 밝혀주마!"

"누가 할 소리!"

두 명의 스피드맨은 서로를 견제하며 빙글빙글 맴돌았다. 둘 다 눈에 가면을 쓰고 있었기에 서로가 노리는 것은 그 가면이었다. '가면을 벗겨내고 가짜 놈의 얼굴을 세상에 알리겠다'. 그런 생각인 것 같았다.

"이봐… 나 자살할 거라구~"

옥상에 있던 남자가 다시 난간에 올라서며 말했지만 그들은 들은 척도 하지 않았다.

"저기… 나 자살할 거래두!"

남자는 소주병을 흔들며 소리쳤다.

"시끄러!"

"떠들지 마!"

두 사람은 동시에 소리를 질렀다. 남자는 기가 죽어 잠시 조용했다. 하지만 아무리 생각해 봐도 억울했다. 죽으려고 결심한 건 자기였고, 이 번화한 빌딩을 고른 것도 자기였다. 사람들이 몰려든 것도 자기 때문이었다.

'…그런데 왜 이상한 녀석들이 나타나서 싸움을 하는 거냔 말야!'

게다가 사람들은 이제 자기의 죽음보다 이 두 녀석들의 싸움에 더 관심을 보였다. 주변 건물에는 아까부터 창밖으로 목을 빼고 자살 소동을 구경하던 사람들이 있었다. 그런데 이제 그들은 두 명의 스피드맨 출현에 더 열을 올렸다. 아무도 옥상 난간에 올라선 남자 따위에는 신경 쓰지 않았다. 심지어 아래에서 구경하던 사람들은 물론이고 구조 대원들까지 옥상으로 올라와 스피드맨을 구경했다.

"제기!"

남자는 결국 자살을 포기하기로 했다. 그가 다시 옥상을 내려가는 데도 아무도 모르는 것 같았다.

"와와―!"

사람들이 함성을 질렀다. 두 명의 스피드맨은 지금 막 대치 상태를 끝내고 공격에 들어가고 있었다.

파앗!

휘리릭!

첫 번째 스피드맨은 허리에서 기다란 죽도를 뽑아 들었고 두 번째 스피드맨은 긴 채찍을 꺼냈다. 죽도가 후려쳐지자 채찍은 죽도를 휘감았다. 두 번째 스피드맨의 움직임은 빠르고 정확했다.

그러나 첫 번째 스피드맨은 힘을 느슨하게 뺐다가 다시 힘껏 죽도를 당겼다. 방심하고 있던 두 번째 스피드맨은 채찍을 빼앗겨 버렸다. 힘에서는 첫 번째 스피드맨이 앞섰다.

"하하! 감히 가짜가 이길 수 있을 것 같으냐?"

양손에 무기를 든 첫 번째 스피드맨은 의기양양하게 웃었다. 그러자 무기를 빼앗긴 두 번째 스피드맨이 갑자기 맨몸으로 달려들었다. 순식간에 첫 번째 스피드맨의 팔을 꺾고 그를 바닥에 눕혔다. 굉장히 숙련된 솜씨라 눈 깜짝할 사이에 일어난 일이었다.

구경하던 사람들은 열광했다. 그러자 쓰러져 있던 첫 번째 스피드맨은 재빨리 몸을 일으켜 죽도를 휘두르며 재차 공격해 들어갔다. 두 번째 스피드맨은 가볍게 몸을 피했다.

"으윽!"

그러나 사나운 죽도의 공격을 모두 피하지 못하고 어깨를 얻어맞고 비틀거렸다.

"와아!"

또다시 사람들이 열광하며 함성을 질러댔다. 그 함성 소리를 들으며 남자는 엘리베이터를 탔다. 그리고 혼자서 처절하게 울부짖었다.

"우워어어……! 스피드맨 나빴어! 나빴어!"

"뭐야, 이 냄새는?"

빨래를 가지러 세규의 방에 들어온 이안은 심상치 않은 냄새를 맡고 코를 벌름거렸다. 컴퓨터 앞에서 인터넷을 하던 세규는 짐짓 시치미를 뗐다.

"내 방에서 원래 냄새 나는 거 몰라서 그래? 빨래할 거 없으니까 그냥 나가."

하지만 이안이 어디 순순히 말을 들을 사람이던가? 그녀는 척척 세규에게 걸어오더니 갑자기 그의 웃옷을 홀렁 까 올렸다.

"으헉! 벼, 변태야! 왜 남의 옷을 벗겨!"

"어허! 앙탈 부리지 말고 가만 안 있어! 여기서 뭔가 알딱꾸리한 냄새가 난단 말야."

세규의 반항에도 아랑곳 않고 이안은 그의 옷을 반쯤 벗겼다. 그러자 파스로 도배가 된 등이 나타났다.

"자초지종을 설명해 보시지?"

이안은 예리하게 눈을 빛냈다. 세규는 흡사 한 마리 가련한 사슴처럼 불쌍한 표정을 지었다. 하지만 그의 여동생에게는 씨도 안 먹혔다. 그러자 세규는 포기하고 이번엔 배짱을 튕겼다.

"쳇! 네가 몰라도 되는 일이야. 신경 꺼."

그는 다시 인터넷 화면을 열심히 클릭하기 시작했다. 접속해 있는 곳은 스피드맨의 공식 홈페이지였다. 게시판에는 스피드맨에 대한 얘기들이 잔뜩 올라와 있었는데 게시물마다 조회수가 2, 3백 회를 거뜬히 넘었다. 얼굴없는 스피드맨의 인기가 어느 정도인지 짐작하게 했다. 그중에 조회수가 2회밖에 되지 않는 글이 눈에 띄었다. 지금 막 올라온 글인지 가장 상단에 떠 있었다.

지금 스피드맨이 또 나타나떠여!! 진짜일까여? ㅋㅋㅋ…….

제목을 본 세규의 표정이 움찔하는 것을 이안은 놓치지 않았다.

"설마 오빠가……?"

"뭐, 뭘……."

"요즘 스피드맨이 2명이라고 하던데 그중 한 사람이 오빠 아니야?"

"내가 그럴 시간이 어디 있다고."

"흥, 그럴 만한 짓 할 사람은 오빠 말고 어디 흔한 줄 알아? 가짜가 나타났을 때부터 길길이 날뛰는 거 보고 짐작했어."

더 이상 발뺌할 수 없다고 생각했는지 세규는 오히려 뻔뻔스럽게 맞대응을 했다.

"그래, 나다! 완전한 가짜도 판을 치는데 난 진짜의 제자라고. 나보다 더 정통성있는 스피드맨이 어디 있겠냐? 이건 제자로서 사부의 명예를 회복시켜 주려는 정당한 일이야."

"어휴! 말이나 못하면."

이안은 그제야 얼마 전 집 앞에 스피드맨이 지나간 것도 납득할 수 있었다. 하기야 이런 괴상한 일을 그대로 보고만 있을 세규가 아닌 것이다.

"그런데 사부님은 어디 가셨지?"

"몰라, 언제 사라졌는지 소문도 없이 증발."

게일이 갑자기 증발한 것이 한두 번도 아니었기에 이안은 신경 쓰지 않았다.

이렇게 사라진 그는 조금 지친 모습으로 돌아오곤 했다. 마물과 싸우고 오는 것이 분명했다. 그럴 때면 이안은 아무것도 묻지 않고 그를 쉬게 했다.

처음엔 자기를 따돌리고 마물을 잡으러 다니는 그가 서운했지만 지금은 이해할 수 있었다. 끔찍한 시체를 자꾸 보는 것도 즐거운 일은 아니었고, 무엇보다 그녀는 지금 실연당한 상처로 인해 괴로워하는 중이었으니까.

"어쨌든 너, 이 일은 사부님께 비밀이다."

"글쎄……."

이안은 애매하게 대답했다. 왠지 게일이라면 세규의 허튼짓을 이미 알고 있을지도 모른다는 생각이 들었다.

영웅 전기 3

"바쁜가 보다?"

오랜만에 친구인 승수를 찾아온 시내는 다소 불만 섞인 어투로 말했다. 그가 계속 일에만 신경 쓰느라 제대로 아는 척도 하지 않았기 때문이다.

"응, 좀 구미가 당기는 사건이 있어서 말이야. 차 마시고 싶으면 싱크대 서랍에 티백 있으니까 적당히 꺼내 마셔."

"관둬라, 관둬."

시내는 입을 삐죽 내밀고 승수가 하는 일을 자세히 쳐다보았다. 그는 신문에서 기사들을 오려 스크랩하고 있었다. 국내에 발행되는 모든 신문을 다 구독하는지 좁은 사무실은 종잇조각들로 발 디딜 틈 없이 너저분했다.

승수는 탐정 사무소를 경영하고 있었다. 말이 탐정이지 대부분은 홍

신소와 다름없는 자질구레한 일들을 했다. 하지만 그는 탐정이라는 직함에 걸맞게 미궁에 빠진 사건들을 해결하길 좋아했다.

물론 경찰에서 그에게 의뢰를 해오는 것은 아니다. 그저 승수 혼자서 이리저리 사건들을 꿰어 맞추고 음모론을 만들어보는 정도였다. 하지만 그의 머리 속에는 웬만한 사건들에 대한 자료와 정보들이 모두 수집되어 있었다. 일이 풀리지 않을 때면 그래서 시내는 가끔씩 이렇게 그를 방문하곤 했다.

"이번엔 또 뭘 알고 싶어서 온 건데?"

"스피드맨에 대한 취재야. 그런데 아무리 쫓아다녀도 정체를 알 수가 있어야지. 게다가 이번엔 두 사람으로 늘었다니까."

"하하! 그 황당한 사건들을 취재하는 게 너였구나."

"나뿐만 아니야! 스피드맨에 관한 기획 기사를 쓴 건 우리가 제일 먼저였는데 이제는 각 매체마다 전부 경쟁이 붙어버렸어. 특종을 빼앗기기라도 하면 난 배 아파서 죽어버릴 거라구!"

승수는 비로소 하던 일을 멈추고 시내를 바라보았다. 턱수룩한 수염에 담배를 꼬나 문 것이 매우 지저분해 보이는 인상이었다.

"내 생각에 지금 돌아다니는 스피드맨은 모두 가짜야."

"뭐?"

놀라서 토끼 눈이 된 시내를 보며 승수는 피식 웃었다.

"처음 스피드맨이 나왔던 화면 기억해? 시청자가 찍은 비디오였지. 그 비디오를 찍은 게 바로 나라고 한다면?"

"정말?!"

"난 그때 실물을 똑똑히 봤어. 인간 같지 않은 속도로 달려가던 남자를 말야. 그런데 요즘 나돌아다니는 스피드맨은 그에 비하면 상당히 왜소하지. 얼굴 골격도 다르고. 물론 나중에 나타난 녀석도 아니야. 움직임이 다르거든."

"그럼 스피드맨은 도대체 어디에?"

"글쎄, 하지만 진짜 스피드맨은 우리가 생각하는 것처럼 정의롭지 않을지도 모른다는 거야. 어쩌면 괴물일지도 모르고."

"무슨 근거로?"

"그전에 이 파일들을 봐줘."

승수는 스크랩하던 파일을 내밀었다. 그의 책상에 놓인 담배를 집어 불을 붙인 후 시내는 스크랩 돼 있는 기사들을 훑어보았다. 담배 한 가치가 다 타 들어갈 때쯤 그녀는 인상을 찡그렸다.

"이건 모두 미해결 사건들이잖아."

"미해결 사건들 중에서도 공통점이 몇 가지 더 있어. 한 가지는 모두 방화로 끝났다는 점. 또 한 가지는 사건이 발생한 장소에서 항상 이상한 빛이 번쩍였다는 것과 소리가 나는 괴상한 검을 든 사람을 보았다는 목격자들의 증언."

"그게 스피드맨이라는 거야?"

"아니, 그건 잘 몰라. 하지만 그런 기괴한 일을 저지를 수 있는 건 스피드맨처럼 괴상한 능력을 가진 사람일 가능성이 크다는 거지."

그때 승수의 핸드폰이 울렸다.

"지금? 알았어, 들어가지 말고 기다려. 녹음이랑 사진 촬영은 꼭 해놓고."

몇 마디 짧은 말로 통화를 끝내자마자 승수는 옷걸이 걸려 있는 코트를 집어 들었다. 그가 바쁘게 나가려 한다는 것을 깨달은 시내도 자리를 정리하고 일어섰다.

"같이 가겠어? 잘하면 스피드맨과 만나게 될지도 모르는데."

"그럼 물어볼 것도 없지!"

*　　　　　*　　　　　*

"내놓는 게 좋을까? 아니면 빼앗는 게 좋을까?"

게일은 벌벌 떨고 있는 소년의 앞에 손을 내민 채 씨익 웃었다. 웃고 있었지만 그의 얼굴을 본 사람이라면 누구라도 두려움에 몸서리를 칠 정도로 살기가 그득했다. 처음엔 완강하게 아무것도 아니라고 우기던 소년은 더 이상 두려움을 이기지 못하고 들고 있던 수첩을 건네주었다. 그것은 수첩 모양의 작은 카메라였다. 하지만 게일은 그것만으로 만족하지 않았다.

"그것도 줘야지."

그는 소년의 상의 주머니에 꽂혀 있는 만년필까지 빼앗았다. 소형 녹음기였다. 그래도 뭔가 만족하지 못한 듯 소년의 몸을 구석구석 살폈다.

"다 줬어요…… 또 뭘?"

게일은 다시 무시무시한 얼굴로 웃었다.

"아직 안 준 게 있지. 네 목숨……."

지이이잉…….

게일은 손에 들고 있던 웨일 소드를 앞으로 세웠다. 방금 전 마물과의 결투를 마친 검에는 피로 추정되는 붉은 액체가 묻어 있었다. 그가 웨일 소드를 목에 들이대기도 전이었다.

소년은 벽에 기대 미끄러지듯 주저앉았다. 바지가 흥건하게 젖은 것으로 보아 오줌을 지린 모양이다. 스무 살도 안 된 그는 금방이라도 경기를 일으킬 것 같았다. 딱한 생각이 들어 게일은 이 정도에서 위협을 끝내기로 했다. 하지만 여전히 살기를 거두지 않고 말했다.

"지금 여기서 네가 본 것, 들은 것, 절대 발설하지 않겠다고 약속해."

소년은 고개를 마구 끄덕였다.

"만일 약속을 어길 경우에는……."

게일의 손에 들린 웨일 소드가 다시 지잉 하며 길게 울어댔다. 소년은 날카로운 검기에 목이 베어지는 공포를 느꼈다.

"헉! 절대… 절대… 말하지 않을게요……."

그러자 게일의 손에 들린 끔찍하던 검은 어느새 흔적조차 사라지고 없었다. 피식 웃음을 흘린 그 역시 곧 어둠 속으로 사라졌다.

"약속… 지킬게요…… 꼭 지킬게요……."

소년은 그 자리에 주저앉은 채 움직이지도 못하고 계속 같은 말을 중얼거렸다. 무슨 일이 있더라도 약속만은 지켜서 이런 끔찍한 공포를 다시 겪고 싶지 않았던 것이다.

"이봐, 어떻게 된 거야?"

그때 누군가 어깨를 붙잡자 소년은 움찔 놀랐다. 낯익은 얼굴이 앞에 있었다. 그의 두 눈에 눈물이 글썽글썽해졌다.

"히… 잉……."

"어떻게 됐어? 사진은 찍었어?"

"저… 아르바이트 그만둘래요."

"무슨 소리야! 사진이랑 녹음은 어떻게 됐냐고!"

"탐정 아르바이트 안 할 거라구요! 안 해요! 안 해!!"

소년이 미친 듯이 악을 쓰자 승수는 뺨을 때렸다. 그제야 제정신으로 돌아온 듯 소년은 멍한 표정을 지었다.

"후…… 이제 정신이 좀 드냐? 카메라랑 녹음기는 어떻게 했어?"

"뺏겼어요……."

소년이 풀 죽어 대답했다. 승수는 참으려 했지만 화가 나서 욕설을 내뱉었다.

"씨바! 그게 얼마짜린데……!"

"미안해요."

"일단 자리나 좀 옮기자. 뜨거워 죽겠다."

승수는 담벼락에 주저앉은 소년을 부축해서 일으켰다. 담 안쪽에 있는 집은 마물을 붙잡은 게일이 불을 지른 후라 불길이 점차 번져 가고 있었다. 멀리서 소방차의 사이렌 소리가 들려오고 사람들이 하나둘씩 몰려들며 웅성거리기 시작했다.

—뭘 봤는지 통 얘기를 안 해. 내 조수도 그만두겠대.

"요즘 애들은 너무 무책임하다니까. 조금 진정될 때까지 잘 다독여 봐."

—다독여서 될 게 아닌 것 같아. 너는 어떻게 됐어?

"쫓아가긴 하는데… 눈치 챘나 봐. 좁은 골목을 이용해 도망가고 있어. 정말 저게 사람이니? 어떻게 자동차랑 똑같은 속도로 뛸 수 있지? 비디오로도 촬영 중이야. 워낙 흔들려서 피사체가 제대로 잡힐진 모르겠지만."

승수와 통화를 하는 도중 시내는 핸들의 방향을 급히 꺾었다.

끼이이익—!

급하게 차선을 바꾸며 우회전하자 뒤에 오던 차량들이 놀라서 멈춰섰다. 쿵쿵거리며 연쇄 추돌 사고가 일어났다. 시내는 아랑곳 않고 계속 차를 몰았다. 그런데 눈 깜박할 사이에 스피드맨은 사라져 보이지 않았다.

"으아! 도대체 어디로 간 거야?"

시내는 사방을 두리번거리며 스피드맨을 찾아 헤맸다. 하지만 사람들로 붐비고 네온사인이 번쩍이는 번화한 도시에서 한 남자를 찾는다는 건 쉬운 일이 아니었다. 게다가 그녀가 쫓던 스피드맨은 지금까지처럼 눈에 띄는 복장을 하고 있지도 않았다. 하지만 그는 의심의 여지 없는 스피드맨이었다. 이보다 더 빨리 달리는 사람은 없을 테니까.

"그런데 선배, 우리가 쫓던 그 사람… 어디선가 본 것 같지 않아요?"

시내는 옆 자리에 앉아 있는 사진 기자를 돌아보았다. 듣고 보니 그런 것도 같았다. 뒤를 쫓느라 얼굴은 제대로 못 봤지만 왠지 어디선가 본 것 같은 느낌이 들었다. 그것도 아주 최근에. 도대체 어디서 본 거지?

"흠… 이거 들키면 정말 시끄러워지겠는걸."

한편 시내의 승용차 지붕 위에 올라앉아 있던 게일은 난처한 표정을 지었다. 그러고 보니 그녀와는 벌써 세 번째 만난 것이다. 처음은 가짜 스피드맨을 취재 나왔을 때 마주쳤고, 두 번째는 재경과 함께 이안의 집에 왔을 때였다. 만일 이번에 얼굴을 들켰더라면 영락없이 발목을 잡힐 뻔한 것이다.

"스피드맨이 나타났대요, 요 앞의 철교 근처에!"

사진 기자는 교통방송 볼륨을 크게 올렸다. 철교 위에서 스피드맨이 자살 소동을 벌이는 한 남자를 구출해 내고 있다는 뉴스가 흘러나오고 있었다.

"으악! 어느새 거기까지 간 거야!"

시내는 고함을 지르며 다시 차를 급출발시켰다.

"허억!"

차 위에 올라앉아 있던 게일은 뒤로 넘어질 뻔했지만 겨우 중심을 잡고 그녀의 차와 함께 이동했다.

"죽어버릴 거야~! 전부 비켜어!"

남자는 높은 철교 위에 올라선 채 고래고래 소리를 질러댔다. 한 손에는 푸른 소주병이 들려 있었다.

"이봐, 저번에 얘기했는데 왜 말을 안 듣지?"

자기 옆에서 행글라이더를 타고 날아다니는 사람을 보자 그는 화들짝 놀랐다. 얼마 전 빌딩 옥상에 나타났던 두 번째 스피드맨이었다. 왠지 불길한 예감이 들었다. 그는 조금 전보다는 한풀 꺾인 목소리로 말했다.

"날 죽게 내버려 둬……. 살아봤자 아무 희망도 미래도 없는 인생이야. 이렇게 살다 죽어도 아무도 기억해 주지 못하겠지? 나 한 명 없어져도 주식으로 떼돈 버는 놈은 여전히 있을 거고, 토끼 같은 자식이랑 여우 같은 마누라를 데리고 쳇바퀴 같은 인생 속에서 행복하다고 착각하며 살아갈 놈들도 여전히 있을 거야. 그보다 난 마지막으로 떠들썩하게 인생을 마감하고 싶……."

"또 네 녀석이냐!"

남자는 고함 소리에 놀라 아래를 내려다보았다. 또 한 명의 스피드맨이 철교 위를 기어 올라오고 있었다. 옥상에 나타났던 첫 번째 스피드맨이었다.

"그래, 원래는 고층 옥상에서 자살할 생각이었지만 너희들 때문에 어쩔 수 없이 자리를 옮긴 거야. 난 인생이 얼마나 허망하고 무의미한 건지 나의 죽음으로써 알릴……."

"어서 내려가지 못하겠냐, 가짜!"

이번엔 행글라이더를 타고 온 스피드맨이 소리쳤다. 그러자 철교 위를 기어 올라오던 첫 번째 스피드맨 역시 지지 않고 대꾸했다.

"너야말로 쓸데없는 짓 말고 돌아가라! 안 그러면 모든 사람들 앞에서 파렴치한 네 얼굴을 공개해 주겠다!"

"흥! 누가 할 소리! 거기, 카메라! 곧 이 녀석의 얼굴을 공개해 줄 테니 잘 찍으라고!"

두 번째 스피드맨이 행글라이더를 조종하며 첫 번째 스피드맨에게 날아왔다.

"이봐… 난 아직 할 말을 다 못했다고……."

자살하려던 남자는 두 명의 스피드맨에게 애걸하다시피 말했다. 하지만 그들은 애초부터 남자에게는 관심도 없었다. 남자는 하는 수 없다고 생각하며 철교 끝으로 걸어갔다.

"자, 모두들 보라고. 인간의 죽음이 얼마나 허망하고 덧없는 건지를……."

그렇게 말한 남자는 처연한 얼굴로 아래를 내려다보았다. 수많은 보도진과 카메라가 번쩍거리고 있었다. 모두들 스피드맨을 찍기에 정신 없는 것이었다.

"제기……."

남자는 소주병을 입에 대고 꿀꺽꿀꺽 마셨다. 이번엔 목청껏 고함을 질렀다.

　"잘 들어! 난 이제 뛰어내릴 테다! 마지막 내 유언은……!"

　"저리 좀 비켜봐!"

　그러나 철교를 다 올라온 첫 번째 스피드맨이 남자를 옆으로 밀어냈다.

　"으아아……! 휴우……."

　떨어질 것처럼 비틀거리던 남자는 겨우 중심을 잡고 서서 안도의 한숨을 내쉬었다.

　"너, 이 녀석! 곧 지옥으로 보내주겠다!"

　그러나 두 번째 스피드맨이 결국 행글라이더의 날개로 그의 어깨를 쳤다. 남자는 앞으로 꼬꾸라졌다.

　"으아아아악! 살려줘!"

　그가 떨어지는 곳은 강물 쪽도 아니고 하필이면 콘크리트로 된 바닥이었다. 남자는 아주 짧은 시간 동안이었지만 저기에 떨어지면 어떤 몰골로 죽게 될지를 상상했다. 처절하게 바닥에 짓이겨진 자신의 시체가 눈앞에 펼쳐지는 것만 같았다.

　"싫어! 죽기 싫어! 싫단 말이야아~!"

　남자는 처절하게 몸부림치며 고래고래 악을 써댔다. 하지만 만유인력의 법칙을 어느 누가 막을 수 있단 말인가? 그는 콘크리트 바닥을 향해 정확하게 떨어져 갔다.

　"어헉!"

　바닥에 부딪친다고 생각하는 순간 눈을 감았다. 하지만 콘크리트 바닥은 생각했던 것만큼 단단하지 않았다. 죽음도 그다지 고통스럽지 않았다.

"정신 들었으면 이제 내려오지 그래?"

남자는 그제야 자기가 누군가에게 안겨 있다는 것을 깨달았다. 나…… 산 건가? 눈을 뜬 그는 자기를 내려다보고 있는 사람과 시선이 마주쳤다. 순간 모골이 송연해져서 비명을 질러댔다.

"으아악! 스피드맨!"

남자는 자기를 안고 있는 스피드맨의 품에서 뛰어내렸다. 가면을 쓰고 도복에 장화를 신은 이상한 차림은 그가 그토록 질색하는 스피드맨이었다. 하지만 철교 위에서 아직도 치고 박고 싸우는 사람들도 분명 스피드맨이었다.

뿐만 아니었다. 철교 근처에는 여기저기 똑같은 복장을 한 스피드맨들로 바글거리고 있었다. 그중에는 웨이터 스피드맨, 철가방을 든 스피드맨들도 심심치 않게 보였다. 거품을 물던 남자는 급기야 경찰들에게로 도망쳤다.

"제발… 제발 저 좀 살려주세요! 이젠 자살 안 할게요. 난 스피드맨이 무서워요!"

남자를 구해준 스피드맨은 그가 흘리고 간 소주병을 집어 들었다.

"뭐, 답례로 받아두지."

그리고 꿀꺽 한 모금 마신 그는 푸학! 술을 토해냈다.

"뭐야? 이거 물이잖아!"

술병을 들고 화를 내는 이 스피드맨은 두말할 것 없이 원조 스피드맨인 게일이었다.

그가 가짜 술을 마시고 있는 시각 시내는 매우 기가 막힌 경험을 하고 있었다. 철교 근처의 간이 화장실에서 속옷 차림의 남자를 발견한 것이다. 그는 시내를 만나자마자 이렇게 울부짖었다.

"허허엉~ 누가 내 옷을 벗겨갔어요!"

그동안에도 철교 위의 가짜들의 사투는 한창이었다. 게다가 1대 1의 전투는 조만간 다수의 전쟁으로 발전할 양상을 보이고 있었다. 주위에 모여든 스피드맨들이 하나둘 철교 위로 기어 올라가고 있었기 때문이다. 무기도 제각각이었다. 어떤 사람은 낫을 들고 있는가 하면 또 어떤 사람은 절구공이, 삽, 전깃줄, 부채, 냄비와 부엌칼 등등…… 가지각색이었다.

그중에서 제일 먼저 두 스피드맨의 싸움에 끼어든 것은 강태공 스피드맨이었다. 그는 한창 접전 중인 두 스피드맨을 향해 낚싯대를 멋들어지게 휘둘렀다. 은빛 줄을 반짝이던 낚싯바늘은 두 번째 스피드맨의 행글라이더 날개에 걸렸다. 그가 힘껏 잡아당기자 행글라이더 날개가 부욱 찢어졌다. 날아오르려던 행글라이더는 중심을 잃고 비틀거리더니 그대로 강물 속으로 빠져 버렸다.

"스피드맨이 빠졌다!"

몰려든 스피드맨들이 다 같이 한심한 코스프레 광들은 아닌 모양이었다. 개중에 한 명이 용감하게 차가운 강물 속으로 뛰어들었다. 그곳에 동원되어 있던 수상 안전 요원들보다 더 빠른 움직임이었다.

행글라이더의 날개가 수면을 덮고 있어 물에 빠진 사람들은 수면 위로 떠오르지 못했다. 강물에 떠 있는 날개 때문에 안전 요원들의 보트도 주위에 다가가기가 힘들었다. 자칫 시간을 끌다가는 익사 사고가 날 판이었다. 그래서 안전 요원들이 강으로 뛰어들려는 찰나.

"푸우!"

강물 속에 빠졌던 스피드맨의 머리가 물 위로 솟아올랐다. 지켜보고 있던 많은 사람들은 경악했다. 물속에서 나타난 그는 얼굴 가면과 머리의 두건이 벗겨져 있었는데 놀랍게도 아름다운 여성이었던 것이다. 긴 머리가 물에 젖은 모습은 요염하기까지 했다.

"아가씨, 괜찮아요?"

잠시 넋을 놓았던 안전 요원들은 곧 정신을 차리고 그녀를 보트 위로 끌어 올렸다. 하지만 그들은 이 아름다운 스피드맨의 감상보다 더 급한 문제가 있다는 것을 알고 있었다.

"또 한 사람! 또 한 사람은 어떻게 됐죠?"

그녀를 구하기 위해 물속으로 뛰어든 스피드맨이 아직 나오지 않았다. 안전 요원들은 결국 그를 구하기 위해 물속으로 뛰어들었다. 그러나 아무리 뒤져 봐도 흔적조차 찾을 수 없을 것이다.

"그는 진짜 스피드맨이었어……."

보트 위에서 모포를 뒤집어쓰고 있던 가짜 스피드맨은 혼잣말처럼 중얼거렸다. 조금도 걱정하지 않는 얼굴로. 그녀는 조금 전 물속에서 있었던 일을 떠올렸다.

수영을 못하는 그녀는 물에 빠진 순간 꼼짝없이 죽었다고 생각했다. 그런데 웬일인지 숨도 차지 않고 정신이 말짱했다. 오히려 물속으로 들어오자 따뜻하고 안락한 느낌마저 들었다. 멀리서 스피드맨 한 명이 헤엄쳐 오는 것이 보였다. 가면을 써서 얼굴을 볼 수 없었지만 어쩐지 매우 친숙한 느낌이 들었다.

"이상해. 난 수영을 못하는데 왜 숨이 차지 않는 걸까?"

"메달 덕분이야. 그 메달 덕에 레이디는 여러 번 목숨을 구했을걸?"

"당신은 누구야? 내가 메달을 가지고 있는 걸 어떻게 알았어? 그리고 그걸 알면서 왜 날 구하러 온 거야?"

"다른 목적이 있으니까. 우선 난 레이디의 정체가 밝혀지길 원해. 그래서 사람들이 더 이상 스피드맨에 대해 관심 갖지 않도록 말야."

"그럼 내가 얻는 건 뭔데?"

"가짜 행세를 눈감아주는 것."

"그걸로는 불공정한 협상이야."

"아, 그리고 또 하나, 나에 대한 모든 건 절대 함구."

"그건 당신 조건이잖아!"

그녀가 불평을 해댔지만 스피드맨은 씨익 웃으며 어깨를 두드렸다.

"레이디를 믿어."

그리고는 어깨에 올렸던 손이 머리 위로 올라가는가 싶더니 어느새 그녀의 가면과 두건이 벗겨졌다. 기다란 머리카락이 물속에서 수초처럼 너울거렸다. 스피드맨은 손을 흔들어 인사하고는 다시 헤엄쳐서 사라져 버렸다.

넋 놓고 바라보던 그녀는 왠지 그가 누군지 알 것 같았다. 그 제멋대로인 말투는 그녀가 매우 좋아하는 것이었으니까……

그녀는 목에 걸려 있는 메달을 가만히 움켜쥐었다. 은은한 향기가 나는 붉은 메달에서는 이상하게도 사람의 온기가 느껴지는 것만 같았다.

'고마워요, 재원 씨.'

보트가 육지에 상륙하자 경찰들이 그녀에게 다가왔다.

"이봐요, 아가씨. 이름이 뭐죠? 신분증 좀 봅시다."

경찰들 뒤로는 어느새 새까맣게 몰려든 기자들이 사진을 찍어대느라 후레쉬가 정신없이 터졌다. 하지만 그녀는 주눅 들지 않고 다소 오만하게 말했다.

"제 이름은 다나예요. 권다나. 호호홋! 예쁜 이름이라는 말은 지겹도록 들어왔으니 안 하셔도 돼요. 신분증은 지금 없어요. 신원을 증명할 사람이 필요하다면 저희 아빠 직통 번호를 가르쳐 드릴 테니 통화해 보세요. 법률적인 문제가 있다면 저희 집안 변호사님과 만나보시고요."

다음날 아침.

시내는 출근하자마자 편집장에게 불려갔다. 어제저녁 도심에 다수의 스피드맨이 출현하는 바람에 취재하느라 밤새 한잠도 못 잔 그녀는 후줄근한 몰골이었다. 어제의 그 철교 위를 제외하고도 스피드맨이 출현한 곳은 전국적으로 대략 스무 곳이 넘었다. 그런데 그녀를 더욱 피곤하게 만든 것은 그들 중 누구에게서도 스피드맨의 단서를 찾을 수 없었다는 점이다. 게다가 편집장이 찾는 목적을 대충 짐작할 수 있었기에 그녀는 편두통이 몰려오기 시작했다.

"박 기자, 기획 특집 계속 진행할 거야?"

"물론이죠."

시내는 관자놀이를 누르며 대답했다. 편집장은 약간 망설이다가 다시 말했다. 직선적인 성격의 그가 주저하는 것을 보니 꽤나 어려운 얘기가 분명했다.

"그거 차라리 포기하고 다른 걸로 돌리지 그래? 내가 예전에 준비하던 기획 기사가 있는데 파일을 줄 테니 박 기자가 좀 다듬어봐."

시내는 드디어 올 것이 왔다고 생각했다. 머리가 송곳으로 찌르는 것처럼 따끔거렸다. 그녀는 히스테리컬하게 대답했다.

"무슨 말씀이세요! 그동안 취재하느라 얼마나 고생한 줄 몰라서 하는 말이세요?"

"스피드맨에 관한 기사는 이제 안 먹혀. 조간 신문 봤어? 조간에 스피드맨의 정체가 전부 드러났다구. 그런데 기획 특집으로 내보내는 건 한마디로 뒷북이야."

"시중에 나타난 스피드맨은 전부 가짜라고요!"

"알아. 하지만 이제 와서 그게 진짜니 가짜니 하는 건 의미가 없어. 스피드맨이 영웅이 된 건 비정상적으로 빨리 뛰는 능력 때문이 아니라 초능력자인 그가 사람들을 도왔기 때문이라구. 초인적인 영웅이 탄생된 거지. 하지만 그 선행들은 전부 다나라는 아가씨가 스피드맨을 흉내 낸 걸로 밝혀졌잖아. 진짜 스피드맨은 처음 비디오에 찍힌 게 전부야. 그렇게 빨리 뛸 수 있다는 건 기인은 될 수 있을지 몰라도 영웅은 될 수 없는 거라고."

시내는 입가에 싸늘한 미소를 띠며 말했다.

"그렇다면 이건 어때요? 살인마 스피드맨."

"살인마라고?"

시내는 고개를 끄덕였다.

"그 초인적인 능력으로 스피드맨은 사람들을 구하는 게 아니라 사람들을 해치러 돌아다니죠. 미확인된 사건 파일을 조사하다 보니 그와 연관된 단서들이 심심치 않게 나오더군요. 초인적인 영웅인 줄 알았는데 알고 보니 세기의 악당이었다. 그게 더 센세이션하지 않을까요?"

"그게 사실이라면……."

반신반의하며 선뜻 대답을 못하는 편집장에게 시내는 책상을 치며 호기롭게 선언했다.

"곧 사실로 증명해 보여 드리죠."

편집장의 황당한 얼굴을 뒤로하며 돌아서자 시내는 피로가 한순간에 풀려 버리는 것 같았다. 스피드맨의 정체를 곧 철저히 해부해서 모든 세상 사람들을 저런 얼굴로 만들어놓을 거라 생각하니 짜릿한 쾌감이 들었다.

제10화

몽환(夢幻)

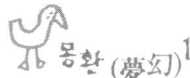 몽환 (夢幻)[1]

"안녕하세요? 잠시 시간 좀 내주시겠어요?"

30대 중반쯤 되어 보이는 부인이 상냥하게 말을 걸어오자 게일은 가던 길을 멈춰 섰다. 아무리 성격이 난폭하다 해도 상냥한 사람에게만은 친절한 그였다.

"무슨 용건이오?"

"저희는 건강 식품 회사에서 나왔는데요. 설문 조사에 응해주시면 고가의 사은품을 드립니다."

나이는 들어 보였지만 긴 생머리를 늘어뜨린 그녀는 붉은 광택이 나는 차이나 풍의 드레스를 입고 있었다. 가슴 부분에 커다란 문자가 새겨진 드레스였다. 게일은 씨익 웃으며 고개를 끄덕였다.

"기꺼이. 그런데 레이디의 가슴에 있는 그 문자는 무슨 뜻이지?"

"이건 몽환(夢幻)이라고 읽는답니다. 꿈과 환상, 혹은 현실에는 없는 세계, 그런 뜻이죠."

"그래, 몽환이란 말이지……."

게일은 그 문자를 최근 종종 볼 수 있었다. 작은 알약 병에 새겨진 문자였는데, 얼마 전 마물 때문에 직원들이 모조리 전멸한 옷 공장에서도 보았고 아영의 집에서도 보았었다. 그 후로도 마물과 연관된 사건에서 그 문자가 새겨진 약병을 자주 보게 되었다. 그래서 게일은 오늘 작정하고 그 약에 대해 조사하러 나섰던 것이다.

그는 여자의 안내를 받아 길거리에 마련된 설문 테이블로 걸어갔다. 테이블 한쪽에는 설문에 응한 용지들이 수북하게 쌓여 있었고 바닥에는 그의 예상대로 '몽환(夢幻)'이라는 문자가 새겨진 약상자들이 진열되어 있었다.

설문의 내용들은 무척 단순했다. 게일은 인적 사항과 몇 가지 항목에 대충 체크를 했다. 그동안에도 응답한 설문 용지들이 금방금방 쌓여갔다. 길거리에서 하는 설문치고는 매우 호응이 좋은 편이었다.

몽환…… 꿈과 환상, 혹은 현실에는 없는 세계. 역시 뭔가 냄새가 나…….

"우왓!"

문을 열어주던 이안은 커다란 상자 더미들이 불쑥 몸을 들이밀자 놀라 주춤 물러섰다. 게일에게 문을 열어준 것이었는데 그의 얼굴은 수북이 쌓인 상자 더미 속에 파묻혀 보이지도 않았다.

"이게 뭐예요?"

이안은 상자 더미에서 제일 위에 있는 상자 하나를 옮겨 들었다. 그제야 겨우 게일과 두 눈을 마주 보며 얘기할 수 있게 되었다.

"약과 사은품."

무뚝뚝하게 대답한 게일은 상자들을 자기가 기거하는 골방 안으로 가지고 들어갔다. 이안은 그 뒤를 졸졸 따라갔다.

"돈도 없을 텐데 이 많은 약을 어떻게 샀어요? 게다가 인라인 스케이트에다 디지털 카메라가 사은품이라니……."

"염려 마, 전부 공짜니까."

그 순간 이안의 머리 속에 나름대로 스쳐 지나가는 시나리오가 있었다.

"이거 설마 길거리에서 나눠 주거나……."

"맞아. 연락처와 주소를 적어줬더니 그냥 주더군."

"으…… 게일!"

"소리 안 질러도 잘 들려."

"바보, 바보, 바보!"

"감히… 누구한테 바보라는 거야?"

게일은 발끈하며 이안을 노려보았다. 하지만 그녀는 그의 무시무시함이 통하지 않는 상대였다. 이안은 더 크게 바보라고 소리쳤다.

"브아~보!! 세상에 공짜가 어디 있어요? 분명히 다음달부터 우리 집으로 청구서가 날아올 거라구요! 가만… 이 정도의 약과 사은품이면 도대체 얼마야? 길거리에서 강매하는 건 가격도 터무니없이 비싸단 말예요. 어디서 받았어요? 빨리 물리러 가자구요!"

하지만 게일은 이안이 떠드는 소리가 시끄럽다는 듯 귀를 한번 후벼 팠을 뿐이었다.

"이건 정말 순수하게 무료로 받은 거야. 그러니 레이디는 더 이상 시끄럽게 떠들지 않았으면 좋겠군."

쾅!

그 말을 끝으로 게일은 자신의 방문을 닫아버렸다.

"지금도 늦지 않았어요. 실수를 깨끗이 인정하는 게 더 남자다운 거라구요!"

이안은 닫혀진 방문을 향해 소리를 질렀다. 하지만 고집 센 게일이 말을 들을 가능성은 거의 제로에 가까웠다. 이 사실을 알고 포기한 채 돌아서던 그녀의 시선은 자기가 들고 있던 약상자에 머물렀다. 조악한 색상의 상자에는 빨간색으로 '몽환(夢幻)'이라는 문자가 새겨져 있었다.

'몽환?

약상자라면 알약을 가리키는 환(丸)이라는 글자가 쓰여 있어야 더 마땅했다. 이 환(幻)이라는 글자는 환상, 환영 등을 쓸 때의 그 글자가 아니던가? 게일에게 그 이유를 물어보고 싶었지만 그는 아마 이 글자의 뜻에 대해서는 알지도 못하고 가져왔을 게 분명했다. 한글만 겨우 읽는 정도였으니까.

'이거 설마 환각제 같은 건 아니겠지?

하지만 이안에게는 또 이해할 수 없는 점이 있었다. 게일이 왜 갑자기 이렇게 많은 약과 사은품을 들고 왔느냐는 것이었다. 아무리 공짜라도 그의 성격이라면 귀찮아서 안 가져와야 정상이었다. 약장수들이 강제로 가져가게 하는 것도 무리였을 것이다. 어느 누가 그에게 강제를 실행할 수 있단 말인가? 고개를 갸웃하던 이안은 하나의 가설을 세울 수밖에 없었다.

'설마 어디가 아픈가?

"어라? 그거 뭐냐?"

언제 들어왔는지 세규가 호기심 어린 눈을 반짝이며 물었다.

"게일 아저씨가 가져온 약이야."

"사부님께서 약을?"

세규는 두 눈을 동그랗게 뜨더니 상자를 풀기 시작했다. 상자 안에는 세 개씩 세 줄로 총 아홉 병의 약이 들어 있었다.

"뜯지 마! 다시 돌려주게 될지도 모른단 말야!"

이안이 만류했으나 세규는 듣지 않았다. 그는 아마 게일의 초인적인 능력이 이 약으로부터 나오는 것이라는 생각에 사로잡힌 것 같았다. 마치 뽀빠이의 시금치처럼 말이다. 그는 약병을 개봉해 알약을 한 움큼 집어 들었다.

"……?"

약을 먹으려던 세규는 갑자기 목 언저리가 서늘해지는 느낌에 고개를 들었다. 소름 끼칠 정도로 매끄럽고 시커먼 검날이 자신의 목줄기를 겨누고 있었다.

"사부……."

검을 거둔 게일은 이안이 들고 있던 약상자를 압수한 것은 물론이고 세규의 손에 들려 있는 알약까지 회수해 가지고 다시 방으로 들어갔다. 이안은 게일이 어딘가 이상하다는 생각을 더욱 굳히게 되었다. 도대체 그 약은 뭐지?

"너무 쪼잔하시네……."

죽음의 문턱에서 겨우 살아난 세규는 게일이 못 들을 정도로 아주 작게 투덜거렸다. 그리고는 어슬렁어슬렁 냉장고 앞으로 걸어가 1.5리터짜리 음료수 병을 꺼내 입에 물었다.

"입 대고 마시지 마!"

"시끄러! 열받아서 한 입에 다 마셔 버릴 거다!"

꿀꺽꿀꺽 음료수를 입 안에 들이붓던 세규는 잠시 후 캬아~ 소리와 함께 빈 병을 내려놓았다.

"어휴, 저 콜라 중독자! 콜라가 몸에 얼마나 유해한 건지 알기나 해? 쇠도 부식시키는 거라구!"

"콜라라고 다 같은 콜란 줄 아냐? 캬아~ 우리 나라 우리 기술, 락&조이 콜라는 달라요~ 넌 선전도 안 보냐?"

세규는 CF 모델의 귀여운 표정을 흉내 냈지만 이안에게는 역겹게 보여질 뿐이었다.

"흥, 애국자 나셨네!"

세규는 요즘에 '락&조이(樂 and Enjoy의 줄임말)' 라는 상표의 콜라에 푹 빠져 있었다. 원래 한 가지를 좋아하게 되면 마니아가 되어버리는 그였기에 최근엔 냉장고에서 락&조이 콜라가 떨어지는 날이 없었다. 하지만 그의 취향이 특이한 것은 아니었다. 요즘엔 락&조이 콜라를 마시는 것이 하나의 유행 코드로 번지고 있었기 때문이다. 게다가 다른 외국 상표의 콜라를 마시면 주위에서 의식없는 사람이라는 압력을 주는 분위기였다. 해서 유행에 뒤처지지 않기 위해, 의식있는 사람처럼 보이기 위해 억지로 그 콜라를 마시는 사람들도 있었다.

하지만 콜라를 별로 좋아하지 않는 이안에게는 상관없는 얘기였다.

저녁 무렵에 게일을 찾는 전화가 왔다. 전화를 건 사람은 매우 침착하게 게일 씨를 바꿔달라고 했다. 나이가 조금 든 것 같은 여자의 목소리였다. 그를 찾는 전화가 올 거라고는 상상도 못했던 이안은 조금 당혹스러웠다. 현재와 자기 말고도 이곳에 그의 존재를 아는 사람이 있을 줄은 몰랐다. 전화까지 걸 정도로 문명화된 사람이 말이다.

"그렇지 않아도 기다리고 있었소."

전화를 받는 게일의 태도는 드물게도 매우 정중했다. 게다가 기다리고 있었다니… 이안은 통화 내용을 엿듣기 위해 주의를 잔뜩 기울였다. 그녀뿐 아니라 TV를 보고 있던 세규도 귀를 쫑긋 세우고 있었다. 그러자 게일은 아예 전화기를 가지고 방으로 들어가 버렸다. 대신 사은품으로 받은 인라인 스케이트와 디지털 카메라를 그들에게 내어주었다.

다음날 아침.

일찍 일어난 이안은 창가로 다가가 크게 기지개를 켰다. 아직 해가 뜨지 않아 밖은 푸르스름한 기운이 감돌았다. 지난밤 날씨가 얼마나 추웠는지 창문에는 부옇게 성애가 끼어 있었다. 3월 달이 며칠 안 남았는데 아직도 겨울이었다.

이안은 얼어붙은 창문을 열었다. 창밖의 풍경들은 푸른 대기 속에 잠겨 있었다. 2층 창에서 내려다보니 마치 물속을 바라보는 기분이 들었다. 그리고 게일이 푸른 물속을 헤엄치듯 집을 나가는 것이 보였다.

이안은 마물을 쫓아가는 건지도 모른다고 생각했다. 하지만 그런 것 치고는 복장이 매우 단정하고 깨끗했다. 게다가 전혀 서두르는 걸음이 아니었다. 침착하게 골목 어귀로 사라지는 그를 보고 있자니 중요한 약속이라도 있는 것 같았다.

'설마 어제 그 여자를 만나러 가는 건가? 뭐야… 이제 보니 나이 많은 여자가 취향이었던 거야?'

여명이 밝아오는 공원에는 사람들이 거의 없었다. 평소에는 배드민

턴을 치거나 조깅하는 사람들이 꽤 있었지만 날씨가 너무 추웠기 때문에 모두 나오지 않은 것 같았다. 사람이 없는 공원은 바닥에 깔린 얼음이 아침 햇살을 받아 반짝반짝 예쁘게 빛나고 있었다. 한 여자가 반짝이는 얼음 위를 걸어 게일에게 다가왔다.

"나오셨군요."

어제 게일에게 설문 조사를 권유했던 30대의 여자였다. 그가 약속 시간보다 10분 정도 늦었기 때문에 추위 속에서 기다렸을 텐데도 불구하고 그녀는 공손하게 고개를 숙여 인사했다. 불만스런 기색조차 없었다.

"어제 드린 약은 먹어보셨나요?"

그녀의 말에 게일은 간단하게 고개를 끄덕였다.

"이렇게 나오신 걸 보니 약효가 만족스러우셨나 보군요."

"그럭저럭."

그녀는 엷게 미소를 지어 보였다. 붉은 차이나 드레스 대신 수수한 스웨터에 청바지를 입고 있어 어제와는 사뭇 다른 분위기였다. 매우 담백하고 진솔해 보인다고나 할까?

"매우 귀한 약이니 소중히 보관하십시오. 물론 잠시 후면 그 가치를 잘 아시게 되겠지만."

"그렇게 귀한 약을 함부로 나눠 줘도 되는 건가? 만일 내가 인적 사항을 거짓으로 기재했다면 어떻게 되는 거지?"

"어쩔 수 없는 일이죠. 하지만 대다수는 그쪽에서 먼저 저희에게 연락해 자수를 한답니다. 그만큼 저희 약의 효능이 탁월하기 때문이죠. 하지만 거짓된 주소를 적고 저희에게 연락도 안 하는 사람들은 어차피 저희의 약을 먹을 자격이 없으니 미련을 갖지 않는답니다. 이 약은 선택된 사람들만 먹을 수 있는 거니까요."

대단한 믿음과 자신감이었다. 종교적인 믿음이라고 해도 좋을 정도로. 도대체 어떤 약이기에 그토록 자신할 수 있는 거지? 게일은 약을 먹어봤지만 아직 그 효능에 대해선 알 수가 없었다.

"그럼 일단 따라오세요."

"당신들의 집회 장소로 가는 건가?"

여자는 빙그레 웃었다. 벽화 속의 자애로운 여신들의 미소처럼 넘치지도 모자라지도 않은 부드러운 미소였다.

"그저 자신과 진솔한 대화를 나눌 수 있는 시간을 갖는다고 생각하세요. 당신도 곧 이 모임을 좋아하게 되실 겁니다. 참, 제 이름 소개가 늦었군요. 저는 스멜다라고 합니다. 모임에서 부르는 이름이죠. 당신도 그곳에서 부르는 이름 하나쯤은 갖는 것이 좋을 겁니다. 새로운 이름을 갖고 태어난다는 것은 생각보다 멋진 일이죠."

스멜다는 공원 후문에 정차해 놓은 승합차로 게일을 데려갔다. 그곳에는 두 사람처럼 신입 멤버와 기존 멤버로 짝을 이룬 두 팀이 기다리고 있었다. 게일의 팀을 마지막으로 여섯 명이 타자 차는 서서히 움직이기 시작했다.

차에 타고 있는 사람들 중에서 게일은 스멜다를 제외한 기존 멤버 두 명을 한눈에 알아볼 수 있었다. 남자 한 명과 여자 한 명이었는데, 둘 다 온화하고 상냥해 보이는 것이 스멜다와 비슷한 분위기였다. 예의 바르게 복장을 갖춰 입고 있었지만 어딘지 촌스러운 느낌을 주는 것도 닮았다. 그리고 새로운 멤버들은 한 명은 멍청해 보이는 남자였고 또 한 명은 계집애처럼 예쁘장한 남자였다.

차는 꽤 빠른 속도로 달렸다. 날이 완전히 밝아 있었지만 일요일 아침이라 도로는 매우 한산했다. 한산한 도로를 지나 얼마 후에는 앙상한 나무들이 빼곡한 외곽 도로로 접어들었다. 인적도 거의 없는 숲길이었다. 새로운 멤버 두 명이 다소 불안한 눈으로 주위를 둘러보자 그들을 데리고 온 기존 멤버들은 안심하라며 가볍게 달랬다.

"불안해하지 마세요. 심신을 효과적으로 수양하기 위해서 이렇게 한적한 곳으로 장소를 정한 거예요."

스맬다 역시 게일을 안심시키려 했다. 하지만 이 정도로 불안해할 게일이었던가?

"훗, 내가 불안해할까 봐? 당신이나 불안해하지 않았으면 좋겠군."

"당신은 우리 모임에 잘 적응하는 것 같아 다행이군요."

30분쯤 달렸을까? 숲 속의 도로가 갈라지더니 한쪽 길에 '청목 수양원'이라는 돌로 된 입간판이 나타났다. 차는 그곳으로 들어선 후 5분쯤 달리다가 서서히 속력을 줄이기 시작했다. 차창 밖으로 백여 대의 차량들이 주차한 빈 공터가 보였다.

게일이 차에서 내리자 다른 차량에서도 사람들이 줄지어 내리고 있었다. 게일을 태운 것처럼 작은 승합차들도 있었고 커다란 관광버스도 보였다. 공터를 가득 메운 차에서도 이처럼 많은 사람들이 내렸다고 가정한다면 천여 명의 사람들이 이 모임에 모여든 것이다. 사람들이 꽤 많이 모였다는 사실 때문인지 게일과 함께 온 새 멤버들은 조금 안심하는 눈치였다.

게일은 사람들의 대열을 따라 숲 속에 지어진 '수양관'이라는 현판이 달린 번듯한 건물로 들어갔다. 건물에는 두 개의 문이 있었는데 하나는 원 멤버들이 출입하는 문이었고 또 하나는 게일과 같은 신입 멤버들이 들어가는 문이었다. 스맬다는 다시 만나도록 하자며 게일과 헤어졌다.

"지니고 있는 소지품, 입고 있는 옷도 모두 이곳에 넣어주십시오."

문을 통과하자마자 도우미들이 친절한 미소를 띠며 노란 바구니를 하나씩 나눠 주었다. 안에는 푸른색 옷이 담겨 있었다. 탈의실에서 갈아입어 보니 포대 자루를 거꾸로 뒤집어씌우고 목과 팔이 들어갈 수 있는 구멍을 뚫은 형태의 옷이었다. 허리에는 끈이 달려 있어 다행히 포대 자루 실루엣만은 겨우 면할 수 있었다.

"운동… 하셨었나 봐요?"

누군가 그에게 말을 걸어왔다. 하마터면 게일은 옆에 서 있는 녀석을 여자로 착각할 뻔했다. 같이 차를 타고 온 신입 멤버 중 한 명이었는데 겉옷을 벗으니 희고 가느다란 몸이 영락없는 여자였다(가슴이 없긴 했지만 여자라도 이안처럼 빈약한 경우도 있었으니). 옷을 얼마나 두껍게 껴입고 있었는지 바구니에는 벗어놓은 옷이 다 담기지 못할 정도였다.

남자는 부러운 눈으로 게일이 옷 갈아입는 것을 바라보고 있었다. 게일이 뜨악한 시선으로 쏘아보자 그는 얼굴을 붉히며 고개를 돌렸다.

"…부러워서요. 전 워낙 약골 체질이라서…… 헤헤."

체격만 여자 같은 것이 아니라 웃는 얼굴도 계집애처럼 예쁘장한 남자였다.

"그건 약골이라서가 아니라 그렇게 단정 짓고 노력하지 않기 때문이야. 약골로 태어나도 극복하는 사람들은 얼마든지 많으니까."

게일이 무뚝뚝하게 대답하자 남자는 머리를 긁적이며 배시시 웃었다.

"역시 그렇겠죠?"

상당히 줏대없는 녀석이었다. 하지만 그런 만큼 사교성은 좋은가 보다. 그는 게일에게 제 소개를 했다.

"김명현이라고 해요. 솔직히 아까만 해도 여기 온 게 잘한 일인지 아닌지 많이 고민했어요. 하지만 왠지 오기를 잘한 것 같아요. 사람들도 친절하고……. 당신도 몽환이라는 약 먹어봤나요?"

게일이 고개를 끄덕이자 명현은 수다스럽게 떠들었다.

"어땠어요? 저는 갑자기 몸에서 기운이 나더라구요. 자신감도 생기고. 슈퍼맨이라도 될 수 있을 것처럼요! 그래서 오게 된 거예요. 여기서 꾸준히 단련하고 그 약을 먹으면 더 좋아진다고 해서."

명현의 핏기없는 얼굴은 금방 상기되었다.

"난 잘 모르겠더군."

"워낙 건강해서 그럴지도 모르죠. 당신 같은 사람은 사실 이런 곳에 올 필요가 없지 않은가요?"

"난 불로장생의 비법을 알고 싶어서 왔어."

"네? 아하하……."

명현은 게일의 말이 농담이라 생각하고 친절하게 웃어주었다. 하지만 게일은 지금 한창 진지한 상태였다. 이 약이 근래에 나타난 마물들과 연관이 있다면, 이 약을 쫓다 보면 마리로슈와도 분명 만날 수 있을 거라는 확신이 있었기 때문이다.

도대체 이 몽환이라는 알약과 그녀는 어떤 관계가 있는 걸까?

그때 한 남자가 그들에게 다가왔다. 가슴에 단 노란색 명찰에는 도우미라고 쓰여 있었다.

"거기 두 분, 속옷까지 벗어주시지요."

"소, 속옷까지요?"

명현이 이상하다는 얼굴로 묻자 그는 친절한 미소를 띠며 고개를 끄덕였다.

"이곳에서는 세상 속에 있던 자신의 껍데기를 모두 벗어버리는 것도 중요한 의식의 하나입니다. 저희들은 그래서 기존 이름도 부르지 않습니다."

"그렇다면 뭐 어쩔 수 없군."

게일이 포기하며 먼저 속옷을 벗기 시작하자 명현도 못 내키는 듯한 얼굴로 따라 벗었다.

"그럼, 속세에서의 껍데기 처리를 부탁해, 도우미 양반."

게일은 벗은 브리프를 도우미에게 던져 주고 탈의실을 나갔다. 그러자 명현 역시도 어설프게 따라했다. 그리고 나서 키득거리며 재미있어 했다.

"왠지 당신이랑 있으면 대담해지는 것 같아요. 참, 당신 이름이 뭔지 가르쳐 줄래요?"

"게일."

"와! 벌써 새 이름을 지은 건가요? 멋진 이름이네요!"

앞서 가던 게일은 잠시 걸음을 멈추더니 양미간을 찡그리며 명현을 보았다.

"넌 다른 사람의 그늘 밑으로 들어가 숨는 걸 즐기는 족속이로군. 남자라면 스스로 그늘을 드리우고 서는 연습을 하는 게 어때?"

"네?"

명현은 잘 모르겠다는 표정으로 멀뚱멀뚱 쳐다보기만 했다.

"뭐… 언젠가는 이해할 날이 오겠지."

게일이 시큰둥하게 대답하자 명현은 시무룩해지며 말이 없었다. 도우미들은 두 사람을 서로 떼어놓으며 줄을 세웠다. 사람들 속에 풀 죽어 있는 명현의 모습을 보자 마음에 걸리긴 했지만 게일은 금방 잊어버렸다. 어차피 사교성 따윈 약에 쓰려 해도 없는 그였다.

게일은 도우미들의 안내를 따라 사람들의 대열에 끼어 걸어갔다. 기다란 복도를 지나자 어디선가 희미한 음악 소리가 들려왔다. 이곳에 온 이후 귀청을 찢어댈 것 같은 격렬한 음악만 들어봤던 그는 여기에도 자신의 취향에 맞는 음악이 존재한다는 것을 처음 알았다.

현악기로 연주되는 것 같았는데 음색이 굉장히 맑고 부드러워 마음이 저절로 안정되었다. 마치 봄 햇살 아래를 걷는 것처럼 따사로운 느낌이 든다고나 할까?

게일의 머리 속에는 어느새 어릴 적 뛰어놀던 푸른 히시아몬의 밭이 펼쳐졌다. 게일과 함께 걷던 사람들도 각자의 가장 아름다운 기억 속을 헤매는지 발걸음이 조금씩 느려지며 행복한 표정들을 짓고 있었다.

대열은 음악 소리가 들리는 곳을 향해 움직이는 것 같았다. 걸어갈수록 맑고 청아한 소리가 점점 더 크게 들렸다. 마침내 건물의 뒷문을 열고 밖으로 나가자 음악 소리가 또렷해졌다. 건물 뒤는 숲 속이었는데 중간중간에 스피커를 매달아놓았던 것이다.

"잘 와주셨습니다, 형제 여러분."

길게 늘어진 흰옷을 입은 남자가 나타났다. 그는 게일과 사람들을 보자 빙그레 미소를 지으며 양손을 벌려 환영의 뜻을 표했다. 그의 미소는 이곳의 도우미들과 조금도 다르지 않은, 인쇄기로 찍어낸 것처럼 개성이 없었다. 하지만 게일은 그의 미소가 어땠느냐 하는 것 따위는 신경 쓸 수 없었다. 그가 손에 들고 있는 그것. 그의 신경은 온통 거기에 쏠려 있었기 때문이다.

'히시아몬?'

흰옷 입은 남자의 주위로 간혹 페타민들도 날아다녔다. 페타민의 초록빛에 매료된 사람들은 예쁘다는 감탄을 연발했다. 하지만 게일은 불안감이 밀려오기 시작했다. 히시아몬의 악몽은 그 향루산에서 끝난 줄만 알았는데…….

생각하는 사이에 게일은 어느새 일행들을 따라 히시아몬의 밭 앞에 와 있었다. 넓게 펼쳐진 밭의 주변에 드문드문 상자 같은 네모난 건물들이 보였다. 사람들의 대화로 그것을 컨테이너 박스라고 부른다는 것을 알았다.

컨테이너 박스는 아마도 집으로 사용되고 있는 것 같았다. 그곳에서 나온 사람들이 히시아몬의 밭을 간간이 돌보는 모습이 보였다. 다행히 향루 마을에서처럼 좀비들이 농사짓지는 않는 것 같았다.

"저분들은 세상을 등지고 이곳에 심신을 수양하러 들어온 원생들이랍니다. 모두 정신적으로나 육체적으로나 사회에 적응하는 데 어려움을 겪고 계시죠. 저희 청목 수양원은 원생 분들이 보다 건강한 사회 생활을 할 수 있도록 심신강화 프로그램을 통해 교육하고 있습니다. 원생 분들이 이곳을 떠나 좀 더 적극적으로 사회에 복귀할 때 저희들은 보람을 느낀답니다."

흰옷 입은 남자는 부드러운 목소리로 판에 박힌 멘트를 읊어댔다.

"아, 물론 사회에 적응하지 못하는 분들만 저희 원생이 되실 수 있는 것은 아닙니다. 자신의 나쁜 버릇이나 콤플렉스를 고쳐 좀 더 완벽한 모습으로 변화되고 싶으신 분들도 환영입니다. 저희들은 일 대 일 상담을 통해 개별적으로 프로그램을 만들어 교육해 드립니다. 물론 이곳에서 숙식할 필요 없이 이렇게 주말에 모임을 갖는 것만으로도 충분합니다. 오히려 저희들은 그 방법을 권장하고 있습니다."

"그런데 저 풀은 뭐죠? 겨울인데도 아주 푸르게 잘 자라네요."

대열 속에 있던 한 사람이 질문을 했다. 그러자 흰옷을 입은 남자는 빙그레 웃으며 대답했다. 게일은 왠지 그 미소를 볼수록 역겹다는 생각이 들었다.

"아, 좋은 질문이십니다. 저건 독의초(毒醫草)라 불리는 약초랍니다. 특수한 조건 하에서만 자라기 때문에 아마 전 세계에서 우리 나라, 그것도 어떤 한 지방에서만 자라왔습니다. 하지만 저희가 재배에 성공했죠. 여러분께 나눠 드린 몽환이라는 약의 주성분으로 쓰이기도 합니다. 후훗, 이 말을 들으신 분들 중에 간혹 독의초를 몰래 가지고 나가다 적발되는 사례도 있습니다. 저희 도우미들이 그런 분께는 매우 단호다는 것을 미리 말씀드립니다."

그리고 나서 남자는 또 미소를 지어 보였지만 눈빛에서 살기가 뿜어져 나와 왠지 오싹한 느낌이 들었다. 줄곧 미소를 짓고 있었음에도 불구하고 그의 눈은 아까부터 한 번도 웃지 않았던 것이다. 게다가 순식간에 저런 살기를 뿜어낼 수 있다니… 그것은 살인을 해본 사람만이 가질 수 있는 살기였다.

사람들이 그의 설명을 심취해 듣고 있는 동안 게일은 대열에서 몰래 빠져나왔다. 히시아몬—이곳에서는 독의초라는 이름으로 불리나 보다—이 자란다는 것은 여기 어딘가에 싸일러프라스 나무가 있다는 얘기였다. 그리고 그것은 곧 마리로슈가 있을 가능성이 90% 이상이라는 얘기이기도 했다.

그녀가 차원의 문을 넘어 이곳까지 온 것은 그 싸일러프라스 나무를 찾아서였을 테니까.

"하아… 아……."

숲의 그림자에 몸을 숨긴 채 움직이던 게일은 숨이 끊어져 갈 것 같은 신음 소리를 들었다. 소리가 들리는 곳에 가보자 긴 머리의 여자가 피를 흘린 채 쓰러져 있었다.

"이봐, 정신 차릴 수 있겠소?"

게일이 안아 일으킨 여자는 놀랍게도 스멜다였다. 그녀는 여러 군데를 칼에 찔린 상태였는데 다행히 희미하게 고개를 끄덕였다. 게일은 급한 대로 점퍼를 벗어 덮어주고 셔츠를 찢어 상처를 감싸려 했다. 하지만 그녀는 게일의 손을 저지했다.

"일단 저를 집으로……."

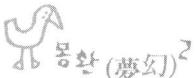
몽환 (夢幻)²

　스멜다의 집은 히시아몬 밭 근처에 있는 컨테이너 박스 중 하나였다. 그녀의 좁은 집에는 침대와 작은 서랍장이 가구의 전부였지만 서랍장 안에 들어 있는 구급상자에는 웬만한 응급 처치 도구들이 거의 다 갖춰져 있었다. 게일은 그 도구들로 능숙하게 그녀를 치료했다. 그리고 피를 너무 많이 흘려 의식이 흐릿하던 스멜다는 몽환을 한 알 먹자 금방 안정을 되찾았다.

　어떤 성분을 가진 약인지는 몰랐지만 약효가 대단하긴 대단한 것 같았다.

　"어찌 된 일인지 말해 보시오."

　게일의 질문을 받은 그녀는 조금 난감한 표정을 짓더니 커피포트 쪽으로 걸어가 찻잔에 물을 부었다.

　"차 한잔 드시겠어요? 향이 아주 좋답니다."

"됐소. 음식을 잘못 먹고 배탈이 호되게 난 적이 있어서."

스멜다는 녹색 찻잔을 들고 침대에 앉았다. 찻잔에서 풍기는 그윽하고 달콤한 향은 금방 좁은 컨테이너 박스에 가득 찼다. 그녀는 음미하듯 눈을 감고 차를 한 모금 마셨다.

"이곳 원생 분께 당한 거예요. 이곳에는 육체적으로 불편하신 분들보다 정신적으로 불편하신 분들이 더 많이 계시죠. 그분들 중에 발작이 심한 사람들은 어쩔 수 없이 격리시켜 놓는데 아마 격리실에서 탈출한 모양이에요. 다행히 금방 붙잡혔고, 저는 상처가 심하지 않은 것 같아 혼자 집으로 돌아오다가 그만 정신을 잃었어요. 생각보다 출혈이 심했었나 봐요."

"약상자를 보니 이런 일이 자주 있는 것 같은데?"

"자주는 아니지만 가끔 있어요. 하지만 그분들이 결국 완쾌되어 사회로 돌아가게 될 때 보람을 느끼죠."

"대단한 일을 하는군."

"그렇지도 않아요. 저보다 더 대단하신 분들은 아미탄트 회 분들이죠."

게일의 두 눈이 차갑게 빛났다.

"아미탄트 회라고?"

"네, 청목 수양원을 세운 것도 그분들이시고 이곳에서 사정이 딱한 사람들에게는 일자리를 주기도 하세요. 그분들도 가끔 이곳에 오시기는 하지만 신분이 밝혀지기를 원하지 않아 상부의 몇 사람 빼고는 아무도 모르죠. 어차피 이 모임에서는 세상의 이름 따위는 중요하게 생각지도 않으니까요. 저희야 뭐 그분들께 감사한 생각뿐이죠."

"글쎄, 그 감사한 마음을 당분간은 보류해 두는 게 좋을걸?"

게일은 비아냥거리듯 말했다. 그가 알고 있는 아미탄트라면 아미탄트 결사대로 불리는, 마리로슈와 그녀가 섬기는 닉스 여신을 위해서라면 어떠한 잔인한 짓이라도 불사하는 학살자들의 단체였다. 아마 일전에 아영을 향해 총을 쏜 것도 그 아미탄트 회의 짓일 것이다.

이 청목 수양원이란 곳을 세운 것이 아미탄트들이라면 마리로슈는 이곳에서 의식을 계속하려 할 것이 분명했다. 이곳 사람들을 희생 제물로 해서. 게일은 자신이 역시 제대로 찾아왔다고 생각했다.

"한 가지 묻겠소. 듣자니 이곳에 싸일러프라스 나무, 아니, 영생의 나무라는 것이 있다던데 어디 있는지 알고 있소?"

그는 스멜다에게 유도질문을 했다.

"영생의 나무요? 이곳엔 나무들이 하도 많아 제가 이름을 모두 알 수는 없죠. 하지만 그런 이상한 나무 이름은 못 들어봤는데요."

"독의초의 근처에 있을 거라 하던데? 자궁의 모양으로 특이하게 생겼다고 들었소."

스멜다는 뭔가 곰곰이 생각하더니 밝게 웃었다.

"아! 그… 뿌리가 밖으로 나와 있는 나무를 말씀하는 건가 보군요. 작은 나무였는데 모양이 독특해서 기억나요."

"맞소. 그 나무는 어디에 있지? 아무리 찾아봐도 통 보이질 않는군."

"이런… 한발 늦으셨군요. 그 나무라면 얼마 전 다른 곳으로 옮겨졌답니다. 신기하게 생겨서 아마 수집가들의 정원에 심어졌을지도 모르죠. 하지만 그다지 아쉬워하실 필요는 없어요. 이곳엔 그 나무 못지않게 특이한 모양의 나무들이 많으니까요. 나중에 저희 원생이 되신다면 제가 안내해 드리죠."

"그럼 그때 부탁하겠소."

게일은 스멜다에게서 더 이상 알아낼 것이 없다고 판단하고 그녀의 집에서 나오기로 했다.

"그런데 저 건물은 뭐지?"

게일은 드넓은 히시아몬 밭이 끝나는 부근에 서 있는 건물을 가리켰다. 전체적으로 흰색의 둥근 원기둥 모양의 탑 같은 건물이었다. 밭 한가운데에는 건물로 드나들 수 있도록 좁은 길이 나 있었고 둘레에는 작은 담이 쳐져 있어 왠지 격리되어 있는 장소 같았다.

"저긴 격리동이에요. 상당히 위험한 곳이라 도우미들도 출입증이 없으면 들어갈 수 없죠. 겉보기엔 저래도 첨단 장비들로 경비되고 있거든요."

"그런데 왜 이런 일이 발생한 건지 모르겠군."

게일이 의아한 얼굴로 묻자 스멜다는 왠지 당황하는 기색이었다.

"도우미들이 뭔가 실수를 했겠죠. 이제 보니 제가 시간을 너무 많이 빼앗은 것 같군요. 어쩌면 인솔자들이 찾느라 소동이 일어났을지도 모르겠어요. 어서 돌아가 보세요."

게일은 스멜다의 말은 눈곱만큼도 신경 쓰지 않았다. 그는 멀리 보이는 하얀색의 탑으로 들어갈 생각을 하는 중이었다. 어딘가 수상한 냄새가 났다. 하지만 곧 초록색 승합차를 탄 도우미들이 나타나는 바람에 계획을 잠시 미루기로 했다. 좀 더 깊은 정보를 알아내려면 지금 소동을 부려 좋을 게 없었다.

도우미들은 한참 동안 찾았다며 책망하는 어투로 말했다. 물론 그동안에도 미소 짓는 것은 잊지 않았으나 게일에게는 오히려 역효과였다. 하지만 스멜다가 도움을 받았다며 게일을 변호하자 도우미들은 더 이상 별말이 없었다. 그녀 덕분에 게일도 도우미들도 무사할 수 있게 된 것이었다. 그렇지 않았더라면 포악한 게일은 도우미들을 손봤쳤을 것이고, 소동이 일어나 그 역시 일을 그르쳤을지 모를 일이었다.

"오늘 신세가 많았습니다. 나중에 다시 뵈어 그 은혜를 갚을 수 있었으면 좋겠군요."

스멜다는 정중히 그를 배웅했다. 그리고 게일을 태운 차가 멀어지자 한숨을 내쉬며 이마를 가리고 있던 앞머리를 쓸어 올렸다.

그녀의 이마에는 푸른색 반점이 또렷하게 나 있었다.

게일이 도우미들과 함께 들어온 곳은 통유리창이 있는 넓고 쾌적한 휴게실이었다. 같이 다니던 사람들은 전부 그곳에 모여 있는 것 같았다. 그사이 서로들 친해졌는지 삼삼오오 모여 이야기꽃을 피우고 있었다. 그러다 게일이 들어오자 사람들의 시선이 일제히 집중되었다.

"어디 갔다 왔어요? 당신을 찾느라 난리가 났었다구요!"

사람들 사이에서 명현이 강아지처럼 쪼르르 뛰어왔다. 아까는 풀이 죽어 있더니 다시 회복된 모양이었다.

"잠시 길을 잃었어."

"당신 같은 사람이요?"

명현은 게일이 뭔가 숨긴다는 것을 알고 조금 서운해하는 것 같았다. 하지만 금방 밝게 웃으며 캔 음료수를 내밀었다.

"당신 거까지 챙겼어요. 시원한 게 맛있어요."

"됐어. 콜라 안 좋아해."

명현이 내민 것은 세규가 좋아해서 냉장고에서 하루도 떨어질 날이 없는 락&조이 콜라였다. 하지만 탄산이 들어간 음료를 싫어하는 게일은 손을 저어 사양했다.

"이거 말고 다른 음료수는 마침 다 떨어졌대요. 어떡하죠?"

미안해하는 명현을 보고 있자니 게일은 짜증이 나려 했다. 그의 기분을 곧 알아챘는지 명현은 금방 풀이 죽었다. 눈치 하나는 정말 빠른 녀석이었다.

"당신은 나 같은 사람을 비굴하다고 생각하겠죠? 아까 그랬잖아요, 남자라면 스스로 그늘 드리우는 법을 배우라고. 그게 무슨 뜻인지 알아요. 하지만 잘 안 돼요. 혹시라도 다른 사람들의 마음을 상하게 할까 봐 계속 신경이 쓰이거든요. 그러다 보니 눈치를 보게 되고 비위를 맞추는 게 습관이 되었어요."

"좋지 않은 습관이군."

"알아요, 사람들이 이런 저를 얕보고 우습게 생각한다는 것도. 하지만 사람들에게 상처 주는 것보다 이게 더 마음이 편하거든요. 그래서 당신 같은 사람을 보면 참 부러워요."

"내가 사람들한테 함부로 상처 준다는 뜻인가?"

"헤헤!"

명현은 혀를 낼름거리고는 쑥스럽게 웃었다. 그런 모습이 조금 귀여워 보였다. 게일은 명현의 머리를 헝클어뜨리며 투덜거렸다.

"쳇, 바보 녀석인 줄 알았더니 고단수로군. 하지만 친절한 것과 심지가 굳지 못한 건 다른 거라고."

"당신, 가만 보면 참 좋은 사람 같아요. 저… 형이라고 불러도 돼요?"

게일은 이곳에서 더 이상 복잡한 인간 관계를 맺고 싶지 않았다. 레이디에다가 두 명의 제자까지. 그런데 이번엔 형이라니……. 명현이 상처받더라도 그는 할 말을 했다.

"제발 사양하고 싶어. 그럼 이만."

그는 도망치듯 다른 자리로 옮겼다. 하지만 게일은 그 인간 관계라는 게 사실은 거미줄보다 더 복잡하다는 것을 곧 깨달을 수 있었다.

"저기요……."

부르는 소리에 시선을 돌리자 예상하지 못한 얼굴이 방긋 웃고 있었다. 게일의 머리 속에는 순간 거미줄에 걸린 한 마리의 나방이 떠올랐다.

"역시 맞군요. 잘 지냈어요?"

"넌… 지철?"

"헤에, 맞아요. 기억하고 있었군요."

지철은 쑥스러운 듯 안경을 만지작거렸다. 빼빼한 몸집에 커다란 포대 자루 같은 옷을 뒤집어쓴 모습이 우스꽝스러워 보였다.

"이번엔 또 뭘 훔치려고 온 거야?"

"에이~ 너무 그러지 말라구요. 당신이야말로 여긴 무슨 일이에요? 뜻밖이네요."

"심신의 안정을 취할까 해서."

지철은 주위에 있는 사람들이 듣기라도 할까 봐 게일의 귀에 대고 소곤거렸다.

"거짓말. 뭔가 낌새를 느끼고 온 거 맞죠?"

"그러는 넌 무슨 낌새를 느낀 모양이군."

"그러지 말고 우리 서로 협력하는 게 어때요?"

지철은 이곳의 비밀에 대해 무언가를 알고 있는 것 같았다. 그의 입에서 새로운 단서를 얻게 될지도 모른다는 생각이 들자 게일은 흥분되기 시작했다. 하지만 겉으로는 태연한 척 굴었다.

"네가 가진 카드를 본 후에 생각해 보지."

"흐음… 내 카드를 보면 구미가 당길걸요."

그러고 나서 지철은 목소리를 낮추며 자못 심각하게 말했다.

"제가 여기 온 건 형 때문이에요. 요즘 이상한 단체 같은 데 빠져 있는데 자꾸 저보고도 이곳에 와보라고 하더군요. 아마 여긴 사이비 종교 단체 같은 걸지도 몰라요."

"종교 단체처럼은 보이지 않던데?"

"우린 아직 신입이니까 뭔가 감추고 있는 거겠죠. 하지만 사실은 끔찍한 사이비 종교 단체일지 모르죠. 지금껏 아무 종교도 갖지 않던 형을 현혹시킬 만큼 강렬한. 그 단체에 빠진 후 형은 집안의 돈을 모두 갖다 붓는 것도 모자라서 주변 사람들도 전부 그 모임 사람들로 바꾼 것 같아요. 사람이 완전히 망가져 버렸죠."

지철의 말을 듣고 있자니 그의 형은 어쩌면 아미탄트 회에 가입되어 있는지도 모른다는 생각이 들었다.

"그래서 형을 구하기 위해 와봤다? 호오, 의외로 형제애가 대단한 걸."

게일이 믿어지지 않는다는 듯 감탄하자 지철은 씨익 웃었다.

"우애라기보다 흥미죠. 그 잘난 형을 현혹시킨 종교가 어떤 건지 궁금하기도 하고 게다가……."

그는 이번엔 게일의 얼굴을 제대로 보지 못하고 말했다.

"재경 양도 연관되어 있다는 소문도 들리고……."

"재경이?"

"아마… 형이 끌어들인 걸 거예요. 형은 그녀와 아주 친하거든요."

게일은 지철의 말을 신용할 수 없었다. 그의 형이 재경을 끌어들일 정도로 친분이 깊다면 지철이 그녀에게 그토록 어렵게 접근할 필요가 없지 않은가?

게일의 생각을 짐작했는지 지철은 다음 말을 이었다.

"저희 형이 바로 강대철이에요. 어머니가 달라서 오히려 남보다 더 멀리 지내고 있죠."

게일은 어디선가 들어본 이름 같았지만 금방 생각이 나지 않았다. 그러자 지철이 발끈 화를 냈다.

"아니, 그 유명한 강대철 감독도 모른단 말이에요?"

"아하… 그 변태 녀석?"

게일은 자신을 찬찬히 뜯어보던 긴 머리의 신사를 떠올렸다. 그에게 있어 강대철은 재경을 통해 계속 러브콜을 보내는 끈질긴 녀석일 뿐이었다. 하지만 대철은 느끼해서 그렇지 생긴 거 하나만은 그런대로 봐 줄 만했었다. 그러나…….

게일이 빤히 보자 지철은 입을 삐죽 내밀었다.

"쳇, 알아요. 하나도 안 닮았다는 거."

"하하! 그렇게까지 화를 낼 필요야 없잖아."

게일은 평소보다 훨씬 관대하게 지철을 달랬다. 아미탄트 회에 가까이 접근할 수 있는 길이 생겼다는 것만으로도 기분이 아주 좋아졌던 것이다.

*　　　　*　　　　*

이안은 벨이 울리자마자 인터폰 수화기를 집어 들었다. 모니터에 비친 사람은 큰오빠 세현이었다. 그녀는 실망한 얼굴로 문을 열어주었다.

"어라? 오빠가 들어왔는데 그 얼굴은 너무하잖아. 왜, 따로 기다리는 사람이라도 있는 거니?"

엄마처럼 자상한 세현은 이안의 표정만 보고도 예리하게 그녀의 속마음을 간파해 냈다.

"아직 게일이 안 들어와서."

"자정이 다됐는데 아직도? 어디 아는 사람 집에서 자고 들어오나 보지 뭐. 다 큰 남자니까 너무 걱정 마."

"응, 아무래도 그런가 봐. 아함~ 나도 자야겠다."

이안은 세현을 안심시키기 위해 신경 쓰지 않는 척하며 방으로 들어갔다. 하지만 그녀는 최근 게일의 행동이 계속 마음에 걸렸다. 어제는 이상한 약상자를 박스째 들고 들어오더니 오늘은 아침 일찍 말도 없이 나가 버린 것이다. 그리고 지금까지 아무 소식도 없었다. 그의 태도는 분명 마물을 쫓는 것이 아니었다.

그렇다면 설마 어디가 정말 아프기라도 한 건가? 아니면 얘기도 없이 자기가 살던 세계로 돌아가 버린 건 아니겠지?

새벽 한 시가 넘도록 게일로부터는 아무런 연락도 없었다. 이제는 서서히 걱정까지 됐다. 그가 무시무시한 막강 파워를 가지고 있다는 것은 알았지만 상대는 마물, 그리고 총을 가진 사람들을 수하로 거느린 마리로슈였다.

혼자서 걱정하던 이안은 현재에게도 알려야 한다는 생각이 들었다. 게일의 문제로 의논할 수 있는 상대는 현재밖에 없었으니까. 하지만 그녀는 현재의 핸드폰 번호를 누르고는 괜한 짓을 했다고 후회했다.

설마 재경 씨와 함께 있는 시간을 방해라도 하는 건 아닐까?

그래서 신호가 가는 동안에도 끊어버릴까 말까를 계속 고민했다. 그의 목소리를 듣고 싶기도 했고, 한편으로는 이대로 영원히 마주치지 않았으면 좋겠다고 생각도 했다. 다행인지 불행인지 현재는 핸드폰을 받지 않았다.

이안은 한숨을 쉬며 수화기를 내려놓았다. 그때 갑자기 전화벨이 울리는 바람에 그녀는 화들짝 놀라서 다시 수화기를 집어 들었다. 도대체 새벽 한시에 전화를 거는 몰상식한 녀석은 누구야? 라는 불만을 잔뜩 실은 목소리로 전화를 받았다.

"여보세욧!"

—아, 나야.

"최현재……? 어, 어떻게 알고 전화를……."

—바보. 발신자 표시가 돼 있잖아.

"아… 참 그렇지. 그런데 무슨 일이야?"

윽, 이안은 너무 당황한 나머지 멍청한 말을 하고 말았다. 먼저 전화를 건 게 자기였으면서. 현재가 다시 바보라고 말할 것이 분명했다. 하지만 이안은 그가 바보… 라고 부르는 것이 싫지 않았다. 친밀한 느낌이 드는 호칭이라고나 할까? 뭐, 나는 바보가 아니니까 바보라고 부르는 건 욕이 아니지.

물론 이 모든 것은 자기 합리화였다.

—너, 왜 그렇게 허둥대?

현재는 생각보다 예리한 녀석이었다.

"게, 게일이 아직 안 들어와서 걱정돼서……."

—마물이라도 쫓는 거 아냐?

"새벽에 나갔어. 어제 어떤 여자 전화가 왔는데 그 사람을 만나러

간 것 같아. 그리고 최근엔 이상한 약 같은 것도 잔뜩 들고 들어오고."

─흠… 그건 좀 이상하네. 알았어. 금방 너희 집으로 갈 테니까 10분 후에 집 앞에서 보자.

"자는데 괜히 깨운 거 아니지?"

─바보! 지금 자는 게 중요해? 그리고 나 아직 밖에 있어.

뭐야, 이 시간까지 집에 안 들어갔단 말야? 설마 노느라고? 아님 일 때문에? 어쨌거나 그는 이안과 달리 자유분방한 고교생이 분명했다.

10분 후에 이안이 집 앞으로 나오자 지프차 한 대가 골목길로 미끄러져 들어왔다. 그러더니 그녀를 향해 눈부신 헤드라이트가 비춰졌다.

"여기야!"

현재가 차에서 내리며 손을 흔들었다. 며칠 못 보던 사이에 어딘가 많이 달라진 것 같았다. 머리가 길어서 그런가? 좀 더 섹시해진 것 같기도 했고 어른 같은 느낌이 들었다.

"미안해, 이런 시각에 오게 만들어서."

그러자 현재가 대답하기도 전에 다른 사람의 목소리가 들려왔다.

"괜찮아요. 친구의 일이라면 돕는 게 당연한 거죠."

운전석에 앉아 있는 건 재경이었다. 그녀는 이안과 시선이 마주치자 생긋 웃으며 인사를 했다. 이 시간까지 둘이 같이 있었던 건가?

"저도 돕고 싶지만 내일 아침 촬영이 있어 이만 가봐야겠네요. 혹시 나중에라도 도움이 필요하다면 기꺼이 도울게요."

"네, 필요하면 부탁드릴게요. 여기까지 현재를 태우고 와주셔서 고마워요."

이안은 재경의 어른스럽고 당당한 분위기에 밀리지 않으려고 의도적으로 깍듯하고 어른스럽게 대꾸했다. 재경은 피식 웃었다.

“후훗, 아직 어린애라 불안해서 말이죠.”

“뭐라고!”

“그러게요.”

발끈하는 현재를 무시한 채 두 여자들은 잠깐 동안 서로를 뚫어지게 바라보았다.

“그럼 다음에 봐요.”

재경이 먼저 이안에게서 시선을 거두더니 차를 몰고 사라졌다.

같은 여자인 이안이 보기에도 그녀는 멋있었다. 성격도 시원시원하고 흠 잡을 데가 없었다. 그런데도 이안은 그녀가 이유없이 싫어지려고 했다. 옹졸하고 치졸하다고 해도 어쩔 수 없었다. 겨우 가까워졌다고 생각한 현재를 가로채어 갔으니까.

“그런데 게일이 어떻게 됐다는 건지 자초지종 좀 얘기해 봐.”

현재가 궁금한 듯 물었다. 얼굴을 반쯤 가린 머리카락은 구릿빛에서 황금빛으로 변해 있었다.

‘이제 보니 염색도 했구나.’

자기가 볼 수 없는 곳에서 변해가는 현재가 이안은 너무 낯설게 느껴졌다.

“아니, 별일 아니야. 내가 괜히 호들갑을 떤 것 같아.”

그녀가 거리감을 두고 대답하자 여자의 심리에 민감한 현재는 금방 눈치 챘다.

“우리 아직 좋은 친구인가? 난 그렇다고 생각하는데, 넌?”

“모르겠어…….”

이안은 고개를 떨구었다. 어째서인지 눈물이 나올 것만 같았다. 참 바보 같은 눈물이었다. 현재는 커다란 손으로 그녀의 머리를 가만히 끌어안았다. 이안은 가슴이 조금 떨렸지만 친구를 위로하는 행동 그 이상은 아니라는 것을 깨닫자 더 이상 떨리지 않았다.

"솔직히 잘못했다는 생각은 안 들어. 그런데 너한테 왠지 미안하단 생각은 든다."

현재는 진지하게 말했다.

"그럼 미안하단 생각도 하지 마. 그런 생각을 하면 넌 정말 나한테 미안해지는 거야. 왜냐면 날… 비참하게 만드는 거니까. 정말 난 괜찮 거든."

"강하구나, 너……."

두 사람은 한동안 포옹도 아닌 어정쩡한 상태로 그렇게 달라붙어 서 있었다.

얼마쯤 지났는지 조심스럽게 헛기침을 하는 소리에 놀라서 돌아보 았다.

담장 그늘 밑에서 겸연쩍은 표정을 짓고 서 있는 사람은 훤칠한 키 의 게일이었다. 그는 현재와 이안을 보자 씨익 웃었다.

"게일!"

"밀회를 방해하고 싶진 않았는데… 참을성이 없어서 말이지."

"밀회라뇨!"

"눈치 챘으면 자연스럽게 빠져줘야지."

이안은 펄쩍 뛰었지만 현재는 유들유들하게 받아넘겼다. 그러자 게 일이 과장되게 잘못을 시인했고 이안은 어쩔 줄 몰라 하며 얼굴을 붉 혔다. 그런 이안을 보고 그냥 넘어갈 현재가 아니었다. 예전의 버릇이 나와 결국 지나치게 놀리다가 한 방 얻어맞고야 말았다.

"하핫! 역시 현재랑 있으니 레이디의 얼굴에 화색이 도는군."

"자꾸 그러지 마요! 현재가 진짠 줄 알잖아요!"

"어라? 진짜잖아."

"시끄러워요! 말도 없이 사라졌다 나타나 놓고 뭘 잘했다고 끼어드는 거예요! 최소한 레이디한테 보고 정도는 해야 할 거 아니에요, 보고를!"

이안이 평소 모드로 돌아와 불타오르자 결국 천하의 게일도 더는 어쩌지 못하고 입을 다물어 버렸다. 하지만 모처럼 만에 활기 찬 그녀를 보는 것도 나쁘지는 않았다.

"참, 최현재."

게일이 갑자기 진지한 목소리로 돌아오자 현재는 긴장했다. 그가 진지할 때는 꼭 심상치 않은 말을 하기 전이었다.

"왜……?"

"재경에게 제의를 수락한다고 전해줘."

"제의? 영화 촬영 말야?"

게일이 고개를 끄덕이자 현재와 이안은 자기의 귀를 의심했다. 그는 이 세계에 비밀 임무를 띠고 온 것이라 했다. 그러니 그의 존재가 세상에 널리 알려져서는 안 될 것이다. 얼마 전까지만 해도 재경의 제의를 완강하게 거부하던 게일이 아니었던가?

"기자에게 알리겠다고 협박한 것 때문이라면 신경 쓸 거 없어. 내가 잘 타일러 볼게."

"그래요, 재경 씨도 그렇게 막무가내인 성격은 아닌 것 같던데……."

게일은 두 사람의 말을 단호하게 잘랐다.

"아니, 갑자기 그 영화인지 뭔지에 출연해 보고 싶어졌어. 이곳에선 연예인이라고 하던가? 나도 사람들에게 스타라고 불려보고 싶어. 근사한 일이잖아? 그럼 최현재, 부탁해."

게일은 현재의 어깨를 툭툭 두드리고는 두 사람을 남겨둔 채 집 안으로 들어갔다.

"게일이 어쩐지 좀 이상해."

"그런 것도 같고……."

어둠 속에서 나타난 게일은 분명 평소의 그와 다른 모습이었다. 그의 눈빛은 이상하리만치 가라앉아 있었다.

몽환 (夢幻) 3

게일이 영화에 합류하겠다는 뜻을 밝히자 재경과 대철은 크게 기뻐했다. 현재 역시 그와 함께 일하게 됐다는 것이 즐겁기는 했다. 그러나 한편으론 게일의 얼굴이 전국적으로 드러난다는 점이 불안했다. 혹시라도 예전에 상록을 알던 사람들이 알아보기라도 하면 시끄러워질 것이 당연했고, 대철과 재경이 그토록 게일을 탐내는 것에 대해서도 어딘가 석연치 않은 구석이 있었다.

역시 게일의 특이한 능력 때문인가?

하지만 정작 당사자인 게일은 아무 생각도 없는 것 같았다. 대철을 기다리는 동안 그는 촬영장을 둘러보다가 한창 지어지고 있는 세트장에 온통 흥미를 빼앗긴 것 같았다.

"어이! 이거 받어!"

거친 목소리와 함께 머리 위에서 무언가가 날아왔다. 게일이 무심결에 받아놓고 보니 음료수 캔이었다. 세트장을 짓던 인부들이 같은 일꾼이라고 생각하고 음료수를 던져 준 것 같았다. 역시나 락&조이 콜라 캔이었다. 음료수 시장의 절반 가까이를 장악하고 있다는 것이 어느 정도의 위력인지 게일은 새삼 실감할 수 있었다. 하지만 그는 음료수를 다시 바닥에 내려놓았다. 고리타분한 그의 입맛에 콜라 같은 음료는 맞지 않았다.

"그 콜라 안 좋아해?"

현재가 의외라는 표정으로 다가왔다.

"아마 세규 녀석이 싫어하게 되면 좋아질지도 모르지."

"안됐네. 락&조이 콜라 회사가 우리 영화 스폰서로 있는데. 쉽게 말하면 영화 제작비를 이 콜라 회사에서 대고 있다는 얘기야. 그래서 음료수는 무조건 이 콜라지. 한번 먹어봐, 맛있으니까 금방 좋아하게 될 거야."

"필요성을 느낀다면 노력해 보도록 하지."

"사실 나도 처음엔 별로 좋아하지 않았는데 먹다 보니 입맛이 금방 길들더라."

얘기를 하던 현재는 이상한 느낌에 고개를 들어보았다.

"거기 피해!"

사람들의 외침 소리가 들려왔다. 2층에 쌓아놓은 목재가 게일의 머리 위로 떨어지고 있었던 것이다. 동물같이 민첩한 그라면 분명 재빠르게 피할 수 있을 거라 생각한 현재는 별로 걱정하지 않았다. 그런데 목재가 머리를 치기 직전에서야 게일은 엉거주춤하게 몸을 피했다. 그것도 미처 다 피하지 못해 어깨를 얻어맞기까지 했다.

"게일!"

"사람이 다쳤어!"

인부들은 하던 일을 멈추고 뛰어나왔다.

"이봐, 괜찮아?"

게일은 몰려든 사람들에게 손을 들어 보이며 괜찮다는 시늉을 했다. 하지만 일어서려던 그는 고통스럽게 얼굴을 일그러뜨렸다.

"심하게 다쳤나 본데?"

"그러게 일하러 왔으면 빠릿빠릿하게 일을 할 것이지 왜 어슬렁거려."

누군가 게일을 책망하자 현재는 이마에 힘줄을 세우며 노려보았다.

"이 사람은 인부가 아니라 배우예요! 만일 부상으로 촬영이 늦춰지기라도 한다면 안전 대비책이 미비했던 당신들, 각오해야 할 거예요!"

현재의 살벌한 말에 인부들은 난처한 표정을 지었다. 그들도 촬영이 하루씩 지연될 때마다 엄청난 손해가 생긴다는 걸 잘 알고 있었다. 장비며 장소 임대며 모든 게 다 돈이었으니까.

"아, 난 괜찮아. 괜히 소란을 피운 것 같군."

게일의 말에 인부들의 얼굴이 환하게 밝아졌다.

"그런데 무슨 역할이우?"

"처음 보는 얼굴이 신인인가 본데. 생긴 걸 보아하니 엑스트라 역은 아닐 것 같고. 하하! 이 바닥에 오래 있다 보니 척 보면 벌써 알지."

"무슨 역인지는 잘······."

게일이 대충 얼버무려 대답하자 모여 있던 인부들은 껄껄대며 놀리기 시작했다.

"아니, 무슨 배우가 자기가 맡은 역도 모르나?"

"이 사람, 이제 보니 칼 맞고 죽는 엑스트라 8 그런 거 아닌가?"

"하하하! 그럼 내가 선배네 그래."

그들이 소란스럽게 지껄이는 와중에 게일은 현재에게 물었다.

"감독은 아직 멀었어? 나가서 좀 찾아보지 그래?"

"쳇, 알았다구."

현재는 입술을 삐죽거리며 일어섰다. 그가 사라진 후에도 인부들은 게일의 주위에서 떠나지 않았다. 넘어진 김에 쉬어간다고 마침 점심때도 다 되었으니 일을 쉬려는 모양이었다.

"참, 그런데 자네, 어디선가 본 것 같은데… 생각이 안 나네."

"나도 아까부터 그 생각하고 있었네. 정말 영화에 첫 출현인가?"

"그렇소. 그런데 이거 아무래도 점점 어깨가 아파오는데 큰일이군."

게일이 어깨를 주무르며 고통스러운 표정을 짓자 인부들은 저희들끼리 시선을 교환하며 무언가 의사 소통을 했다. 그러자 한 사람이 조심스럽게 운을 떠왔다.

"흠… 내가 먹는 약이 좀 있는데…… 한번 먹어볼 텐가? 그 약을 먹으면 몸도 가뿐해지고 통증도 씻은 듯이 사라지지. 아, 그렇다고 마약 같은 건 절대 아니고 건강식품이지."

게일의 눈빛이 날카롭게 빛났다. 하지만 아무도 눈치 채지 못했다.

"어떤 약이지?"

남자는 주변 사람들의 눈치를 보더니 주머니에서 작은 알약 병을 꺼냈다. 그러자 게일은 피식 웃음을 흘렸다.

"아… 그 약이라면 나도 있지."

게일도 주머니에서 몽환이라는 글자가 쓰여 있는 약병을 꺼내 보였다. 그러자 주변에 모여 있던 사람들은 아하… 소리를 연발하며 소리

없이 웃었다. 게일 역시 그들과 공모자인 것처럼 미소를 지어 보였다.

"이 사람, 어디서 봤나 했더니 어제 수양원에서 본 것 같군 그래."

"그러게. 그래서 낯이 익었군. 우리들 중에는 도우미로 봉사하는 사람들도 꽤 있다네."

그들은 갑자기 모두 한 형제라도 된 것처럼 다정스럽게 게일의 등을 두드렸다.

"자, 약을 먹게. 그러면 좀 나아질 걸세. 내일 아침엔 멍 자국조차 안 남을 거네. 정말 기적 같은 약이지."

누군가 마시던 콜라 캔을 내밀자 게일은 알약을 입 안에 넣고 물 대신 마셨다. 처음 먹어보는 콜라의 맛은 생각보다 괜찮았다. 톡 쏘는 첫 맛은 마음에 안 들었지만 상큼하고 은은한 향이 입가에 맴돌아 기분을 좋게 만들었다.

"흠… 역시 괜찮아지는걸?"

잠시 후 게일은 말짱하다는 듯이 어깨를 돌려 보였다. 인부들은 한시름 놓은 표정들이었다. 하지만 사실 게일은 처음부터 아무렇지도 않은 상태였다. 인부들 중 어제 도우미로 보았던 얼굴을 발견하고 접근하기 위해 일부러 다친 척했던 것이다. 그런데 몇 사람뿐 아니라 인부들 대부분이 그 모임과 연관있다는 것을 알았다. 이로서 대철이 아미탄트 회원일 가능성은 거의 확실해졌다.

그리고 대철의 자취를 쫓다 보면 마리로슈를 찾는 것도 시간문제가 될 것이었다.

"……!"

그들과 어울려 몇 마디 얘기를 나누던 게일은 갑자기 정신이 몽롱해지는 것을 느꼈다. 몸이 공중으로 부웅 뜨는 것 같기도 했고 기분도 상당히 좋아졌다. 처음 술을 마시고 취했을 때의 기분과 같다고나 할까? 모든 감각이 자신의 오감을 통해 전해지는 것이 아니라 마치 다른 사람을 통해 전달받는 것 같았다.

'그 약 때문인가?'

하지만 약 때문이라면 지금껏 아무리 먹었어도 전혀 이상이 없었다. 그런데 왜 지금은?

"자… 이제 점심 시간이니 나가자고."

게일은 계속 몽롱한 기분으로 인부들의 부축을 받으며 촬영장을 나갔다.

현재는 주차장에 가봤지만 대철의 차는 보이지 않았다. 게일과 점심 약속을 했으니 지금쯤은 도착해 있을 줄 알았는데 아직 안 온 모양이다. 핸드폰으로 전화를 걸어봤지만 받지 않았다.

"쳇!"

그가 올 때까지 기다려 볼까 생각도 했지만 그러기엔 아직 날씨가 쌀쌀했다. 근처의 강바람 때문에 촬영장 주변은 다른 곳보다 체감온도가 훨씬 낮았다.

"……?"

다시 촬영장 안으로 들어가던 현재는 허름한 건물로 서너 명의 스텝들이 사라지는 것을 보았다. 소품이나 연장들을 놓아두는 창고였는데 담배라도 피우러 들어가는 것 같았다. 그런데 잠시 후 또다시 한 무리의 사람들이 그 안으로 들어가는 것이 보였다. 왠지 수상한 낌새가 느껴졌다. 더욱 놀라운 사실은 그 무리들 사이에 게일이 끼어 있다는 것이었다.

그가 사람들과 어울려 담배를 피우기 위해 그곳으로 들어간다고는 생각할 수 없었다. 게다가 저들과 게일은 오래전부터 알고 있는 사이처럼 매우 친근해 보였다. 서로 어깨를 두드리기도 하고 잘 웃지 않던 게일은 계속 벙긋벙긋 웃고 있기까지 했다.

현재는 머리 속이 혼란스러워졌다. 게일이 이 영화를 촬영하겠다고 순순히 허락했을 때부터 뭔가 이상했다. 아까 목재가 떨어질 때 피하지 못한 것도 석연치 않았다. 그리고 보니 일부러 감독을 찾으라고 자기를 내보낸 것 같은 느낌도 들었다.

'도대체 또 무슨 일을 꾸미는 거야?'

현재는 조심스레 창문을 통해 창고 안을 들여다보았다. 창고는 어두워서 처음엔 안이 잘 보이지 않았다. 그러다 차츰 어둠에 익숙해져 실내를 보게 되었을 때 그는 자신의 눈을 의심했다.

창고 안에 있던 사람들은 마치 의식이라도 벌이려는 것처럼 둥글게 원을 그리며 서 있었다. 안에 모여 있는 사람은 대략 스무 명쯤 되는데 그중 한 남자, 자세히 보니 촬영감독이었다. 주머니에서 칼을 꺼내 높이 들어 올렸다. 칼은 과도처럼 작은 단검이었는데 검날은 은색이었지만 손잡이가 묵(墨)빛을 발하고 중후한 느낌이 드는 것이 굉장히 오래된 물건 같았다.

단검의 아름다움에 잠시 매료되어 있던 현재는 작게 신음을 흘렸다. 촬영감독이 그 단검으로 갑자기 자신의 팔뚝을 그었던 것이다. 붉은 피가 쿨럭쿨럭 쏟아져 나오기 시작했다. 그러자 그의 옆에 있던 남자가 구석에 있는 낡은 캐비닛을 열어 보자기로 싸논 물건을 꺼냈다. 보자기를 풀자 나타난 것은 작고 하얀 단지였다.

촬영감독은 흐르는 피를 단지 안에 얼마간 쏟은 후 옆 사람에게 단

검과 백자 단지를 넘겼다. 그것들을 넘겨받은 사람 역시 똑같이 단검으로 몸을 찢어 단지에 피를 섞었다. 그 괴상한 행위는 옆 사람에게 돌아가면서 계속 되풀이되었다. 개중에는 한 번에 깊이 찌르지 못해 피가 맺히는 정도로 끝나는 사람들도 있었는데, 그럴 때면 자발적으로 자기 몸을 몇 번이고 난도질해 댔다.

놀라운 것은 그런 행위를 하는 사람들의 얼굴에 고통스러운 표정은커녕 쾌감이라도 느끼는지 하나같이 상기되어 있다는 점이었다. 창고 안은 묘하게 흥분된 분위기로 달아올라 있었다. 현재도 어째서인지 다른 사람의 정사를 훔쳐 보기라도 하는 것처럼 가슴이 두근거렸다. 그래서 인상을 찡그리면서도 그 의식에서 눈을 뗄 수가 없었다.

게일의 차례가 왔다. 현재는 그가 어떻게 나올지 궁금했다. 처음 단검을 받아 든 게일은 몸을 움찔하는 것 같았지만 곧 그들의 행동을 따라했다. 게일의 붉은 피가 새하얀 단지에 담겨졌다.

게일은 분명 정상이 아니었다. 위압적이고 매섭던 눈빛이 초점을 읽고 흐리멍덩했다. 게다가 이마에는 평소 볼 수 없었던 푸른 얼룩 같은 것이 나타나 있었다. 창고에 모인 사람들의 이마에도 어떤 표식처럼 푸른 얼룩이 보였다.

'설마 게일까지 마물에게 당한 건가?

그렇지 않고서야 그가 저런 이상한 의식에 동참할 리가 없었다.

'그런데 이번에 마물은 어떤 거지? 저 단검? 아니면 저 백자로 된 단지? 만일 게일이 마물에게 당한 거라면 어떻게 하지? 나와 이안이… 아니, 정이안을 이런 위험한 일에 불러들일 수는 없지. 그럼 나 혼자서 저 녀석들과 싸워야 하는 건가?

현재는 지금껏 게일이 얼마나 무시무시한 녀석들과 싸워 이겼는지 잘 알고 있었다. 그런데 게일도 못 이긴 마물 녀석과 싸운다고? 차라리 자기도 편하게 마물에게 먹히는 편이 더 나을 것 같았다.

마지막 사람까지 모두 단지에 피를 모으자 촬영감독은 스무 사람의 살을 찢었던 단검을 그 단지 안에 던졌다. 그리고 기도라도 올리듯 중얼거리고는 단지의 피를 마셨다. 그러자 이번엔 사람들이 돌아가며 피를 마셔댔다.

"우욱······!"

현재는 구토가 나오려는 것을 억지로 참으며 계속 지켜보았다. 그런데 이상하게도 갈수록 구토가 갈증으로 바뀌어갔다. 그는 자기도 모르게 침을 꿀걱 삼켰다.

마지막 사람까지 피를 마시자 촬영감독은 이번엔 단지에서 피에 젖은 단검을 꺼내 사람들 앞에 내보였다. 그러자 흡혈귀들처럼 입가에 새빨간 피를 묻힌 사람들은 만족스러운 듯 서로를 쳐다보며 웃었다.

단검은 금방 핏속에서 건져 올렸기 때문인지 검날까지 시뻘겋게 물들어 있었다. 아니, 현재의 눈에 단검의 날 자체가 색깔이 변해 있는 것 같았다. 눈부신 은색에서 피를 머금은 붉은빛으로······.

"최현재!"

갑작스럽게 호명을 당하자 현재는 움찔하며 고개를 돌렸다.

"무슨 일인데 그렇게 놀라?"

"아무 일도 아니야."

재경이었다. 그녀가 고개를 갸웃하며 창고 안을 들여다보려 하자 현재는 자연스럽게 그녀를 다른 방향으로 끌어당겼다.

"감독님이 안 보이기에 찾던 중이었어. 연락도 안 되고."

"곧 오실 거야. 그런데 게일은?"

"아, 잠깐 볼일 좀 보러 갔어."

말을 하던 현재는 재경이 자신을 빤히 바라보는 것을 느꼈다. 이국적인 흐린 갈색 눈동자는 어떻게 보면 노란색으로 보였다. 그 눈동자는 그녀를 신비스럽게 느껴지게도 했지만 또한 사람의 눈 같지 않은 느낌도 주었다. 현재는 그럴 때면 재경이 낯선 존재처럼 느껴졌다.

"그런데 어디 아프니? 얼굴색이 안 좋아."

"아… 아침을 먹은 게 소화가 잘 안 돼서……."

"조심하지. 크랭크 인하면 앞으로 강행군이 될 텐데. 우리 같은 사람은 건강 관리가 제일 중요해."

그때 비포장도로를 구르는 바퀴 소리가 나더니 잠시 후 대철이 촬영장 안으로 들어왔다. 그러자 흡혈귀들처럼 피를 보고 흥분하던 사람들도 창고에서 나왔다. 모두들 아무 일 없었다는 듯 평소와 다름없는 얼굴이었다.

현재는 악몽 속에서 깨어나지 못한 기분이었다. 조금 전 광경은 마치 무언가에 홀려서 환상을 본 것만 같았다. 아니면 여기 있는 사람들, 재경과 심지어는 게일까지도 단합해서 자기를 속인 채 뭔가 음모를 꾸미고 있는 것 같았다. 모두들 멀쩡한 얼굴로 말이다.

"흠… 이제야 본격적으로 영화 촬영을 할 수 있겠는걸? 모두들 잘해봅시다."

대철은 평소의 비즈니스 스마일로 스텝들에게 인사를 했다. 하지만 현재에게 그 목소리는 마치 끔찍한 공포영화의 프롤로그처럼 느껴졌다.

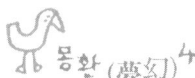몽환 (夢幻) [4]

　한밤중의 주택가. 어둠 속의 그림자는 매우 재빨랐다. 그림자는 낮은 담장을 밟고 올라가 담 너머 건물의 유리창을 조심스레 열었다. 잠겨 있지 않았다.

　유리창을 열자 바로 앞에 빨래가 널려 있었다. 그림자는 빨래를 잽싸게 낚아챘다. 그리고 담에서 뛰어내렸다. 다시 어둠 속에 몸을 숨기며 몇 블록을 뛰어간 후에야 그림자는 품에 넣어두었던 빨래를 꺼내보았다.

　희미한 어둠 속에서 보드라운 천이 삼각형의 모양을 드러내자 그림자는 흰 이를 드러내며 만족스럽다는 듯 미소를 지었다. 그리고 빨래에 코를 대고 깊게 숨을 들이쉬었다. 섬유 유연제의 향긋한 냄새가 났다. 하지만 그림자는 눈을 감고 이 빨래의 주인이 지녔을 체취를 상상했다. 그것만으로도 금방 만족스러운 상태에 이를 수 있었다.

"미안하군, 좋은 시간을 방해해서."

지철은 화들짝 놀라 목소리가 들려온 곳을 응시했다. 어둠 속에 서 있던 사람이 한 발자국 앞으로 나오자 가로등 빛에 모습이 드러났다.

"게일 씨!"

지철은 예의 그 재빠른 솜씨로 들고 있던 속옷을 후닥닥 감추었다. 그런다고 게일의 눈을 속일 수는 없었다.

"지저분한 취미는 여전하군."

"그, 그녀가 나의 재경 양과 너무 닮아서 그만……. 당신들이 재경 양 곁에는 얼씬도 못하게 했으니까요."

"그래서 네가 이런 변태 짓을 하는 게 모두 내 책임이라는 건가?"

"그, 그건 아니에요. 하지만 제발 이, 이번만 조용히 넘어가 주시면… 저, 저번에 좋은 정보도 줬잖아요."

게일은 어깨를 으쓱했다.

"뭐, 난 네 그 변태 취미에 별로 개입하고 싶은 생각은 없어. 다만 그 특이한 능력을 좀 더 긍정적으로 써먹을 수 있는 기회를 주기 위해 온 거지."

"안 할 수는… 없는 일이겠죠?"

지철은 울상을 지으며 물었다. 그러자 게일은 씨익 웃으며 그의 어깨에 팔을 둘렀다.

"너무 그렇게 불쌍한 표정 짓지 말라고. 네가 흥미있어하는 네 형의 종교와도 관계있는 일이니까. 물론 재경과도 무관하지 않은 일이고."

순간 안경 뒤 지철의 눈이 번뜩였다.

"무, 무슨 일인데요?"

"네 형 말야, 네 말대로 이번에 찍는 영화에도 상당수의 사람들을 그 모임에 끌어들였더라고. 아니면 자기가 필요한 사람을 그 모임에 집어넣었던 거겠지. 그러니 재경도 그 모임과 필시 관계가 있다는 얘기지."

"역시 그랬군요."

고개를 끄덕이던 지철은 갑자기 의아한 표정으로 게일을 바라보았다.

"그런데 당신, 촬영장에 들어간 건가요? 형은 영화가 개봉되기 전까지 외부 사람들은 일체 못 들어오게 하는데 어떻게?"

"나도 출연하니까."

"네에? 아니, 어째서 당신이… 무, 물론 당신의 그 능력이나 외모가 뛰어나다는 건 인정해요. 하지만 그렇게 쉽게 출연이 결정나다니. 열네 번이나 오디션을 봐도 떨어진 사람도 있는데… 역시 엑스트라인 거죠?"

"글쎄, 계약할 때 그런 말은 못 들었는걸. 호오~ 그런데 너, 열네 번이나 오디션에 떨어졌었나?"

지철은 얼굴을 붉히며 억울한 듯 투덜거렸다.

"정말 세상이란 불공평해요. 계약까지 했다면 그건 거의 주연급 조연이란 얘기잖아요. 당신 같은 초보가 단숨에 주연급이라니."

"뭐, 별로 부러워할 일은 아니야. 그들이 날 영화에 끌어들이는 건 목적이 있어서일지도 모르니까. 아마 그들의 뜻이 아닐지도 모르고."

"그게 무슨 뜻이에요?"

"모르는 게 약."

게일은 전부터 대철이 자신을 자꾸 영화에 끌어들이려는 것을 이상하다고 여겼었다. 하지만 강대철의 뒤에 마리로슈가 있다면 그를 영화에 끌어들이려는 건 그녀의 뜻일 가능성이 컸다. 어쩌면 이 영화는 게일을 끌어들이기 위한 마리로슈의 함정일지도 모르는 것이다.

"어쨌든 이쪽에서 먼저 공격하지 않으면 위험하게 될 상황이야. 그래서 첫 번째 공격 말로 너를 좀 써먹어야겠다는 얘기지. 어차피 너도 처음부터 이 일에 흥미를 가지고 있었잖아."

"하! 하! 뭐, 뭔가 잘못 알고 있는 것 같은데… 난 단순한 흥미일 뿐이었다구요."

그러자 게일은 섬뜩하게 인상을 썼다.

"이봐, 네가 지금 멀쩡하게 돌아다닐 수 있는 게 누구 덕분이라고 생각해? 그때 나 아니었으면 최현재가 가만 안 뒀을걸?"

명색이 기사라는 게일은 마치 3류 건달처럼 지철을 협박했다. 그러나 3류 건달의 협박이 대부분 3류 인생에게 먹혀들듯이 게일의 협박 또한 지철에게 먹혀들었다.

"그래서… 제가 무슨 일을 하면 되는 건데요?"

"아주 간단해."

게일은 지철이 해야 할 일을 정말로 간단하고 쉽게 얘기했다. 그러나 얘기를 다 듣고 난 후 가뜩이나 찌그러져 보이는 지철의 얼굴은 아주 엉망으로 일그러졌다.

그는 한숨을 내쉬더니 주머니에서 무언가를 꺼냈다. 몽환의 약병이었다. 알약을 꺼내 먹으려 했지만 게일에게 가차없이 빼앗기고 말았다. 지철은 드디어 겁을 상실하고 버럭 화를 냈다.

"왜 그래요!"

"너, 이 약 자주 먹나?"

"그래요. 난 원래 몸에 좋은 건 뭐든 다 먹는다고요. 지금은 스트레스 수치가 급상승 중이라 특별히 먹어줘야 된다고요!"

"먹으면 기분이 어떻지?"

"기분요? 좋은 걸 먹었으니 당연히 좋아지죠. 사실 별루 잘 모르겠지만."

"그것 외에는?"

"그것 외에 또 뭐요?"

지철은 순진한 얼굴로 물었다. 게일은 그가 약을 먹고도 정신을 잃지 않았다는 것을 알 수 있었다. 게일도 처음에는 그랬다. 하지만 어째서인지 오늘 낮에 약을 먹은 후 몽롱한 기분이 되더니 한 시간가량의 일들이 기억나지 않았다. 기분이 매우 좋았다는 느낌만 남아 있을 뿐이었다. 그래서 약을 몇 번 먹어 중독된 것이라고 생각했다.

그런데 몽환을 자주 먹는다는 지철은 왜 아직도?

"이건 압수야."

"내놔요! 비싼 돈 주고 산 거라구요!"

"경고하는데 이 약은 앞으로 절대 먹지 마. 안 그러면 네 형보다 더 끔찍하게 망가질 거야."

담배 연기를 길게 뿜어낸 지철은 짧게 타 들어간 꽁초를 비벼 껐다. 필터에는 잘근잘근 씹힌 이빨 자국이 나 있었다. 매우 초조할 때의 버릇이었다. 창문도 열지 않고 반 갑 정도를 줄창 피워댔기 때문에 자동차 안은 질식할 것처럼 연기로 가득했다.

지철은 매운 연기도 아랑곳 않고 눈앞에 있는 커다란 저택을 응시했다. 대문과 담장의 벽돌까지 그 집 주인의 취향이 고스란히 드러나 있는, 인테리어 잡지에 소개될 법한 멋스러운 집이었다.

"엄청나게 돈을 처발랐구만."

이라고 비아냥거리며 그는 드디어 결심을 굳힌 듯 차에서 나왔다.

"잘 지내셨죠?"

저택 안으로 들어간 지철은 노부인을 향해 어색하게 인사를 건넸다. 창가의 안락의자에 앉아 있던 노부인은 그를 흘끗 보더니 다시 창밖으로 시선을 던진 채 물었다.

"여긴 무슨 일이지?"

무척이나 냉랭한 목소리였다.

"그냥 형이나 좀 만날까 해서요."

"오늘 들어올지 안 들어올지 모르겠구나."

"기다려 보죠 뭐. 헤헤……."

"난 피곤해서 이만 들어가련다. 만나거든 깨우지 말고 돌아가거라."

노부인은 의자에서 일어서더니 거실을 가로질러 방으로 들어갔다.

"예, 그럼 나중에 또 뵙죠."

지철의 공손한 인사에 노부인은 대답조차 하지 않았다. 그는 조금 상처 입은 듯한 표정을 지었다. 게일의 협박이 아니었다면 절대로 이 집에 오지 않았을 것이다. 하지만 어차피 이럴 줄 알고 온 것, 그녀가 없으니 차라리 잘된 일이었다. 지철은 집을 둘러보는 시늉을 하며 대철의 서재로 찾아 들어갔다.

서재 안으로 들어간 그의 입이 크게 벌어졌다. 사랑해 마지않는 재경의 스냅 사진이 잡동사니와 함께 책상 한쪽에 아무렇게나 놓여 있던 것이다. 그는 일단 사진을 품속에 집어넣었다. 여기까지 온 수고의 대가라고 생각하기로 했다. 대철에게 그녀의 사진은 흔한 스타의 사진 중 한 장에 불과할 테니 없어져도 잘 모를 것이었다. 서재에는 그녀의 사진 말고도 수많은 스타의 사진들이 방치되어 있었다.

"제길, 나도 영화감독이나 할 걸 그랬나?"

중얼거리면서 지철은 빠르고 능숙한 손놀림으로 책상을 뒤적거리기 시작했다. 다이어리에는 약속들이 빽빽하게 적혀 있었다. 꼼꼼한 주인이 색깔별로 약속 성격을 구분해 놓아 한눈에 파악하기가 쉬웠다. 그 중에서도 제일 눈에 띄는 것은 빨간색의 메모들이었다. 삼사 일에 한 번씩 '아미탄트 회합'이라고 적혀 있었다.

'아미탄트?'

대철이 정신없이 빠져 있는 그 종교의 이름인 것 같았다. 다이어리를 계속 넘기다 보니 최근 들어 아미탄트라고 적혀진 횟수가 점점 더 많아져 이제는 하루도 빠지는 날이 없었다. 하루에 서너 번씩 약속 시간을 표기해 놓은 날도 있었다.

그리고 사흘 뒤의 다이어리에는 빨간 볼펜으로 이렇게 휘갈겨 쓴 글씨가 있었다.

제의제. 미궁. 최종 제물 확보. 재경의⋯⋯.

"여기엔 무슨 일이지?"

헉! 지철은 읽다 말고 움찔 놀라서 몸을 돌렸다. 다행히 대철은 방문을 반쯤 열고 아직 서재 안으로 들어오지 않은 상태였다. 지철은 등 뒤로 다이어리를 감춘 채 천천히 제자리로 밀어 넣었다.

방 안으로 들어온 대철은 다소 의심스러운 눈으로 지철을 쏘아보았다. 평소 거의 연락도 끊고 지내다시피 하는 관계였는데 집까지 찾아오고, 게다가 주인 없는 서재에 들어와 있었으니 의심하는 것도 당연했다.

"이, 이제 와, 형?"

"쥐새끼처럼 주인도 없는 방에서 뭐 하는 거야?"

"헤헤, 그냥 심심해서……. 참, 저번에 형이 소개해 준 그 청목 수양원 말야… 굉장히 마음에 들더라고. 거기에서 산 약도 몸에 좋은 것 같고. 모임에 대해 좀 더 자세히 알고 싶어서 찾아왔어."

대철의 표정이 순식간에 부드러워졌다. 종교에 깊이 빠진 사람이 냉철하지 못한 것은 당연한 일이었다. 지철은 다행히 위기를 넘겼다고 생각하며 한숨을 내쉬었다.

"너한테는 조금 과분한 모임이지."

"나도 알아. 그러니까 이렇게 찾아왔잖아."

"그런데 요즘은 재경 양 안 괴롭히냐?"

"헤헤, 형한테 혼난 후로 정신 차렸지 뭐. 형 말대로 계속 쓰레기처럼 살 순 없잖아."

"…그게 다예요."

지철은 대철과 헤어지자마자 달려와 게일에게 보고했다. 게일은 한동안 아무런 대꾸도 없었다. 자동차 유리에 비친 그의 옆모습은 깊은 생각에 잠겨 있는 것 같았다. 차 안에는 잠시 동안 윙윙거리는 음악 소리만이 들렸다. 플라시보의 크루얼(Placebo, Crawl)이었는데 브라이언 몰코의 목소리가 어딘지 나른하고 음산하게 느껴졌다.

드디어 게일이 침묵을 깨고 무겁게 입을 열었다.

"수고했어. 그 대가로 한 가지 충고하는데 다신 청목 수양원 근처에 얼씬도 하지 마. 그리고 이 일에 대해선 모두 잊어."

"……."

"재경이 연관되어 있다고 해도 신경 끊어."

"그건 내 자유예요. 당신이 뭐라 할 수는 없는 거잖아요."

"자청해서 죽고 싶다면야 어쩔 수 없겠지."

게일의 그 시니컬한 말투에 지철은 움찔했다. 왠지 그는 뭔가 깊은 내막을 알고 있는 것 같았다.

"그런데 아미탄트라는 건 뭐죠?"

"나쁜 녀석들의 단체지."

무성의한 대답에 인상을 찡그렸을 뿐 지철은 대들지 않았다.

"하지만 난 가만있을 수는 없어요. 재경 양이 위험할지도 모르니까. 만일 그렇다면 아무리 형이라도 절대 용서하지 않을 거야!"

"형제애보다 진한 짝사랑이라… 눈물나는군."

"재경 양은 분명 그들에게 이용당하고 있는 걸 거예요! 형은 제의제라는 것에서 재경 양을 제물로 희생시키려는 생각이구요. 원래 제물이란 건 미인이 되는 거니까."

"글쎄……."

게일은 대철과 재경이 둘 다 의심스러웠다. 오히려 자신을 영화에 끌어들이는 데 더 적극적이었던 것은 재경 쪽이었다. 그녀가 단순한 희생자라는 생각은 들지 않았다.

어쨌든 지철의 정보로 중요한 사실을 알게 된 것이다. 사흘 뒤에 열리는 제의제라는 건 마리로슈가 카하바나 검을 깨우려는 의식일 것이다. 그리고 그 의식에는 어떤 자격을 가진 최종 제물이 필요한데, 이미 확보되었다는 건 그들의 수중에 있다는 얘기였다.

도대체 그 최종 제물이란 누구를 얘기하는 것일까?

그리고 미궁이란 건 또 뭐고?

아무튼 사흘 안에 그 수수께끼를 풀어 제의제가 열리는 것을 저지해야만 한다. 어떠한 방법을 동원하더라도.

　게일은 일단 재경에 대해 조사해 봐야겠다고 생각했다. 대철의 메모로 보아 그녀가 희생자이든 주도자이든 열쇠를 쥐고 있는 것은 분명했다. 그 생각을 짐작했는지 지철은 뭔가 갈구하는 듯한 눈빛으로 빤히 보고 있었다.

　"저… 만약 재경 씨에게 뭘 알아내려는 것이라면 이번에도 절 시켜 주세요."

　지철은 아직도 그녀를 스토킹하던 미련을 못 버린 것이다. 하지만 게일에게는 잘된 일이었다.

　"일단 그녀의 집을 한번 방문해 봤으면 좋겠군."

　"물론 비공식적이겠죠?"

　"뭐… 그렇지."

　게일은 머쓱하게 대답했다. 원래가 목적을 위해서 수단 방법을 가리지 않는 그였지만 얼마 전 지철을 호되게 혼내놓고 이번엔 똑같은 짓을 시킨다는 것에 한 점 껄끄러운 마음이 들었던 것이다. 그러나 지철은 그녀의 집에 다시 갈 수 있다는 것만으로 들떠서 예전의 일 따위는 잊어버린 것 같았다.

　"그건 염려 마세요!"

　라더니 안주머니에서 무언가를 꺼냈다. 시간별로 글자가 빼곡이 쓰여져 있는 재경의 스케줄 표였다. 게일은 기가 막히기도 했지만 한편 측은한 마음이 들기도 했다. 잠시 동안 스케줄 표를 들여다보던 지철은 환하게 웃었다.

　"마침 내일 아침 촬영 때문에 외출을 하네요. 그럼 제가 시간 맞춰 당신을 데리러 갈게요. 아무래도 제 차가 있으면 기동력이 있고 좋지 않겠어요?"

지철은 게일이 혹여 자기를 떼어놓고 가기라도 할까 봐 미리 선수를 쳤다. 그러나 게일은 대답 대신 지철의 발 밑에 엎드렸다. 감사의 표시라도 하는 거라고 생각했는지 지철은 굉장히 쑥스러워했다. 하지만 그건 게일을 잘 몰랐기 때문에 할 수 있는 착각이었다.

자동차 바닥에서 고개를 드는 게일의 얼굴은 험상궂게 변해 있었다. 그는 다짜고짜 지철의 멱살을 거칠게 붙잡았다.

"커헉! 왜, 왜요?"

"왜 이건 숨긴 거지?"

"뭐, 뭘요?"

게일이 눈앞에 내민 것은 대철의 서재에서 가져온 재경의 사진이었다. 스케줄 표를 꺼낼 때 떨어진 것 같았다.

"그, 그건 당신한테 혼날까 봐서……."

지철의 눈을 빤히 보던 게일은 그가 거짓말을 하지 않는다고 생각했는지 멱살을 놓았다. 그리고 자동차의 재떨이를 열더니 사진 위에 담뱃재를 뿌렸다. 재경의 얼굴이 담뱃재로 지저분해진다고 생각한 지철은 얼굴을 일그러뜨렸다. 게일은 사진에서 담뱃재를 떨어내더니 자세히 들여다보았다. 그가 보고 있는 것은 재경의 얼굴이 아니라 하얀 뒷면이었다. 궁금해진 지철은 주뼛거리면서 사진의 뒷면을 같이 들여다보았다.

글자의 형태가 보였다. 무언가에 글자를 쓸 때 사진이 아래 받쳐져 있었던 듯, 글자가 눌려져 생긴 자국이었다. 담뱃재가 묻자 요철 부분이 선명해지며 읽을 수 있었다.

김아영, 정이안과 접촉. 감시 요망.

지철은 너무 놀라 두 눈을 휘둥그렇게 떴다.

"아영이라면······."

"정이안이라는 학생의 죽은 친구지. 아, 유키의 반지를 팔았으니까 너도 잘 알겠군. 일설에는 그녀가 저격을 당했다고도 하지, 어떤 비밀을 누설하려다가."

지철은 입을 다물지 못했다. 안경다리 사이로 식은땀이 흘러 떨어졌다. 그는 안경을 벗고 이마와 눈 옆을 손으로 문질러 닦았다. 그의 손이 바들바들 떨리고 있었다. 매우 놀란 것 같았다. 아무리 간이 큰 지철이었지만 혈육이 살인 사건에 연루되어 있다는 것에는 충격인 모양이었다.

그리고 그 사실은 게일에게도 약간의 충격을 주었다. 이것으로 마리로슈를 쫓고 있는 그는 물론이고 그가 친하게 지내는 이안과 현재까지도 줄곧 감시해 왔다는 것이 증명된 셈이다. 그리고 강대철은 단순한 아미탄트의 일원이 아니라 마리로슈의 수족이라는 얘기였다. 설마 현재를 영화에 캐스팅한 것도 감시하기 위해서?

이안과 현재… 두 사람 모두 더 이상 자신과 얽히게 되면 위험해질 것이다. 게일은 자신으로 인해 그들을 더 이상 위험에 빠뜨릴 수는 없다고 생각했다.

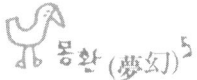몽환 (夢幻) 5

다음날 아침.

현재가 촬영장에 도착했을 때는 아직 아무도 없었다. 여명도 채 밝지 않은 이른 시간이니 당연했다. 그는 관리인에게 열쇠를 받아 촬영장의 문을 열고 들어갔다.

촬영장 한가운데는 몇십 억을 들여 지어진 거대한 세트장이 자리했다. 거금을 들여 지은 세트답게 완벽한 하나의 마을을 재현하고 있었다. 그러나 개미 한 마리 살지 않는 텅 빈 마을은 유령이라도 출몰할 것처럼 을씨년스러웠다. 현재는 자기도 모르게 어깨를 부르르 떨었다. 상당히 추웠다. 그는 추위를 떨치기 위해서라도 부지런히 촬영장을 돌아다니며 구석구석을 살펴보기로 했다.

잠꾸러기인 그가 이렇게 일찍 촬영장에 나온 것은 사실 이곳을 조사하기 위해서였다. 촬영장 전체에 그가 모르는 비밀이 감춰져 있는 느낌이 들었기 때문이다.

그는 우선 기괴한 의식이 치러졌던 창고로 갔다. 창고는 자물쇠로 굳게 잠겨 있었으나 바닥에 떨어진 쇳조각으로 구멍을 몇 번 후비자 금방 열렸다.

아직 해가 뜨지 않아 넓은 창고 안은 무언가가 튀어나올 것처럼 어두웠다. 창으로 들어오는 어슴푸레한 빛으로 인해 길게 늘어진 잡동사니의 그림자들이 모두 괴물처럼 보였다. 현재는 잔뜩 긴장한 상태로 들어가 불을 켰다.

흐트러진 연장들과 함께 한쪽 구석에 낡고 녹슨 캐비닛이 보였다. 의식을 마친 사람들은 피를 담았던 백자 단지를 다시 보자기에 싸서 그 안에 두었었다. 그 단지의 정체가 궁금하던 현재는 캐비닛의 문을 열어보려 했다. 그때 발 아래 질척한 느낌의 액체가 밟혔다. 캐비닛의 문 안에서부터 검붉은 액체가 흘러나와 있었다.

'피?'

그는 잠시 망설였다. 혹시 단지가 마물 같은 거라면 그것은 사람을 죽인 흔적일지도 모른다는 생각이 들었다. 그리고 자기도 위태롭게 될지 몰랐다. 하지만 현재는 이내 결심을 굳히고 캐비닛을 열기 위해 손잡이를 붙잡았다. 그때 웅성거리는 사람들 소리가 들려왔다. 아침 일찍 출근한 인부들인 모양이었다.

그는 재빨리 구석에 몸을 숨겼다. 사람들의 발소리가 점차 멀어지자 한숨을 돌리다가 현재는 왠지 웃음이 나왔다. 마치 좀도둑이라도 된 기분이었다.

'제길… 나 원래 이렇게 소심한 인간이 아니었는데…….'

그 순간 삐걱… 창고의 문이 열렸다. 놀란 현재는 반사적으로 바닥에 떨어진 쇠파이프를 집어 들었다. 그리고 안으로 들어오던 사람과 딱 눈이 마주쳐 버렸다. 낭패였다.

"최현재? 뭐 해, 여기서?"

"으응… 이쪽에서 이상한 소리가 나길래……."

그는 가능한 침착하게 대답했다. 재경은 고개를 갸웃하더니 방긋 웃었다.

"아마… 저것 때문인가?"

그녀는 손가락으로 캐비닛 아래를 가리켰다. 아까보다 피가 더 많이 흘러나와 바닥이 흥건하게 젖어 있었다. 재경을 안심시키기 위해 현재는 대수롭지 않다는 듯 대답했다.

"소품이 잘못된 건가 보지 뭐."

"글쎄, 캐비닛 안에 꼭 사람이라도 죽어서 가둬놓은 것 같잖아. 넌 그런 상상 안 드니?"

"일단 관리인 아저씨를 불러오자."

하지만 재경은 호기심에 두 눈을 반짝였다.

"한번 열어볼까? 궁금하잖아."

"그만둬."

재경은 고개를 저었다. 포니테일 스타일로 묶은 머리가 살랑살랑 흔들렸다.

"넌 안 궁금해? 혹시 살인 사건이라도 일어난 거면 어떡해?"

현재는 그녀의 엷은 눈동자가 왠지 섬뜩하게 느껴졌다. 재경의 눈이 저런 느낌이었던가? 그녀의 황갈색 눈동자는 마치 고양이를 닮았다. 죽은 자라도 응시할 것 같은…….

"차라리 경찰에 신고하는 게 좋겠다."

"안 돼! 그럼 영화 촬영을 중단하게 될지도 몰라. 그건 너도 원치 않겠지?"

"기분이 안 좋아. 일단 나가자."

"조금만 더… 모처럼 둘만 있게 됐잖아."

재경은 현재의 목을 끌어안고 애교스럽게 매달렸다. 그녀의 얼굴에서 묘하게 색기가 도는 것 같았다. 머리 스타일이 바뀌어서 그럴지도 몰랐다. 아니, 어쩌면 그녀도 이곳 스텝들처럼 마물 같은 것에 홀린 걸지도 몰랐다. 하지만 다행히 그녀의 이마에는 푸른 얼룩이 보이지 않았다. 의식을 하는 사람들의 이마에 표식처럼 나타나 있던 그 얼룩.

재경이 좀 더 몸을 밀착시켜 오자 솟아오른 가슴이 느껴졌다. 현재는 심장의 박동이 빨라지는 것을 느꼈다.

"……."

"후훗, 왜 그래? 평소답지 않게 긴장하고……."

놀리듯 말한 재경은 현재의 팔을 잡아 자신의 허리에 두르게 했다. 부드럽고 가느다란 허리가 한 팔에 모두 들어왔다. 그녀의 향수 냄새에 취해선지 점차 정신이 몽롱해지는 것만 같았다.

띠리리리… 띠리리리…….

그 순간 현재의 핸드폰이 경쾌한 멜로디를 울렸다. 그는 이성을 차리고 핸드폰을 받으려 했다. 하지만 그 이성은 모래성처럼 약한 것이었다. 재경은 계속 울어대는 핸드폰 전원을 끄고 속삭이듯 말했다.

"키스해……."

그녀가 먼저 입술을 부딪쳐 왔다. 뜨거운 숨결이 살갗을 간지럽혔다. 매끄럽고 촉촉한 입술은 벌꿀보다 더 달콤해서 온몸이 녹아버리는 것만 같았다. 현재는 이제 될 대로 되라는 심정이었다. 재경의 허리와 목을 힘껏 끌어안고 벽으로 밀어붙였다. 어찌나 박력있는 행동이었는지 그녀가 벽에 부딪치며 쿵! 소리가 났다.

"아……!"

그녀의 가느다란 몸을 으스러지도록 끌어안고서 현재는 정신없이 그 입술을 탐했다. 조용한 창고 안에는 두 사람의 들뜬 숨소리만 가득했다.

현재의 머리 속에 며칠 전 보았던 피의 의식이 떠올랐다. 그때 창고 안에 떠돌던 야릇한 분위기가 다시 부활되어 그를 부추기는 것만 같았다. 현재는 알 수 없는 흥분으로 온몸이 전율했다. 난폭한 입맞춤에 재경의 입술이 찢어지며 짭짤하고 비릿한 피 맛이 났다. 현재는 갈증 때문에 그 피를 마셨다. 그래도 갈증이 해갈되지 않았다.

재경이 천천히 바닥에 눕자 현재는 먹이를 탐하는 짐승처럼 그 위로 올라갔다. 이제 아침 햇살은 창으로 눈부시게 들어오고 있었다. 재경이 묶은 머리를 풀어헤치자 풍성하게 웨이브진 머리카락이 햇빛을 받아 금빛으로 보였다.

"좋아해……."

재경이 귓가에 속삭이듯 말했다. 현재의 표정은 다소 복잡해졌다.

"……."

"알지? 내가 이렇게 고백한 건 처음이라는 걸."

"알아."

"최현재, 널 너무 좋아해."

현재는 움직임을 멈추고 나직하게 한숨을 쉬었다.

"그런 널 못 믿겠어."

순간 재경의 눈빛이 차갑게 변했다.

"무슨 소리야?"

"그런 말 하는 너는 너무 낯설어. 내가 아는 넌 당당하고 쉽게 고백 따위 하는 사람이 아니었어. 지금 넌 왠지 뭔가를 숨기려는 사람 같아."

"풋!"

재경은 입을 막고 웃더니 싸늘해진 얼굴로 옷을 털며 자리에서 일어 났다.

"그 말은 마치 널 일부러 유혹한다는 얘기 같구나. 이상해진 건 바로 너야! 사람을 잔뜩 의심이나 하고. 이런 새벽에 촬영장 창고에 숨어 있는 최현재야말로 내가 아는 최현재랑은 거리가 멀어. 너야말로 뭘 숨기는 거지? 저 캐비닛이 의심스러우면 눈으로 확인해 보면 될 걸 왜 벌벌 떠는 거야? 설마… 네가 저지른 일은 아니겠지?"

"아니야!"

"그럼 너랑 관계없는 일이니 상관 마."

캐비닛 앞에 다가간 재경은 잠시 숨을 고른 후 문을 활짝 열었다.

와르르…… 촤아악!

"세상에!"

"헉!"

현재와 재경은 놀라서 재빨리 뒤로 물러났다. 하지만 두 사람은 시 뻘건 피를 잔뜩 뒤집어쓴 흉한 몰골이 되어버렸다.

"으… 달아……."

"도대체 누가 피를 여기다 둔 거야!"

현재는 얼굴에 튄 피를 핥으며 투덜거렸고 재경은 엉망이 된 옷을 보고는 화가 나서 소리쳤다.

캐비닛 안에서 나온 것은 피를 담아둔 소품 통이었다. 뚜껑이 열려

바닥에 흐른 모양이었다. 안에는 그것 외에도 여러 가지 소품들이 아무렇게나 쌓여 있어 문을 열자 피를 담아둔 통과 함께 와르르 쏟아졌다.

잠시 후 요란스런 소리를 듣고 사람들이 창고 안으로 모여들었다. 소품을 아무렇게나 놓아둔 담당자는 욕을 먹었고 스텝들이 몰려와 주변을 치우고 재경과 현재를 닦아주었다. 하지만 그런 소란 통에도 현재는 의식에 쓰였던 단지를 찾아보았지만 흔적조차 발견할 수 없었다.

"최현재 군, 이제 괜찮나?"

가짜 피를 뒤집어쓴 현재가 옷을 갈아입고 나오자 대철이 물었다. 현재는 고개를 끄덕였다. 망쳐 버린 옷 대신 촬영 의상으로 갈아입은 그는 지금 허름한 복장의 무사로 변해 있었다. 이마에는 다 낡은 띠를 두르고 입고 있는 장삼은 색이 바래 너덜거렸다. 하지만 옆에 차고 있는 손잡이가 닳은 장검은 그를 오랜 세월 단련한 무사로 보이게 만들었다.

"오늘 찍을 씬은 이미 들어서 알고 있겠지? 자네는 중독된 상태로 검객들과 싸우다 2층 난간에서 떨어지는 걸세. 클로즈업을 많이 쓸 거라 스턴트는 쓰지 않을 거네."

"그러죠 뭐."

라고 현재는 순순히 대답했다. 2층 정도야 뭐… 라고 생각해서였다. 하지만 막상 촬영 스텝들과 함께 세트장에 들어가 보니 2층은 생각보다 높았다. 뛰어내리는 것도 아니고 중독으로 쓰러지는 연기라니……. 아래에 매트를 깔아 안전장치가 되어 있기는 했지만 잘못하다 다치는 게 아닐까 걱정되었다.

"겁나니?"

재경이 어느새 뒤에 다가와 있었다. 창고에서 있었던 일을 떠올리자 현재는 갑자기 얼굴이 달아올랐다. 자신의 내면에 그런 동물적인 본능이 있을 거라고는 생각지도 못했었다. 하지만 재경은 새벽의 유혹적이던 모습은 간데없고 그의 앞에 청초한 무희가 되어 서 있었다. 알고 있었지만 카멜레온 같은 여자라는 걸 새삼 실감했다.

"글쎄… 겁난다기보다 몸을 사리게 될까 봐 조금 걱정이 된다라고 할까?"

"아마 약을 먹으면 괜찮아질 거야. 나한테 좋은 약이 있는데 긴장될 때 먹으면 좋거든. 후훗, 오해 마. 마약 같은 건 아니니까."

재경은 손가방에서 작은 알약 병을 꺼냈다. 병에는 붉은색으로 몽환(夢幻)이라는 한자가 쓰여 있었다.

"네가 약 같은 걸 먹는다니 의외네."

"의외라니. 내 몸은 내 전 재산이니까 아끼는 거야 당연하지. 이 약을 먹으면 마음도 안정되고 모든 일에 의욕이 생겨."

재경은 알약 병을 건넸다. 하지만 현재는 약병을 선뜻 받지 못했다. 약 따위에 의존하고 싶지는 않았다. 오기라고나 할까? 빤히 바라보는 재경에게 현재는 미소를 보낸 후 촬영장으로 걸어갔다.

"자, 각자 맡은 위치로 돌아들 가!"

감독이 촬영 시작을 알렸다. 그러자 촬영장에 있는 사람들은 모두 바쁘게 움직이기 시작했다.

*　　　　*　　　　*

게일과 지철은 아침 일찍 만나 재경의 오피스텔로 향했다. 지철의 차 안에서 게일은 현재에게 계속 연락을 취했지만 되지 않았다. 평소였다면 이안을 시켜 그의 집에 가보라고 했겠지만, 게일은 더 이상 그녀를 자신의 일에 끌어들이지 않기로 했다.

　아직은 이른 아침이니 늦잠꾸러기 현재가 집에서 얌전히 자고 있기만을 바랄 뿐이었다. 그리고 재경의 집을 조사하고 돌아오는 대로 그의 다리를 부러뜨려서라도 촬영을 못하도록 해야겠다고 생각했다.

　1101호에 도착하자 지철의 스케줄 표대로 재경은 외출 중이었다. 오피스텔의 두꺼운 철문에는 전에 없던 커다란 기계가 달려 있었다. 지철의 사건 때문에 경비가 한층 강화된 것이다. 예상치 못한 난관에 지철은 난감한 표정을 지었지만 게일은 별로 걱정하지 않았다.

　"주변을 잘 좀 봐줘."

　"네? 네."

　웨일 소드를 꺼내 든 게일은 단숨에 기계를 내려쳤다.

　캉!

　게일의 명령에 따라 주위를 둘러보던 지철은 순식간에 시커먼 빛이 움직였다 사라진 것을 보았을 뿐이었다. 쇳소리가 들린 것 같긴 했지만 너무 빨리 사라져 미처 인식할 틈조차 없었다. 그런데 어느새 문에 달려 있던 기계는 처참하게 바닥에 나뒹굴고 있었다. 그 후에 문을 여는 것은 지철에겐 식은 죽 먹기였다.

　재경의 방도 예전과 완전히 달라져 있었다. 가구도 전부 바뀌고 인테리어도 다시 해놓았다. 지철은 자신의 흔적이 사라져 서운한 생각이 들었지만 당연한 일이라는 걸 금방 납득했다.

　"뭐 하는 거야!"

　게일의 고함에 그는 화들짝 놀랐다.

　"헤헤, 온 김에 기념품이라도 가져갈까 해서……."

　버릇대로 휴지통을 뒤지던 지철은 배시시 웃었다. 그러나 게일에게 한 대 얻어맞고 가차없이 수집품들을 모두 압수당했다.

"수상한 것을 찾으란 말야, 멍청아!"

"내겐 여기 있는 모든 것이 다 수상하고 신비스러워요. 어떻게 재경 양처럼 아름다운 사람이 이런 세상에 살고 있는 걸까? 그 자체가 수상한 일……."

"작작 좀 하시지."

지철은 목에 시커먼 칼이 들어오자 말을 중단했다. 벌써 몇 번째 보는 것이었지만 볼 때마다 한기가 드는 검이었다. 저 검에 목줄기가 잘려 나가는 상상을 하는 것만으로도 머리털이 쭈뼛 일어섰다.

지철은 하는 수 없이 게일의 감시 하에 그녀의 집 안을 구석구석 뒤지기 시작했다. 하지만 대철과 달리 재경은 메모 하나도 남겨놓은 것이 없었다. 다이어리나 달력이 있긴 했지만 거기도 말끔했다. 모든 건 매니저가 다 알아서 챙겨주는 데다가 집에는 자러만 들어오기 때문인 것 같았다.

"잠깐 멈춰봐!"

지철이 콘솔의 서랍을 열 때였다. 게일이 고함을 치며 그를 밀어냈다. 그리고는 콘솔의 서랍을 완전히 빼낸 후 서랍이 있던 공간 안에 깊숙이 손을 집어넣었다가 다시 빼냈다. 그의 손에는 작은 서랍이 딸려 나왔다.

"역시… 가구의 길이와 서랍의 길이가 달라서 이상하다 생각했지."

"서랍 안에 또 서랍이?"

지철은 꿀꺽 침을 삼켰다. 서랍 뒤에 숨겨져 있던 작은 서랍 안에는 자물쇠가 채워진 함이 들어 있었다. 비밀스럽게 숨겨놓은 것도 모자라 열쇠까지 채우다니 도대체 뭐가 들었길래?

게일은 간단하게 자물쇠를 자른 후 함을 열었다. 안에서 나온 것은 생전 처음 보는 물건이었다.

"이건 뭐지?"

"으아아악!! 저리 치워요!"

게일이 물건을 들어 지철에게 보이자 그는 기겁을 해서 소리쳤다. 그러나 게일이 어디 다른 사람의 말을 듣는 사람이었던가? 그는 오히려 그 물건을 지철에게 더 가까이 들이댔다.

"제길! 이게 뭐냐니까!"

"보면 몰라요? 총이잖아요! 치우라니까요!"

"이게 총이라구?"

게일은 이번엔 총구를 자신의 얼굴로 향하게 한 후 이리저리 살펴보았다. 지철은 창백한 얼굴로 소리쳤다.

"죽고 싶어요?!"

"뭐라구! 감히 누구한테……!"

게일은 다시금 지철을 향해 총구를 돌렸다.

"내가 아니라 그 총에 말예요!"

"아하… 그런 말이었군."

지철은 항복이라도 하듯 양손을 바싹 들어 올리고 타이르듯 말했다.

"알았어요. 알았으니까 제발 그 흉기 좀 내려놔요. 난 오발탄을 맞고 죽고 싶진 않단 말예요."

지철이 하도 간곡하게 부탁하자 게일은 일단 총을 바닥에 내려놓았다. 생전 처음 총이란 걸 보았지만 이미 현재에게 들어서 그것이 얼마나 위험한 물건인지는 알고 있었다. 아영을 순식간에 죽인 것도 그 총이라는 것이라고 했다. 하지만 총을 설명할 때 현재가 그려준 그림이랑 실물은 상당히 달랐다.

"현재 녀석, 그림을 지지리도 못 그리는군. 어쨌든 재경이 이걸 몰래 숨겨놨다는 얘기는 곧 아영의 죽음과도 관계가 있다는 얘기렷다……."

중얼거리던 게일은 지철을 흘끗 쳐다보았다. 그는 하얗게 질린 얼굴로 덜덜 떨고 있었다. 하지만 게일과 눈이 마주치자 곧 아무렇지 않은 표정을 지으려 노력했다.

"에이… 설마 재경 양이 그런 끔찍한 짓에 연관되어 있으려구요. 그 총은 수집품인지도 모르잖아요. 그녀는 원래 터프하니까."

게일은 지철을 물끄러미 내려다보다가 어깨를 으쓱했다.

"글쎄, 지금으로선 재경이 범인이라고 생각할 수밖에 없는걸? 네 형에게 아영을 감시하라는 메시지를 받고 그녀를 감시하다가 상황이 안 좋아지자 총을 가지고 저격했다. 모든 게 말이 되잖아."

"아니에요! 재경 양은 그런 짓 저지르지 않았다고요!"

"그럼 아니라는 증거를 대보시지."

"즈, 증거라뇨! 아닌데 증거가 왜 필요해요!"

게일의 눈빛은 더욱 날카로워졌다.

"난 상대의 눈을 보면 거짓말을 하는지 안 하는지 금방 알 수가 있어. 그런데 불쌍하게도 끝까지 거짓말을 하는 녀석들이 있지. 흠, 정말 불쌍한 녀석들이야."

게일은 얼음장처럼 차갑게 웃었다. 그리고 상체를 구부려 지철의 얼굴에 좀 더 가까이 접근했다. 게일과 가깝게 두 눈을 마주하자 지철은 몸이 굳어지는 기분이 들었다.

"……."

"그까짓 거짓말로 목숨을 잃게 되다니……."

그러면서 씨익 웃는 게일을 보았을 때 지철은 사신이라도 본 것 같은 기분이었다. 그가 당장 시커먼 검을 휘둘러 자신의 목숨을 거둬가 버릴 것만 같았다. 무언가를 결심한 듯 지철은 입술을 꽉 깨물었다.

"그건… 그건 재경 양 글씨였다구요."

"아영을 감시하라고 썼던 그것 말인가?"

지철은 울상이 되어 고개를 끄덕였다. 그제야 게일은 뭔가 깨달은 표정을 지었다.

"호오, 그러니까 아영을 죽인 건 네 형일지 모른다는 거군."

재경을 위해 자신의 형을 팔아버린 것이 마음에 걸리는지 지철은 소파에 주저앉아 얼굴을 감싼 채 아무런 대꾸도 하지 않았다.

"그럼 재경은 네 형을 사주했다는 얘기가 되는 건가? 아영을 감시하다가 유사시 저격해도 좋다고 이 총을 내어준 걸지도 모르지. 그것은 곧 그녀가 아미탄트 회에서 상당한 직책을 가지고 있다는 얘기야."

말을 하던 게일은 갑자기 무슨 생각이 떠올랐는지 얼굴이 굳어졌다.

"제길… 최현재! 최현재가 위험해!"

"최현재라면 그… 재경 씨가 좋아하는 녀석……."

"원래 아미탄트는 내부 결속력을 강화하기 위해 외부인을 철저하게 경계하지. 가족은 물론이고 연인까지. 그런데 재경이 갑자기 최현재에게 접근했다는 건……."

"계획적인 거였군요!"

소리치던 지철은 갑자기 환한 빛과 함께 게일의 손에 책이 나타난 것을 보았다. 메신저 북을 불러낸 게일은 맨 마지막 페이지를 빠르게 넘겼다. 현재에게 무슨 일이 일어났다고 적혀 있을지도 모른다는 생각에서였다.

지고의 여신 가이아께서 이곳의 물건을 지니지 않은 자의 모습은 볼 수 없게 하셨으니… 서로 다른 세계의 질서를 어지럽히지 않게 하시려는 뜻이라…….

라고 적혀 있었다. 저번에 이안이 위급한 상황에 처한 것을 볼 수 있었던 것은 그녀가 능력의 돌을 가지고 있었기 때문인 것 같았다.

"제길! 역시 신관 나부랭이들이 하는 짓이 다 그 모양이지!"

게일은 거칠게 욕설을 내뱉으며 메신저 북을 사라지게 했다. 그리고 무작정 밖으로 뛰어나가던 그는 다시 돌아와 지철에게 무언가를 던졌다.

지철이 얼떨결에 받아 든 것은 수첩과 만년필이었다. 그런데 이상하게도 무거웠다.

"넌 이곳에 남아 미궁이란 단어의 단서를 찾아봐. 필요하다면 이걸 써도 좋고. 사용 방법은 네가 알아보도록."

지철이 황당해하는 사이 게일은 어느새 그의 시야에서 사라지고 없었다. 지철은 묵직한 수첩과 만년필을 만지작거려 보았다. 자세히 보니 위장된 카메라와 녹음기였다. 그가 변태적 취미 생활을 위해 항상 갖고 싶어하던.

'혼자서 미개인 같은 짓은 다 하더니 이건 또 어디서 난 거지?'

물론 그것은 승수에게서 빼앗은 것임을 지철이 알 리 없었다.

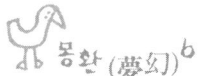

몽환 (夢幻) 6

"캇!"

대철은 신경질적으로 소리치며 메가폰을 집어 던졌다. 평소엔 매너 좋고 인내심이 있는 성격이었지만 작업이 시작되기만 하면 다른 괴짜 감독들에게 뒤지지 않을 정도로 괴팍해지는 그였다.

"최현재, 그렇게밖에 못해! 넌 지금 독에 중독된 거라구! 그것도 춘독(春毒)! 자꾸 술주정뱅이처럼 굴래!"

"예에… 알았어요."

현재는 시큰둥하게 대꾸했다. 벌써 여섯 번째 반복 촬영이었다. 평소 성격 같았으면 집어치우고도 남았을 것이다. 그러나 연기에 대해서만은 프로 의식이 투철한 그는 스스로도 만족스럽지 못했다.

춘독에 중독되다니……. 아침에 재경과 있었던 일이 자꾸 생각났다. 그때는 정말 춘독에 중독된 게 아닐까 싶을 정도로 제정신이 아니었다.

그 일을 잊어버리려 애쓰다 보니 오히려 연기에 방해가 됐다.

긴장을 풀기 위해 촬영을 중단하고 커피를 마시던 현재는 재경과 시선이 마주쳤다. 그녀는 몽환의 약병을 흔들며 약 올리듯 웃었다.

"거봐, 선배의 조언을 듣는 게 현명하다는 걸 알았지?"

"쳇!"

현재는 졌다는 시늉으로 어깨를 으쓱해 보였다. 하기야 나쁜 약도 아니고 긴장을 풀어주는 것만이라면 먹어도 괜찮겠다는 생각이 들었다. 더 이상 대철에게 욕을 먹는 것도 짜증스러웠다. 감독만 아니었다면 맞짱이라도 떴을 것이다. 그러나 한번 고집을 피웠던 현재는 차마 재경이 보는 데서는 약을 먹고 싶지 않았다. 그래서 돌아선 채로 마시던 캔 커피와 함께 몽환 한 알을 삼켰다.

"어때?"

재경은 흥미진진한 얼굴로 현재를 빤히 보았다.

"뭐… 별로 달라진 건 없는 것 같은데? 네가 그 약을 먹고 자신감이 들었던 건 순전히 플라시보 효과(생물학적으로는 아무런 효과가 없는 중성적인 물질이지만 그것이 효과가 있다고 믿는 사람들에게는 실제 효과가 나타나는 것) 때문 아냐?"

"후훗, 그럼 너한텐 플라시보 효과가 해당되지 않는다는 말?"

"글쎄, 그런가?"

라며 돌아서던 현재는 갑자기 머리가 어찔해졌다. 하지만 그런 느낌은 잠시뿐이었고 금방 기분이 좋아졌다.

"최현재, 이제 촬영할 수 있겠어?"

"당근이죠. 2층에서 떨어지는 것 정도는 일도 아니라고오~요~"

혀가 조금 꼬이는 것 같았지만 오히려 그 목소리가 자신의 귀에 더 매력적으로 들렸다. 그리고는 마치 감기약을 먹었을 때처럼 정신이 몽롱해졌는데 현재는 별로 신경 쓰지 않았다. 주변의 모든 것들이 모두 긍정적으로 생각되었으니까. 조금 전까지 조악하다고 마음속으로 욕하던 세트장도 으리으리하고 훌륭하게만 보였다.

현재가 비틀비틀 2층 세트장으로 걸어가자 촬영 스텝들 모두가 심상치 않은 웃음을 띠었다. 재경과 눈이 마주치자 대철도 빙긋 웃었다.

"좋아, 이제부터 진짜 영화를 찍는 거라구!"

촬영장에는 금방 활기가 감돌았다.

"거봐, 이렇게 해버리면 간단한 일이잖아."

재경은 감독 옆에 마련된 의자에 앉으며 혼잣말처럼 중얼거렸다. 그 얼굴에서는 현재와 함께 있을 때의 사랑스럽던 분위기는 사라지고 없었다. 차갑고 싸늘한, 그래서 어딘가 위험스럽기까지 한 아름다움만이 남아 있을 뿐이었다.

"그런데 동생은 잘 감시하고 있나요?"

"물론. 재경 양이 시킨 대로 모든 게 잘 진행되고 있으니 염려 말라구."

"감독님만 믿어요."

재경은 상사가 아래 부하 직원을 다독이듯이 엷게 미소를 지었다. 이제 카메라의 불이 켜지며 필름이 서서히 돌아가기 시작했다.

부우우웅… 부우우웅…….

그 순간 재경의 핸드폰이 진동했다. 그녀는 핸드폰을 들고 조용히 촬영장 구석으로 걸어갔다.

"그가 이리로 온다고? 알았어."

핸드폰을 끊은 재경의 두 눈이 요기롭게 빛났다.

"호호홋, 그럼 좋은 선물을 준비해야겠네."

"최현재!"

게일은 촬영장으로 뛰어들며 소리쳤다. 아무도 없었다. 현재의 집에 연락해 보니 아침 일찍 촬영장에 갔다고 하는데 인공적으로 지어놓은 세트장에는 사람의 그림자라곤 보이지도 않았다. 있는 거라곤 세트장 사이에서 불어오는 거친 바람 소리뿐. 정오를 넘지 않은 시간인데도 날이 흐려 주위는 어두컴컴했다. 하늘에서는 한바탕 뭐라도 쏟아져 내릴 것 같았다.

"제길, 어쩐지 그 레이디 처음부터 감이 이상했어……."

촤르르르…….

이상한 기척을 듣고 게일은 고개를 휙 돌렸다. 자기가 서 있는 주루의 뒤쪽에서 나는 소리였다. 알 수 없는 희미한 빛이 새어 나오고 있었다. 게일은 웨일 소드를 불러낸 후 그곳으로 걸어갔다.

"……!"

그는 놀라서 검을 치켜들고 앞으로 뛰어들려 했다. 하지만 살아 있는 사람이 아니라는 걸 금방 알아채고 빠직 열받은 표정을 지었다.

"제길… 뭐야, 이건……!"

극장에 한 번도 가보지 못한 게일은 영화라는 걸 처음 보았다. 스크린에서 실물 크기와 똑같은 영상이 움직이자 사람으로 착각했던 것이다.

"흠… 이건 일루션 같은 거로군."

자신이 바보 같은 실수를 저질렀다는 것을 깨닫자 그는 머쓱함을 감추기 위해 일부러 아닌 척 중얼거렸다.

그곳에는 주루의 하얀 담벼락을 스크린 삼아 영상물이 상영되고 있었다. 게일이 스크린을 향해 다가가자 울긋불긋한 영상들은 그의 몸을 물들이며 비춰졌다.

"네, 네가… 나를 속이다니……."

그 순간 비통한 듯한 현재의 목소리가 들려왔다. 그 소리는 분명 이 영상을 뿜어내고 있는 기계 옆에서 들려오고 있었다. 게일은 스크린 앞에서 나와 소리가 들려온 쪽으로 걸어갔다.

현재의 목소리를 내보내고 있는 것은 스피커였다. 사람이 들어갈 수 있을 정도의 크기였기 때문에 게일은 스피커를 이리저리 살피고 흔들어보았다. 그러다 결국 현재가 그 안에 들어 있지 않다는 결론을 내리고 투덜거렸다.

"제길, 뭐가 이렇게 복잡한 거야!"

그사이 스크린의 화면이 다시 또렷해지며 현재의 모습이 보였다. 그는 비틀거리며 주루의 2층 난간으로 기어나오고 있었다. 얼굴은 상기되고 두 눈은 완전히 풀린 게 심상치 않아 보였다. 그 뒤를 두 명의 복면을 쓴 무사가 쫓았다. 그들에게 당했는지 현재는 양팔과 가슴이 피로 흥건하게 젖어 있었다.

"내… 죽어서도 이렇게 만든 네놈들에게 저주를……."

푹!

현재가 말을 끝내기도 전에 한 무사가 그의 왼쪽 가슴을 깊게 찔렀다. 결국 현재는 가슴에서 피를 뿜으며 2층에서 바닥으로 떨어졌다. 천천히 추락하는 그의 얼굴에는 배신당한 분노가 고스란히 담겨 있었다.

"뭐야……?"

게일은 황당한 얼굴로 스크린의 화면을 바라보았다. 그러다 주루 안으로 뛰어들어 갔다. 주루 안은 스크린에서 현재가 떨어진 바로 그 장소였다.

현재가 피를 흘리며 죽어갔을 1층 바닥은 아예 피로 범벅이 되어 있었다. 게일의 이마에 핏줄이 도드라지며 두 눈썹이 꿈틀거렸다.

"무슨 짓이야! 장난치지 말고 나와아!"

넓은 촬영장에는 게일의 고함 소리가 길게 메아리치며 울려 퍼졌다.

위이이잉…….

그의 고함에 대꾸하는 것은 길게 울어대는 바람 소리뿐이었다. 잠시 후 여인의 자지러지는 듯한 웃음소리가 들려왔다.

"호호호!"

게일은 그것 또한 스피커에서 뿜어내는 소리라는 것을 깨닫고 다시 스크린 앞으로 갔다.

하얀 화면을 채우고 있는 것은 머리에 비녀를 꽂은 무희 복장의 재경이었다. 그녀는 계속 웃어대며 춤을 추고 있었다. 길고 너울거리는 옷자락이 화면에 현란하게 펼쳐졌다. 춤을 다 춘 재경은 공손하게 인사를 한 후 생긋 웃었다.

"여기까지 오시느라 수고했어요. 지금쯤이면 당신은 굉장히 많은 것을 알아내셨겠죠? 하지만 당신 스스로 알아냈다고 생각하는 것도 사실은 마리로슈가 힌트를 준 것들이죠."

그 순간 스크린에는 기괴한 장면이 비춰졌다.

"……!"

스크린을 가득 채우고 있는 것은 불타 버린 산이었다. 그러나 주변은 시커멓게 타버려 흉한 잿더미로 변해 있었는데도 어느 한 부분은 불길조차도 피해간 것처럼 말짱했다.

잔디들이 새파랗게 자라 있는 그 한가운데 땅은 파헤쳐져 있었다. 게일은 그곳이 나무가 심어져 있다가 뽑혀져 나간 자리라는 것을 쉽게 알 수 있었다.

그가 보고 있는 것은 싸일러프라스 나무가 있던 향루산이었다. 나무는 타버리지 않은 것이다. 산을 먹어치운 불길은 나무 주위의 잔디조차 건드리지 못했을 테니까. 그렇다면 그 나무는 지금……?

"호호호! 리얼한 장면을 위해 영화는 모레 제의제의 장소에서 다시 촬영될 거예요. 그러니 당신도 최현재도 모두 출현해 주세요. 혹시라도 제의제를 막을 생각은 하지 마세요. 카하바나의 검이 깨어나는 것은 우리 영화에 없어선 안 될 중요한 장면이거든요. 어차피 당신의 능력으로는 불가능한 일이기도 하지만. 호호호! 기대되는군요, 카하바나의 검이 눈을 뜨게 되는 장면이. 피로 젖게 될 세상이."

그 말을 끝으로 재경은 사라지고 스크린에는 아무 화면도 비춰지지 않았다. 하지만 스크린을 노려보는 게일의 두 눈에는 이글이글 불덩어리가 타오르고 있었다. 그는 영사기 앞으로 걸어가 손을 스윽 들어 올렸다.

콰직! 콰장창!

그가 주먹으로 내려친 영사기는 박살이 나며 파지직 파지직 불꽃을 튀겨냈다. 게일은 손이 찢어져 피가 나는 것도 잊은 채 이번엔 스피커까지 주먹으로 내려쳤다. 재경의 목소리가 흘러나오던 기계의 본체가 무참히 박살나고 안에 있던 전선과 칩들이 파헤쳐져 밖으로 내동댕이 쳐졌다.

기계들은 마치 처참하게 내장 기관을 드러내고 죽은 시체를 연상시 켰다. 사납게 불어대던 바람은 때려부수는 요란한 소리에 놀란 듯 잠 잠해졌다. 게일의 주먹은 그야말로 흉기였다. 하지만 그의 손 역시 뼈 가 드러나 보일 정도로 엉망이 되어 피가 뚝뚝 떨어지고 있었다. 그 위 로 떨어지는 빗방울들.

쏴아아아—!

비에 젖은 게일의 몸에서는 하얀 김이 피어올랐다.

"하아… 하아……."

흥분을 가라앉힌 그는 다시 주루 안으로 들어갔다. 주루의 바닥은 여전히 시뻘건 피로 흥건했다. 하지만 그것은 생명을 가진 사람에게서 나온 것이 아니라는 걸 게일은 잘 알고 있었다. 그는 2층으로 올라갔 다.

달콤한 냄새가 나는 방문을 열자 한 사람이 침상에 누워 곤히 자고 있었다. 낡은 장삼과 이마에 두른 띠에는 피가 잔뜩 묻어 있어 얼핏 보 면 버려진 시체 같았다. 하지만 그는 단순히 잠들어 있는 것뿐이었다. 그의 몸에 묻은 피에서는 설탕과 물엿 냄새가 나고 있었다.

잠시 후 곤히 자던 현재가 부스스 눈을 떴다. 그는 게일의 살기에 목 이 짓눌리는 듯한 느낌을 받았다.

"무, 무슨 일 있었어?"

"아무 일도."

침상 옆의 의자에 앉아 있는 게일의 목소리는 음울하고 위태롭게 들 렸다. 얼굴에 잔뜩 그늘이 진 채 살기를 뿜어내고 있는 그는 아무리 현재라도 무시무시했다.

"그런데… 여긴 어디지?"

라며 주위를 둘러보던 현재는 비로소 이곳이 을씨년스러운 세트장 한가운데라는 것을 깨달았다. 게다가 입고 있는 옷은 어째서인지 피투성이였다. 재경이 준 약을 먹고 컨디션이 좋아져 촬영이 순조로웠던 것까지는 기억나는데 자기가 왜 이런 곳에서 자고 있는지는 통 생각나지 않았다.

"그러고 보니 재경이랑 감독님도 안 보이고… 내가 왜 이런 곳에서 자고 있는 거지?"

게일은 무뚝뚝하게 의자에서 일어났다.

"일어나. 가자."

게일을 따라 주루 아래로 내려온 현재는 바닥에 흥건한 피를 보며 인상을 찌푸렸다.

"우… 이 피는 뭐야?"

"네가 흘린 가짜 피야. 생각 안 나?"

현재는 얼굴을 잔뜩 찡그리며 기억하려 애썼다. 하지만 게일은 그의 기억력에 그다지 기대를 걸지 않았다. 자신이 몽환을 먹고 기억을 잃었을 때와 같은 상태라는 것을 알았으니까.

"몽환 때문이야."

"내가 그걸 먹은 걸 어떻게 알았지?"

"그냥 아는 수가 있어."

게일은 현재에게 재경이 그를 이용하고 있다는 얘기를 차마 할 수가 없었다. 진심으로 사랑했던 사람에게 배신당한다는 것이 얼마나 상처 입는 일인지 누구보다 잘 알고 있는 그였으니까.

"너, 그 약을 전에도 먹은 적 있었나?"

"아니, 오늘 처음이었는데."

게일은 몽환이 반응하기 위해서는 뭔가 조건이 필요하다고 생각했다. 현재는 첫 번째, 자신은 두 번째 먹었을 때 효과가 나타났었고 지철은 그 약을 여러 번 먹었지만 아직 아무 이상이 없었다. 그렇다면 그 반응 조건이란 건 도대체 뭘까?

"그 약이 설마 마물과 연관이라도 있는 거야?"

현재가 묻자 게일은 시큰둥하게 대답했다.

"아니야. 넌 신경 쓰지 마."

그러나 눈치 빠른 현재는 이미 대충 상황을 간파했다.

"안 돼! 얘기해 줘. 이건 재경과도 연관있는 일이니까. 몽환을 준 건 그녀였다고. 만일 재경이 마물에게 이용당하는 거라면 보고 있을 수만은 없어!"

현재는 평소와 달리 강경한 의지를 드러냈다. 자신이 재경에게 이용당했다는 것은 꿈에도 모른 채.

"네가 나설 일이 아니야. 여기엔 마리로슈가 관련되어 있어. 그녀는 나는 물론이고 내 주변까지 철저하게 감시하고 있다. 위험하니까 넌 빠져."

"하지만 재경이 이대로 마물의 꾐에 빠진다면……."

드디어 게일은 현재의 멱살을 잡고 고래고래 고함을 질러댔다.

"닥쳐! 나랑 다니다 보니 너까지 바인더가 된 줄 알아! 네놈은 그저 평범한 녀석이야. 너희들도 언제 아영처럼 머리에 구멍이 뚫려 죽게 될지 모른단 얘기다. 그러니 내 일에 상관 말고 지내란 말야! 네 녀석의 잘난 레이디도 나 혼자서 충분히 해결할 테니 괜히 깝죽대며 설치지 말라고!"

"……."

현재는 아무런 대꾸도 하지 않았다. 지금의 게일은 정상이 아니었다. 마리로슈 얘기만 나오면 과격해지는 그는 지금 잔뜩 초조하고 불안해하는 것 같았다. 하지만 재경이 이대로 마물에게 당하도록 놔둘수만은 없다고 현재는 마음속으로 생각했다.

* * *

"후후, 이게 웬 횡재냐?"

지철은 잔뜩 신이 나 있었다. 게일이 먼저 도망치듯 나가 버리는 바람에 혼자 남아 재경의 집을 마음껏 탐색할 수 있었기 때문이다. 스케줄대로라면 그녀는 저녁이 되어서야 돌아올 것이다. 그때까지 자신은이 방의 주인이었다.

전에는 그녀의 방을 몰래 드나드는 것이 이렇게 행복한 일인 줄 몰랐다. 하지만 요 며칠 그녀에게 접근하지 못했던 시간 동안 지철은 자신이 가장 좋아하는 것을 깨달을 수 있었다. 그것은 재경의 사진을 찍는 것도, 그녀의 모습을 멀리서 지켜보는 것도 아니었다. 그가 가장 간절하게 하고 싶었던 일은 이렇게 비밀스럽게 그녀의 방에 들어와 그녀의 손때가 묻은 물건들을 탐닉하는 것이었다.

이러고 있으면 마치 재경과 온몸으로 대화를 나누는 기분이 들었다. 립스틱 자국이 찍힌 휴지로는 그녀의 입술과 대화했고, 욕실에 걸린 수건으로는 그녀의 피부와 빗에 엉겨 있는 머리카락으로는 그녀의 머리와 빨래 바구니에 담긴 속옷으로는 그녀의 은밀한 부분과…….

지철은 게일이 넘겨주고 간 카메라로 그것들을 열심히 찍어댔다.

"큭큭큭……."

더구나 그가 날아갈 것처럼 기분 좋은 또 한 가지 이유가 있었다. 그녀가 예쁘장하게 생긴 최현재라는 녀석을 좋아하지 않는다는 걸 알았기 때문이다. 목적을 위해 이용해 먹었을 뿐인 것이다.

역시 그녀는 평범한 인간과는 다르고 특별했다. 숭배받는 것만 허락되는 여신과 같은 존재. 여신의 침대 속에서 뒹구는 혜택을 누리는 동안은 재경이 살인을 사주했든, 살인자이든 그런 것은 별로 생각하고 싶지 않았다.

'그런데 정말 그녀가 형에게 살인을 지시했을까? 후후후… 그래, 다른 사람이라면 몰라도 재경 양이라면 가능한 일일지도 몰라. 그녀는 여왕이고 여신이니까. 피를 뒤집어쓴 모습은 굉장히 아름다울 거야. 아… 한번 보고 싶다.'

지철은 침대의 보드 위에 놓인 재경의 액자를 꼬옥 끌어안았다. 그녀가 흰옷을 입고 바닷가에 서 있는 사진이었다. 작년 여름 카탈로그 제작을 위해 찍은 것으로 지철도 가지고 있는 사진이었다.

"아아… 재경 씨, 피로 물든 흰옷을 입으면 얼마나 아름다울까?"

그녀의 사진을 꼬옥 끌어안고 중얼거리던 지철은 불현듯 얼굴이 굳어졌다. 그리고 무언가 생각난 듯 사진을 자세히 들여다보기 시작했다.

"어? 설마 미궁이란 게 이거……?"

그때 지철의 주머니에 있던 핸드폰이 몸을 부르르 떨었다. 지철은 재경과 갖는 둘만의 시간을 방해하는 전화를 받지 않으려 했다. 하지만 그 고약한 성격의 게일일 것 같아 차마 무시할 수 없었다. 잘못해서 그를 열받게 했다가는 목숨이 몇 개라도 살아날 수 없을 것이기 때문이다.

지철은 투덜거리며 전화를 받았다. 역시 게일이었다.

—한 가지 묻자. 너, 몽환을 여러 번 먹었다고 했지?

"네. 왜요?"

—그 약을 먹을 때 뭔가 특별한 행동을 했다거나 다른 것과 함께 먹지 않았어?

"아뇨. 그냥 물이랑 먹는데요."

—물 말고 다른 거는?

"음… 아이스크림에 섞어서도 먹어봤어요. 재경 씨가 선전하는. 원래 당뇨가 있어서 아이스크림 같은 거 먹으면 안 되지만 재경 씨가 선전하는 거라면 뭐든 먹어요."

—쳇, 바보 녀석. 그리고 뭣 좀 알아낸 거 있어?

"있어요. 하지만 아직 확실한 게 아니기도 하고……."

지철은 짐짓 거드름을 피우며 다음 말을 하지 않았다. 게일은 그 속마음을 금방 알아챈 것 같았다.

—흥, 괜히 머리 쓸 생각은 하지 마. 그녀의 물건을 가져가는 걸 눈감아줄 테니 말해 봐.

"정말이죠! 약속 지켜야 돼요."

지철은 좋아서 헤헤거렸다. 등 뒤로 시커먼 그림자가 다가오고 있는 것도 알아차리지 못한 채.

"일단 미궁이 뭔지 짐작 갔어요. 미궁이란 건 바로……."

—잠깐! 너, 지금 누구랑 같이 있지? 이상한 기척이 느껴지는데?

"같이 있기는요. 혼자……."

고개를 돌리려던 지철은 자신이 들고 있는 사진에 시커먼 그림자가 어린 것을 보았다. 등 뒤에 누가 서 있는 것이다. 순간 머리털이 주뼛 일어섰다.

지철은 조심스럽게 눈을 움직여 주위에 무기가 될 만한 것을 찾았다. 다행히 침대 옆에 청동 조각상이 놓여 있었다. 마주 잡은 양팔을 힘껏 하늘로 치뻗은 무용수의 조각상.

"이야아아압!"

그는 재빨리 조각상을 향해 뛰어들며 그것을 등 뒤의 사람에게 있는 힘껏 내뻗었다. 무용수의 쭉 뻗은 양팔이 침입자의 물렁물렁한 배를 찌르고 들어갔다.

푸우욱!

얼굴과 안경에 뜨끈한 피가 튀며 시야가 흐려졌다. 얼룩거리는 안경 사이로 침입자가 몸을 꿈틀거리는 것이 보였다.

그는 지철을 향해 손을 뻗었다. 찔린 배를 움켜쥐었던 손은 피로 붉게 물든 채였다. 피에 젖은 힘줄이 튀어나온 거대한 손.

지철은 그 손에 의해 단번에 목이 부러지는 상상을 했다. 다시금 조각상을 휘둘렀다. 놈의 머리를 내려치자 단번에 엎어져 버렸다. 하지만 그것만으로도 안심이 안 돼서 지철은 조각상이 부러져 버릴 때까지 계속 침입자를 찔러댔다.

"우와아아악! 아악!"

십여 분 후 게일이 재경의 오피스텔로 들어왔을 때 안에는 아무도 없었다. 이번엔 진짜가 분명한 핏자국과 재경의 사진이 한 장 떨어져 있을 뿐. 사진 속의 바다는 피가 튀어 붉은색이었고 흰옷을 입은 재경은 잔뜩 피를 묻힌 모습이었다. 지철의 바람대로 핏빛 속의 재경은 잔혹할 정도로 아름다웠다.

그녀의 뒤로 멀리 고성을 연상케 하는 작은 건물이 서 있었다.

제11화

인상적이고도 잔혹한 밤

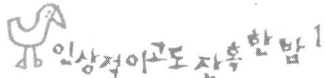

다음날.

이안은 세규와 한창 싸움 중이었다. 물론 늘상 있는 일인만큼 싸움의 원인이야 특별할 것 없었다. 마지막 남은 단무지를 누가 차지하느냐가 지금 두 사람에게는 지상 최대의 과제였다.

"자꾸 그러면 게일 아저씨한테 이른다!"

"치사하게! 안됐지만 사부님은 지금 목욕 중이시라구."

"아저씨가 목욕을? 별일이네."

게일과 함께 살기 시작한 지 벌써 몇 주가 흘렀지만 그가 목욕하는 것은 처음 있는 일이었다. 그동안 지켜본 바로는 게일은 씻는 걸 그다지 좋아하지 않는 것 같았다.

이안에게는 매우 다행이었다. 자기의 몸속에 들어와 있을 때도 목욕을 하지 않았을 거라고 믿을 수―물론 바람이었지만―있었기 때문이다.

만일 그가 목욕광이었더라면 아마 그의 얼굴을 쳐다보지도 못했을 것이다. 그래서 이안은 게일의 몸에서 냄새가 나더라도 불평 한마디 안하고 지냈다.

그런데 갑자기 웬 목욕? 결국 자기 냄새를 견디지 못한 모양인가?

"넌 수신제가(修身齊家)도 모르냐? 집 안을 정리하기 위해서는 일단 목욕부터 해야 한다는 뜻이야. 아마 사부님은 방 청소라도 할 생각인가 보지. 그때 그 약, 남은 것 좀 한 병 안 주려나. 요즘 워낙 기력이 쇠약해져서…… 쿨럭!"

"바보, 그게 어떻게 그런 뜻이야? 그리고 오빠 기력이 쇠약해진 게 아니라 걸핏하면 날밤 새고 게임해서 그런 거라고."

라고 대꾸한 이안은 재빨리 마지막 남은 단무지를 자신의 입속에 쏘옥 집어넣었다. 순간 세규의 얼굴이 엉망으로 일그러지더니 울음을 터뜨리기 시작했다.

"우왕~ 그 단무지 내 건데! 미워! 미워! 이안이 미워!"

'저 인간이 대학생 될 인간 맞아?

어린애처럼 울부짖는 세규를 이안은 기가 막혀서 쳐다보았다. 왠지 어린애 간식을 빼앗은 것 같은 기분이 들었다.

"미워! 이안이가 단무지 다 먹었으니까 난 콜라 다 마셔 버릴 거야."

라면서 세규는 훌쩍이며 냉장고를 향해 뛰어갔다. 이안은 혀를 찼다. 아무리 한핏줄이지만 저런 인간이 자신의 손윗사람이라는 사실이 창피스러웠다. 그리고 보니 다 먹고 난 짜장면 그릇을 치우는 귀찮은 일은 그녀의 몫이었다. 이안은 어쩌면 세규가 고단수인지도 모른다는 생각이 들었다.

빈 그릇을 밖에 내놓으려 문을 여는데 뜻밖에도 현재가 서 있었다.

촬영으로 한창 바쁠 그가 점심 시간에 방문한 것은 조금 의외였다.

"게일 있어?"

현재는 다짜고짜 물었다.

"…있기는 한데 지금은 좀……."

"부탁이야. 그를 불러줘."

이안은 자기의 귀를 의심했다. 부탁이야라니……. 아무리 친한 친구가 되기로 했지만 현재에게서 이런 말을 듣게 될 거라고는 상상도 못했다. 게다가 무슨 일이 있었던 건지 그는 아파 보일 정도로 얼굴색이 안 좋았다. 여기까지 온 것도 뭔가 다급한 용건 같았다.

이안은 목욕탕으로 가서 게일에게 그가 찾아왔다는 말을 전했다. 잠시 후 게일이 타월 한 장을 두른 채 나왔다. 오빠들과 지내다 보니 별의별 꼴을 다 보고 자랐지만 게일의 반나체는 어쩐지 이안을 당혹스럽게 만들었다. 그녀는 얼굴이 붉어져서 시선을 돌렸다. 하지만 게일은 이안이 여자라는 자각이 없는 것 같았다. 아무렇지 않게 그녀 앞을 지나가 현재와 마주 섰다.

"최현재, 날 다시 찾아오지 말라고 했을 텐데?"

그는 젖은 머리를 쓸어 올리며 양미간을 찡그렸다. 현재를 바라보는 두 눈빛은 너무나도 차가웠다. 이안마저도 낯선 사람을 보는 것 같은 착각이 들 정도였다. 하지만 현재는 게일과 당당히 맞선 채로 말했다.

"재경이 사라졌어."

"재경 씨가? 설마 또 납치된 거야?"

이안이 놀라서 끼어들자 게일은 팔을 들어 그녀의 앞을 가로막았다.

"레이디는 이 일에 끼어들지 마."

그는 평소 볼 수 없을 정도로 정색을 한 얼굴이었다. 이안은 화가 났지만 아무 말 하지 않기로 했다. 지금 그에게는 함부로 말을 할 수 없는 위협적인 분위기가 흐르고 있었다. 게일은 그 무시무시한 얼굴 그대로 현재에게도 말했다.

"꼬마, 너도 마찬가지다. 흥미로 덤볐다가 개죽음당하지 말고 얌전히 집에나 돌아가라."

하지만 현재는 이안과 달리 전혀 움츠러들지 않고 대꾸했다. 이럴 때 보면 그의 배짱도 대단했다.

"아니, 재경이 이 사건에 연루되어 있어. 제길… 그녀가 실종됐는데 어떻게 가만있으란 말야!"

현재는 절규하듯 소리쳤다.

역시 그랬구나. 재경이, 그녀가 실종됐으니 현재의 눈에 게일의 무시무시함 따위는 들어오지도 않았던 거겠지. 이안은 다시 한 번 씁쓸함을 느껴야만 했다.

"그럼 나더러 네 연인을 찾아 전 세계라도 뒤지고 다니라는 얘기인가? 아직 하루도 안 지났으니 집으로 돌아가서 기다려."

"재경뿐만이 아니야! 감독과 스텝들도 전부 연락이 안 돼. 게다가 그녀의 집으로 갔더니 문은 망가져 있고 바닥의 카펫도 피로 흥건했어. 경찰에 연락하려 했지만 참고 이리로 달려온 거야. 당신 때문에! 만일 또 한 번 돌아가라고 한다면 그땐 나도 어쩔 수 없어. 다른 방법을 동원해서 조사하는 수밖에."

"큭큭큭, 협박이라… 재미있군."

게일은 고개를 숙인 채 웃어댔다. 그가 다시 고개를 들었을 때 두 눈은 살기로 가득 차 있었다.

지이이잉…….

"안 돼요, 게일!"

이안은 현재의 머리 위에서 울부짖는 웨일 소드를 보고 소리쳤다. 살기 때문인지 집 안에 갑자기 한기가 감돌았다.

"깜찍하게도 나를 협박하는 건가? 용기는 가상하다만 내게 칼을 들이대려는 놈을 살려둘 수야 없지."

게일은 정말로 현재를 죽일 생각인 것 같았다. 이안은 저것이야말로 살인자의 얼굴일 거라는 생각이 들었다. 추호의 자비도 없는 무자비하고 냉혹한 얼굴. 그런 게일을 보고 있자니 몸이 굳어져 버리는 것만 같았다. 하지만 현재는 물러서려 하지 않았다. 말려야 해… 안 그러면 이대로 현재가…….

"이야하호!"

순간 난데없이 유쾌한 고함 소리가 들려왔다. 세규였다. 그는 검도 도복에 장화를 신은 스피드맨 복장으로 자기 방에서 뛰쳐나와 소파 위에서 방방 뛰며 소리를 질러댔다. 너무나 황당한 출현에 세 사람은 잠시 할 말을 잃은 채 서 있었다. 어쨌든 그의 도움으로 현재가 살아났으니 이안은 세규도 도움될 때가 있다는 생각이 들었다.

'하지만 원래 저렇게까지 사이코는 아니었는데…….'

그동안 소파에서 몇 번 텀블링을 한 세규는 거기서 그치지 않고 현관문을 열고 나가 옥상으로 뛰어 올라갔다.

"이야하호! 나는 스피드맨 제자란 말이다! 내가 진정한 스피드맨의 후계자! 뺌빠라밤~"

그가 옥상에서 지르는 소리가 현관문을 통해 들려왔다. 게일은 더 이상 현재를 상대할 시간이 없었다. 저러다가 사람들이 몰려들기라도 하면 자신의 정체가 들통나는 것은 시간문제였다.

게일은 타월 한 장만 걸친 차림 그대로 세규를 쫓아 옥상으로 뛰어 올라갔다. 이안도 그 뒤를 쫓아갔다. 지금 한창 살기로 가득 차 있는 그가 어쩌면 세규를 죽일지도 모른다는 생각이 들어서였다. 원수 같지만 그래도 오빠인데 살려야 했다.

털썩!

두 사람이 옥상으로 사라지고 난 후 현재는 바닥에 주저앉았다. 다리에 힘이 빠져 도저히 서 있을 수가 없었다. 아까는 게일에게 잘도 대들었지만 웨일 소드가 나타났을 때는 머리끝에서 발끝까지 힘이 빠지며 눈앞이 노래졌었다. 다시 똑같은 상황에 직면한다면 그때는 죽어도 그렇게 못할 것 같았다.

주저앉아 있던 그는 발이 축축하게 젖는 것을 느꼈다. 발 앞까지 시커먼 액체가 흘러왔던 것이다. 액체의 근원지는 쓰러져 있는 콜라병이었다. 콜라병 옆에는 약병도 함께 뒹굴고 있었다. 뚜껑이 열려진 채 알약들이 잔뜩 쏟아져 나와 있었는데, 약병에 붉은색으로 쓰여 있는 '몽환'이라는 글자가 눈에 띄었다. 재경에게 받았던 약병에도 똑같은 글자가 쓰여 있었다.

'몽환(夢幻)······.'

현재는 가늘게 두 눈을 찡그렸다. 역시 여기에 무언가 음모가 도사리고 있는 것이다.

"놔! 난 스피드맨이란 말야!"

세규의 외침 소리가 다시 가깝게 들려왔다. 짐짝처럼 게일의 어깨에 얹혀진 채 끌려 들어오면서도 그는 계속 소리쳐 댔다. 평소 정상은 아니라고 생각했던 세규였지만 지금은 상태가 매우 심각해 보였다. 두 눈에 초점조차 잡히지 않는 것이 결코 성한 사람의 얼굴이 아니었다.

"놔아—! 난 하늘도 날 수 있다고!"

세규가 다시 한 번 어깨 위에서 발광을 해대자 마침내 게일은 그의 얼굴을 세게 후려쳤다. 턱이 돌아갈 정도로 얻어맞은 세규는 정신을 잃고 축 늘어졌다. 좀 과하다 싶은 폭력이었지만 게일로서는 이 정도도 인내심을 십분 발휘한 것이었다.

"이해해 줘. 원래 저 정도까지는 아니었는데… 오늘은 왜 저러는지 모르겠어."

이안은 우울한 얼굴로 세규를 변호했다. 그러나 현재는 그 말을 듣고 있지 않았다. 세규의 얼굴을 뚫어지게 쳐다보던 그는 반쯤 정신 나간 것처럼 말했다.

"게일… 당신도 저랬어요."

하지만 게일은 현재의 말이 이해 가지 않는 얼굴이었다.

"내가 저런 미친 짓을 했다고?"

"그게 아니라 당신의 이마에도 이런 푸른 반점이 나타났었다고요. 촬영장에서 사람들과 함께 피를 마시는 의식을 했잖아요. 그때 같이 있던 사람들도 전부 이렇게 이마에 푸른 반점이 있었어요."

"그래… 그때 나도 약을 먹었지. 그리고 기분이 매우 좋아졌었어. 그 다음은 아무 기억도 안 나."

그렇다면 몽환에 중독된 사람은 이마에 푸른 반점으로 구분할 수 있는 것 같았다. 게일이 현재가 약을 먹고 촬영한 장면을 보고도 푸른 반점을 발견하지 못했던 것은 그가 무사의 복장을 하면서 이마에 띠를 두르고 있었기 때문이다.

"게일, 난 그때 당신이 인부들과 함께 촬영장 구석으로 걸어가는 것을 봤어요. 마치 오래된 친구처럼 다정해 보여서 이상하게 생각하고 뒤를 쫓았죠. 당신은 그들과 함께 소품 창고로 들어가더니 손잡이가 닳을 정도로 오래된 단검으로 자신의 살을 찢고 서로의 피를 한데 섞은 후 나눠 마셨어요. 난 창고문으로 전부 들여다보았는데 당신이 마물한테 당한 게 아닐까 의심했죠. 그래서 얘기도 없이 어제 아침 촬영장으로 가서 창고를 조사해 봤던 거예요. 하지만 아무런 단서도 발견할 수 없었죠. 이제 보니 당신도 그때 약에 취해 있었던 거로군요."

"잠깐만! 약이라면 이 약을 말하는 거야?"

이안은 흘러나온 콜라에 흐물흐물하게 녹아 있는 알약들을 가리키며 인상을 찡그렸다. 두 사람이 말하는 게 사실이라면 이 약은 마약만큼이나 끔찍한 것이었다.

"맞아. 나도 저 약을 먹고 기분이 좋았었는데 어느새 보니 정신을 잃고 촬영장에서 자고 있었어. 약을 먹은 후에 무슨 일이 있었던 건지 도무지 기억이 안 나."

게일은 현재가 찍은 영화 촬영 필름을 봤다는 얘기는 하지 않기로 했다. 재경이 어떤 계획을 위해서 영화에 끌어들였다는 것도.

아직까지 그녀를 좋아하는 현재에게는 모든 사실들을 가급적이면 끝까지 숨기고 싶었다. 자신이 사라질 때까지 현재와 이안 두 사람에게 될 수 있으면 어떤 상처도 주고 싶지 않았다. 그들 모두를 무사해 지키는 것, 그것은 바인더로서 게일의 자존심이 걸린 문제이기도 했다.

"게일 아저씨, 이 약은 길거리에서 나눠 준 거라고 했죠? 그렇다면 정말 큰일이잖아요! 약을 먹은 사람들이 전부 발작 같은 거라도 일으킨다면……."

이안이 놀란 토끼마냥 눈을 동그랗게 뜨고 말하자 게일은 고개를 저었다.

"아니, 약을 먹은 사람이 전부 그렇지는 않을 거야. 나도 처음 먹었을 때는 아무렇지 않았으니까."

"아저씨야 워낙 괴물이니까 처음에는 반응하지 않은 걸지도 모르잖아요."

그 말에 게일은 이안을 노려보았다.

"나뿐이 아니라고, 레이디. 이 약을 거의 반 병씩이나 먹어도 반응하지 않은 다른 녀석도 있었다고. 물론 그 녀석도 정상은 아니었지만."

"그러면 이 약에 반응하려면 특수한 조건 같은 게 필요한 걸까요?"

게일은 고개를 끄덕였다.

"그래, 바로 그거야. 내가 처음 약을 먹었을 때와 두 번째 약을 먹었을 때의 차이점이라면 바로 저거였지."

게일은 바닥을 흥건하게 적시고 있는 콜라를 응시했다.

"처음엔 물과 함께 약을 먹었고 두 번째에는 물이 없어 콜라로 대신했지. 콜라 중독자인 세규도 물론 그랬을 거고. 그리고 내가 말한 그 비정상 녀석은 당뇨 때문에 콜라를 먹지 않았기 때문에 반응하지 않은 거야."

"이 약이 반응하는 조건이란 건 콜라를 마시는 거군요?"

이안은 알겠다는 듯 소리쳤다. 하지만 게일과 이안의 가설을 현재가 단번에 깨뜨려 버렸다.

"미안하게도 난 콜라가 아니라 커피였어."

그러자 이안은 현재의 얘기를 보완해 또 하나의 가설을 세웠다.

"그럼 커피랑 콜라를 마시는 사람이 반응하는 게 조건 아닐까요?"

게일은 고개를 젓더니 현재에게 물었다.

"물론 촬영장에서 나눠 준 커피였겠지?"

"응. 협찬사에서 모든 음료를 무료로 제공해 주니까."

"그럼 설마… 콜라랑 커피를 주는 협찬사가 같은 회사인 거야?"

이안이 고개를 갸웃하자 현재는 그제야 뭔가를 깨달은 듯 자리에서 벌떡 일어섰다.

"맞아! 그 커피는 락&조이 콜라 회사에서 내놓은 신제품이었어! 그렇다면 이 약의 반응 조건은 락&조이 사(社)의 음료수를 마시는 것?"

"말도 안 돼…… 전국에 락&조이 콜라를 마시는 사람이 얼마나 많은데……."

"아니, 충분히 말이 되는 얘기야."

게일은 이제야 모든 것이 정리되었다.

이 약 자체에는 아무런 유해 성분이 없는 것이다. 하지만 락&조이 사의 음료를 마시는 조건이 충족되면 그것은 마약만큼이나 무서운 약이 된다. 거리에서 이 약을 받은 사람들 중 락&조이 콜라를 마시는 사람들은 이 약에 반응하게 되고 그 후 그 기분 좋은 상태를 잊지 못해 명현처럼 약의 제조사인 청목 수양원까지 찾아오게 되는 것이다.

청목 수양원은 아미탄트 회와 연관이 있었다. 처음엔 단순한 수양원처럼 보이는 그곳이지만 약을 먹은 사람들은 점점 더 이성을 잃게 되고 결국 스멜다처럼 아미탄트 회의 추종자로 변해가게 되는 것이다. 아미탄트 회와 그 추종자들은 완전히 단합되어 종교 집단과 같은 단체를 이루게 된다.

결과적으로 청목 수양원은 아미탄트 회가 그 추종자들을 모으기 위해 만든 기관인 셈이다. 락&조이 사를 움직이는 수뇌부 역시 아미탄트 회의 일원이 분명했다. 그리고 이 모든 일의 배후에는 마리로슈가 버티고 있을 것이다.

어쨌든 모든 비밀은 청목 수양원에 있었다. 게일은 불현듯 그 히시아몬 밭의 한가운데서 보았던 격리동이 떠올랐다. 그곳에 향루산에서 없어진 싸일러프라스 나무가 숨겨져 있고, 어쩌면 마리로슈도 같이 있을지 몰랐다. 게일을 따돌리기 위해서 스멜다가 일부러 그의 앞에 나타나 거짓말을 했던 것이 분명했다.

"제길!"

방으로 들어간 게일은 옷을 갈아입고 나왔다. 청바지에 패딩 점퍼를 입고 모자를 쓴 복장은 누가 보아도 현대인처럼 보였다. 하지만 그의 손에는 현대적인 복장에 어울리지 않게도 웨일 소드가 들려 있었다.

"레이디, 능력의 돌을 내놔봐."

"그건 방에 놔뒀어요. 얼른 가지고 나올게요."

이안은 뛰어가서 능력의 돌을 가지고 나왔다. 그녀의 눈동자를 닮은 다섯 개의 까만 돌은 여전히 달라붙은 채 떨어지지 않고 있었다.

지이이잉…….

게일의 손에 들린 검이 살기를 뿜어내기 시작했다. 검을 쥔 게일 역시도 온몸이 살기로 들끓어 다가가기만 해도 베어져 버릴 것만 같았다. 이안과 현재는 숨죽이고 그를 지켜보았다.

살기를 쏘아내는 것이 쉬운 일만은 아닌가 보다. 맑고 깨끗한 눈동자에는 뻘겋게 핏발이 서고 얼굴에서는 땀방울이 흘러내렸다. 자동차와 같은 속도로 달려도 땀 한 방울 흘리지 않던 그가.

"게일……."

저러다 잘못되는 게 아닐까 싶어 이안은 울상이 되었다. 말리고 싶었지만 끔찍한 살기는 다가오는 것을 허락하지 않았다. 그때였다. 이안의 손에 있던 능력의 돌이 몸을 마구 떨어대기 시작했다.

"어, 어?"

두두두두……. 피슛!

미친 듯 진동하던 돌들은 제각각 몸이 떨어지면서 일순 허공으로 치솟아올랐다. 그러더니 검을 든 게일의 주변을 에워쌌다. 살기나 검기를 눈으로 볼 수 없는 이안이었지만 게일이 뿜어내고 있던 무서운 기운이 그 돌 속으로 빨려 들어가는 것을 느낄 수 있었다.

"하아……."

마침내 게일은 약간 피로한 얼굴로 검을 늘어뜨렸다. 겨우 그에게 다가갈 수 있게 된 이안은 애원하듯 말했다.

"왜 그런 건지 모르지만 이제 그만 해요. 그러다 아저씨가 큰일 나겠어요."

게일은 피식 웃었다. 약하고 아무 능력도 없는 소녀 주제에 자기 같은 능력자를 걱정하다니. 하지만 그녀의 까만 젖은 눈동자를 본 게일은 어쩐지 기분이 안정되었다. 뭔가를 애원하는 듯한 눈. 도저히 그냥 뿌리칠 수 없게 만드는 눈. 그 눈이 그녀… 마리로슈와 닮았기 때문일까? 그런 그녀와 이제는 작별할 시간이 온 것이다.

"이건 레이디가 보관하고 있어. 내 대신 지켜줄 거야. 그러니 한시도 몸에서 떼어놓지 마."

게일은 검기를 흡수한 후 다시 원래의 모습으로 돌아온 능력의 돌을 이안에게 건네주었다. 하지만 이안은 주저하며 받지 않았다. 평소 무뚝뚝하던 게일의 입에서 나온 뭐처럼 다정한 말이었는데도 감격하기는커녕 얼굴을 일그러뜨리고 있었다.

"나 대신이라뇨? 그럼 아저씨는……?"

게일은 이를 드러내며 씨익 웃었다.

"결전을 치르러. 아마 미궁쯤이 될까?"

게일은 미궁이라는 단어가 아무래도 제의제가 치러지는 장소라고 추측했다. 메모할 때 시간과 장소를 적는 것은 필수일 테니까.

"미궁이라니?"

현재는 이상한 장소라고 생각했다. 하지만 이안은 게일을 다시 보지 못하게 될지도 모른다는 것 때문에 그런 단어에는 신경 쓸 겨를이 없는 것 같았다.

"혼자 가겠다는 거예요? 그런 게 어디 있어요! 절대 못해요!"

강아지를 닮은 이안이 결국 물고 늘어져 놓아줄 것 같지 않자 게일은 현재를 불렀다.

"최현재, 내가 없는 동안은 네가 이안의 나이트다. 그러니 무슨 일이 있어도 그녀를 지키도록."

"하지만……."

"절대 나를 쫓지 마. 그땐 네 녀석뿐 아니라 이안까지도 내 손에 끝나게 될 거다."

그리고 게일은 이안에게 마지막 작별 인사라도 건네듯 미소를 지어 보였다. 아무리 상록의 육체였다고 하지만 괴팍하고 거친 그에게서 저토록 아름다운 미소가 나오리라곤 상상도 못했다. 그 미소에 현재와 이안이 잠시 주춤하는 사이 게일은 어느새 집 밖으로 뛰어나가고 없었다.

하지만 속도를 내서 달리던 게일은 얼마 가지 못해 걸음을 멈추어야 했다.

"안녕하세요."

차 한 대가 좁은 골목길 입구를 막아서더니 단발머리의 젊은 여자가 내렸다. 박시내였다.

"비켜."

게일의 위협에 시내는 겁을 먹은 듯했지만 금방 살래살래 고개를 저었다.

"좋은 소식을 가져왔는데 그럴 순 없죠."

"그럼 하는 수 없군."

게일은 서너 걸음을 뒤로 물러서더니 다시 속력을 올려 달렸다. 도움닫기를 한 그는 시내는 물론이고 골목을 막고 있는 차를 훌쩍 가볍게 뛰어넘었다. 그리고 다시 뛰어가는데 시내가 뒤에서 소리쳤다.

"거기 서요! 그렇지 않으면 당신의 정체와 살인 행각을 전부 폭로해 버릴 거예요!"

게일이 그 말은 무시하지 못하고 멈춰 섰다. 시내를 바라보는 그는 양미간을 찡그리고 있었다. 반듯한 이마에 살짝 주름이 생긴 그 모습은 오래전에 죽은 반항적 이미지의 영화배우와도 비슷해 보였다. 잠시 멈칫거리던 시내는 목소리에 힘을 주며 말했다.

"장영진 씨… 기억하나요?"

게일은 무슨 뜬금없는 소리냐는 표정이었다. 그러자 시내는 한층 더 도도하게 말했다.

"시침 떼도 소용없어요. 맞대면을 하면 저절로 생각날 테니."

"오랜만이야, 한 사병."

시내의 차에서 승수와 함께 또 한 사람의 남자가 내렸다. 남자는 검도 도복을 입고 손에 기다란 검을 들고 있었는데 게일도 아는 얼굴이었다. 게일을 본 남자는 찢겨 올라간 눈꼬리가 사악해 보이도록 웃었다.

"너는 그 강간 미수범?"

게일의 말에 영진은 일순 얼굴을 일그러뜨렸지만 다시 사악한 미소를 띠었다.

"한 사범의 활약은 TV로 잘 보고 있었지. 설마 우리 도장 도복이 그렇게까지 유명해질 줄은 몰랐어."

게일이 한동안 입고 다녔고 또 수많은 가짜 스피드맨들이 코스프레했던 옷은 상록이 몸담았던 도장의 이름이 가슴에 새겨져 있었던 것이다. 물론 영진도 지금 그 도복을 입고 있었다.

"그런데 자네, 배짱도 좋더군. 살인하고 도망친 주제에 유명인사가 되다니 말야."

"본론이 뭐야!"

말을 자르며 게일이 험악하게 소리치자 영진은 움찔했다. 평소 예의 바르고 모범적이던 상록에게 익숙해서 폭주할 때의 모습을 잊고 있었던 것이다. 광기를 흘리며 검으로 사람의 가슴을 꿰뚫어 버리고 단번에 머리를 베던 모습. 하마터면 자신도 죽을 뻔하지 않았던가? 영진은 그때 미쳐 버린 상록이 여전히 정상으로 돌아오지 않은 상태라고 생각했다.

'저러다 갑자기 또 난동이라도 부리면……'

영진이 잠시 우물쭈물대는 사이 시내가 두 사람의 중간에 끼어들었다.

"한상록 씨, 당신에 대한 모든 것이 궁금하고 알고 싶어요!"

시내의 말에는 게일뿐 아니라 영진, 승수마저도 황당한 얼굴이 되었다. 게일은 멋쩍은 듯 머리를 긁적였다.

"실례지만 레이디, 그건 프로포즈인가?"

"무, 무슨 헛소리예요! 취재를 하고 싶단 얘기예요, 취재를! 제 조건은 이거예요. 당신을 취재하게 해주세요!"

시내는 카랑카랑하게 소리를 질렀지만 어째서인지 얼굴이 새빨갛게 물들어 있어 변명처럼만 들렸다. 그녀를 노려보던 게일은 빙그레 웃었다.

"기자라는 건 여러 가지 사건들에 대해 해박하다고 하던데, 레이디도 기자라고 했던가?"

"그런데요?"

게일이 갑자기 태도를 바꾸자 시내는 오히려 더 겁이 났다.

"그럼 일단 타지."

그가 뜻밖에 순순히 차에 올라타자 나머지 사람들은 어리둥절해서 머뭇거렸다. 뭔가 함정이 아닐까 의심조차 드는 것이었다.

"뭐 해, 안 타고? 아참! 저 강간범 녀석은 여기 버려두고 가자구."

"뭐!"

영진은 발끈하며 게일이 탄 뒷자석에 올라타려 했다. 순간 그는 자동차 유리창에 비쳐진 한 소녀의 얼굴을 보고 안색이 하얗게 변했다.

"너무해요. 꼭 다시 돌아온다고 약속해요!"

그들에게 뛰어오는 이안을 본 것이었다. 겁 많아 보일 정도로 커다란 눈동자에 가냘픈 몸집이었지만 그녀가 검을 들면 얼마나 끔찍해지는지 영진은 잘 알고 있었다. 물론 예전에 그가 보았던 사람은 그녀의 몸을 빌린 게일이었지만. 그 사실을 모르는 영진에게는 미쳐서 날뛰는 상록보다도 그녀의 존재가 더 무시무시하게 느껴졌다.

"네 녀석은 저 레이디가 예뻐해 줄 거라고. 자, 그럼!"

게일이 자동차의 문을 닫기 무섭게 시내와 승수, 그리고 게일을 태운 차는 미끄러지듯 골목을 빠져나갔다.

"이 빌어먹을! 같이 가!"

영진은 한동안 자동차를 쫓아 죽어라 뛰었으나 안타깝게도 그는 게일이 아니었다.

인상적이고도 잔혹한 밤 2

"아직 당신의 말을 믿는 건 아니에요! 만에 하나 내 입을 막으려는 생각을 한다면 깨끗이 포기하세요. 난 여기 오기 전 이미 당신이 살인자라는 증거와 기사를 써서 동료에게 맡겨뒀다구요. 내가 실종되면 그 기사는 그대로 나갈 거예요."

시내가 운전하는 차가 주택가를 벗어나고 있을 즈음 그녀는 경고하듯 말했다. 차창 밖의 풍경을 보며 생각에 잠겨 있던 게일은 새로운 사실을 깨달았다는 듯 씨익 웃었다.

"호오~ 귀찮은 기자를 떼어버리려면 그런 방법도 있었군."

시내는 룸미러에 비치는 게일의 얼굴을 무섭게 쩨려봐 주었다. 게일은 그녀의 살기 광선을 십분 느꼈을 테지만 모른 체하고 다시 창밖으로 시선을 던졌다. 하지만 시내는 룸미러로 그를 계속 힐끔거리며 훔쳐보았다. 우수에 잠긴 옆모습이 마치 그림 같은 사내였다. 단아하고 고전미가 넘치는 모습이 그림 중에서도 동양화의 분위기라고 해야 할 것이다.

저런 사람이 그렇게 끔찍한 살인을 저질렀다고? 시내는 영진에게서 들은 향루 마을의 살인 사건에 대해 부정하고 싶었다. 만일 그가 살인을 했다 하더라도 필시 그렇게 하지 않으면 안 될 곡절이 있었을 것이다. 지금의 사건처럼 말이다.

"어떻게 멀쩡한 두 개의 식품이 반응해서 사람을 중독시킬 수 있다는 거죠? 일단 락&조이 사에서 나온 음료와 몽환이라는 약의 성분 분석부터 의뢰하러 가봐야겠어요."

시내는 조금 전 게일로부터 락&조이 사에서 나온 음료와 시중에 나돌고 있는 몽환이라는 약의 관계에 대해 들은 후였다. 그 말이 사실이라면 특종도 보통 특종이 아니다. 하지만 게일의 존재만큼이나 허황된 얘기였다. 명확한 과학적 증거 없이는 취재를 시작할 수 없었다.

"아니, 레이디가 지금 가야 할 곳은 '청목 수양원'이야. 약을 처음 접한 녀석들부터 약에 취해 있는 녀석들이 모여 있는 곳이지."

"안 돼요. 우선 과학적으로 조사한 후에……."

"내가 살인자가 된 건 말야… 그 녀석들이 전부 내 말을 안 들었기 때문이라고. 살인자가 돼서 붙잡히는 게 무서웠다면 벌써 도망쳤겠지."

룸미러로 게일과 시선이 마주친 시내는 머리끝부터 발끝까지 얼어붙는 기분이었다. 조금 전까지 우수에 잠겨 슬퍼 보이던 눈은 언제 그랬냐는 듯 살기를 뿜어냈다.

"아, 알았어요."

시내는 옆의 조수석에 앉은 승수에게 눈짓을 보냈다. 승수는 노트북

과 핸드폰을 연결하더니 인터넷으로 '청목 수양원'을 검색하기 시작
했다.

청목 수양원의 홈페이지에 접속하자 깨끗하고 반듯한 수양관 건물
과 함께 찾아오는 약도가 알아보기 쉽게 그려져 있었다. 그 외에 홈페
이지의 이곳저곳을 살펴보았지만 별다른 이상한 낌새는 찾을 수 없었
다. 게시판에 올라오는 글도 모두 수양원에서의 생활이 얼마나 유익했
는가 하는 것뿐이었다.

한 시간 이상을 달렸을 즈음 붉은 벽돌로 지어진 버스 정류장에서
갈림길이 나타났다. 홈페이지에서 다운받은 약도대로 차는 오른쪽 길
로 방향을 틀었다. 게일의 기억에 의하면 이곳에부터 수양원까지는 계
속 외길이었다.

"설마… 여기 들어가는 길에 검문소라도 있나요?"

시내가 차의 속력을 점점 늦추며 물었다. 수양원으로 들어가는 2차
선에 차들이 잔뜩 늘어서 천천히 서행을 하고 있었다. 여기까지 오는
차들도 별로 많지 않은데 막혀 있는 걸 보면 앞에서 차량 통제라도
하는 모양이다.

"세워."

게일은 차에서 내렸다. 차들이 줄지어 있는 끝에 도우미라는 명찰을
단 사람들이 들어가는 차량들을 하나하나 조사하는 중이었다. 그나마
들어가는 차들은 천천히 움직이기라도 했지만 나오는 길에는 아예 바
리케이드가 쳐져 차량들이 꼼짝도 하지 못했다.

"무슨 일이래요?"

시내는 앞에서 유턴해 다시 돌아가는 차의 운전자를 향해 물었다.

"살인 사건이 났대요. 사람 한 명이 아주 난도질당했다나 봐요. 가

는 날이 장날이라고 맘먹고 처음 와봤는데 이게 무슨 일인지 원……."

하지만 그 차량 외에는 돌아가는 차들이 없었다. 자기야 취재 때문에 그렇다지만 살인 사건이 난 걸 알면서도 안으로 들어가려는 사람들을 시내는 이해할 수 없었다.

똑똑.

게일이 차 창문을 두드리며 말했다.

"여기서 기다려."

"당신은요?"

"살인자를 만나야지. 아무래도 그 녀석이 나를 보고 싶어할 것 같거든."

"같이 가요. 이래 봬도 기자라고요! 앉아서 특종을 쓸 수는 없잖아요."

시내는 갓길에 차를 주차시킨 후 내렸다. 그녀가 완강하게 나오자 승수도 얼떨결에 내려야 했다.

"하는 수 없군. 미리 말해 두지만 난 따라오는 사람들의 안전 따윈 책임져 주지 않아. 더불어 당신들이 끔찍한 경험을 함으로써 어떤 정신적 데미지를 입게 되더라도 날 탓하지 마."

끔찍한 경험이라는 말에 시내는 왠지 소름이 오싹 돋았다. 지금껏 살인 현장에도 몇 번 가본 적 있는 그녀였지만 게일이 말하는 것은 그 이상의 상황인 것 같았다. 상상도 할 수 없는…….

"뭐, 죽기밖에 더 하겠어요? 승수, 넌 어떻게 할래?"

그러자 승수는 텁수룩한 수염을 손으로 쓸며 눈을 반짝였다.

"깡다구는 기자만 있는 게 아니지."

세 사람은 길에서 벗어나 숲으로 접어들었다. 수양원은 깊은 산속에 지어진 것이라 길을 조금 벗어나자 암벽 위주의 험난한 산이었다.

평소 헬스와 수영을 즐기는 시내는 체력 하나는 자신있었지만 아무 장비도 없이 얼어붙은 바위산을 기어 올라가는 것은 고역이었다. 손톱은 깨지고 나중엔 팔다리가 후들거려 몇 번 굴러 떨어질 뻔했다. 체대 출신인 승수마저도 헐떡거리는 것을 보니 보통 힘든 산행이 아닌 것이다. 그런데 게일은 괴물답게 펄쩍펄쩍 잘도 앞서 갔다. 시내는 왠지 울컥하는 마음이 들었다. 그녀는 마침 바위 뒤에 쭈그리고 앉아 있는 게일에게 다가가 따졌다.

"이봐요. 손이라도 잡아줄 수는 있는 거잖……!"

게일은 피투성이의 시체를 끌어안고 있었다. 마른 체구의 젊은 남자였는데 놀랍게도 다리와 어깨 등에 총상이 있었다.

"묶여 있었던 모양인데? 팔목 등에 자국이 남아 있고 구타를 당한 흔적도 있어. 하지만 결정적 사인은 뇌진탕인 것 같군."

게일의 옆에 달라붙어 시체의 상태를 살피던 승수가 의견을 이야기했다.

"그래, 체온이나 사후 강직 정도를 봐서 사망한 지 한 시간도 안 지난 것 같군. 뒤로 묶여 있는 상태에서 구타를 당했어. 팔뚝 바깥 쪽보다 안쪽에 타박상이 많은 게 그 증거지. 몸이 자유로웠다면 보통은 팔뚝 바깥쪽으로 얼굴 부분을 보호하게 되거든. 혈액의 응고 상태나 흐른 방향을 보아 총상은 도망치면서 맞은 것 같군. 그러다 왼발을 접질려 저 위에서 이 바위까지 떨어져 내린 거야. 그리고 후두부의 충격에 의한 사망."

침착하고 냉정하게 관찰 결과를 이야기하는 게일은 마치 수사관이라도 되는 것 같았다. 하지만 시체의 상태를 다 파악하고 난 그는 안타까운 듯 중얼거렸다.

"제길, 한발만 빨랐어도 이렇게는……."

시내와 승수는 의외라는 얼굴로 쳐다보았다.

"설마 아는 사람인가요?"

"수양원에서 찾는 살인자가 아마 이 녀석일 거야. 도망치지 못하도록 소문을 퍼뜨린 거지."

"하지만 총격전이라니…… 도대체 저 수련원의 정체는 뭐죠?"

"이걸 보면 알 수 있지 않을까?"

게일은 시체의 안주머니에서 수첩과 만년필을 꺼내 승수에게 내밀었다. 그가 승수의 조수로부터 빼앗아 지철에게 줬다가 결국 주인에게 다시 넘겨주게 된 셈이었다.

"그건!"

"카메라와 녹음기라는 것이더군. 사용법은 알고 있나?"

"당연하지, 내 거니까."

"아, 그래?"

게일은 조금 쑥스러운 표정을 지었다.

"둘 다 메모리가 꽉 찬 걸 보니 뭔가가 단서가 있을지도 모르겠군. 차에 가서 노트북으로 출력해 봐야겠어. 당신은 어쩔 거요?"

"난 좀 더 내부를 살펴봐야겠어."

"저도 당신과 동행하겠어요."

"기자 레이디는 친구와 함께 가 있으라구. 사건 실마리는 여기만 있는 게 아니라 락&조이 쪽에 있을지도 모르니까. 저 카메라에서 나오는 그림을 보고 레이디가 판단해 달라구."

게일처럼 제멋대로인 사람이 부탁을 하자 시내는 거절할 수가 없었다. 왠지 자기의 책임이 막중하다는 생각이 들었다.

"그럼 대신 이걸 써요."

시내는 게일에게 핸드폰을 건네주었다.

"이건 레이디 거잖아."

"난 친구 걸 쓰면 되니까 괜찮아요. 대신 액정에 승수라고 적힌 번호 외에는 절대 받으면 안 돼요. 그리고 2번을 누르면 승수 핸드폰으로 연결될 거예요."

"허참… 내 핸드폰을 누가 빌려준대……."

승수가 한쪽에서 기가 막히다는 듯 중얼거렸지만 시내는 게일과 인사를 나누느라 정신이 없었다.

이제 해가 서서히 기울어져 갔다. 청목 수양원이 머리에 이고 있는 하늘이 노을로 물들었다. 숲도, 도로에 늘어선 차와 사람들도 모두 붉게 보였다.

*   *   *

"거기 얌전히 있으라구. 그러면 칼을 빼 들지는 않을 테니까."

이안은 눈을 부릅뜨고 영진이 소파에 앉아 있도록 명령했다. 그를 본 적은 없었지만 자기를 두려워한다는 것을 알았기 때문이다. 게일이 몸속에 들어왔을 때 만났던 게 분명하다고 생각했다.

영진은 못마땅해서 인상을 썼으나 그녀의 말을 쉽게 무시하지는 못했다. 일단 이안의 집 소파에 앉은 그는 금방이라도 검을 빼어 들 것 같은 자세로 주변을 관찰했다. 그러다 이따금씩 칼날 같은 시선으로 이안을 훑어보고는 했다. 여차하면 검이라도 뽑아 들고 공격할 것만 같았다. 그의 송곳 같은 시선을 받을 때마다 이안은 서늘한 한기가 들었다.

'휴우~ 그나마 현재가 옆에 있어서 다행이야.'

현재는 재경을 찾는 일이 급한 듯했지만 게일이 돌아올 때까지 기다리려는 것 같았다.

하지만 사실 그는 영진처럼 위험한 사람과 이안을 단둘만 놓아두고 가버릴 만큼 매정한 성격은 아니었다. 더구나 이안은 가장 친한 친구가 아닌가? 물론 집에는 세규도 있기는 했지만 게일에게 얻어맞은 그는 지금 늘씬하게 뻗어 자는 중이라 도움이 안 됐다. 깨어 있어도 별로 도움될 것 같지는 않았지만.

현재는 게일이 자기의 발을 묶어두려고 이안에게 영진같이 위험한 사람을 떠넘기고 가버렸다는 생각이 들었다. 그러면 이안을 놔두고 선불리 재경을 찾으러 다니지 못하게 될 테니까. 아마도 게일은 그가 인정 많은 성격이란 걸 알고 있었던 모양이다.

'게일, 교활하잖아……'

"너는 이 계집애의 남자 친구냐?"

이안을 관찰하던 영진이 비아냥거리듯 물었다. 현재는 고개를 저은 후 정색을 했다.

"내 사부님이시오. 무례한 말씀은 삼가시오!"

"……!"

현재의 말에 영진보다도 이안이 더 놀랐다. 하마터면 너무 놀라 딸꾹질을 할 뻔했다.

하지만 영화배우답게 현재는 거짓말을 하고도 태연하기만 했다. 게다가 아까부터 바닥에 정좌하고 앉아 있는 모습이 정말로 무사 같았다.

오히려 게일보다도 더 그럴듯해 보였다. 최근 찍는 영화에서 무사 역을 맡았다더니 그 덕분인가 보다. 영진도 같은 느낌을 받았는지 비아냥거리던 시선이 금방 달라졌다.

이안은 비로소 현재의 뜻을 헤아릴 수 있었다. 그가 자기를 사부라 칭하므로써 이안은 월등한 실력자가 되는 것이다. 영진이 현재의 실력을 가늠하는 동안에는 그녀에게 아예 덤벼들 생각도 못할 것이다. 덕분에 영진의 매서운 눈초리는 현재에게 향했고 이안은 한시름을 놓을 수 있었다. 지금 그녀가 할 수 있는 일은 가능한 게일처럼 버르장머리 없고 제멋대로 구는 것뿐이었다.

"그래… 사부에게서 무얼 배웠지?"

"당신 같은 사람은 절대 배울 수 없는 것. 훗, 그 잘난 검으로 나와 겨뤄보고 싶기라도 한 거요?"

"못할 것도 없지. 네 녀석에게서는 왠지 풋내가 나거든."

영진이 자리에서 일어서며 두 눈을 번뜩였다. 금방이라도 왼쪽 허리에 찬 검을 뽑아 들 것만 같았다. 하기야 아무리 현재가 연기를 잘한다고 해도 영진 같은 고수의 눈을 속이기는 쉽지 않았을 것이다.

"이봐, 지금 난 기분이 몹시 안 좋은 상태야. 칼을 뽑는 녀석은 누구든 각오하라구."

이안은 두근거리는 마음을 겨우 진정시키며 최대한 게일스럽게 말했다. 하지만 영진의 노려보는 시선과 마주쳤을 때는 주저앉아 빌고 싶을 지경이었다. 그녀는 혼신의 힘을 다해 살벌하게 마주 보았다. 그것이 영진에게 통한 모양이었다.

"좋아. 녀석이 돌아올 때까지만 손님으로 있어주지."

"마찬가지요."

영진이 소파에 앉자 현재도 큰소리를 쳤다. 다시 살얼음판 같은 평화가 유지되었다.

'집 안의 다른 식구들과 마주치기 전에 저 아저씨를 어떻게든 밖으로 나가게 해야 하는데……'

이안은 고민하기 시작했다. 식구들이 나타나면 분명 자기가 평범한 소녀라는 걸 눈치 채게 될 것이다. 그러면 전에 게일에게 당한 것도 있을 테니 복수를 하려 들 것 같았다. 이안과 눈이 마주친 현재도 같은 생각인 모양이었다. 그때였다.

"이안아, 콜라 다 먹었어?"

세규의 방에서 목소리가 들려왔다. 그가 깨어난 것이다. 이안과 현재는 세상이 끝장난 것 같은 표정을 지었다. 다른 사람도 아니고 이 순간에 세규라니……. 하지만 그는 이미 방에서 터벅터벅 걸어나오고 있었다. 게다가 스피드맨 복장을 흉내 낸 도복, 지금 영진이 입고 있는 것과 똑같은 도복을 입은 채로 말이다.

"어라? 이 사람은 누구야? 칼을 찬 걸 보니 사부님의 친구……."

"맞습니다. 사부님의 옛날 친구 분이시죠, 사형."

현재가 순발력을 발휘해 재빨리 세규의 말을 가로채며 대답했다. 세규가 말한 사부는 게일이었지만 현재는 이안을 그의 사부로, 자기들을 사제지간으로 만들어버린 것이다. 이안은 머쓱했지만 영진을 속이기 위해 아무렇지 않은 표정을 지었다. 다만 사형이라는 말에 세규가 고개를 갸웃거릴 뿐이었다.

"네 제자라는 녀석이 왜 우리 도복을 입고 있는 거지?"

"뭘 입든 상관없잖아."

"그나저나 저 녀석, 너와 상당히 닮았는데? 마치 남매처럼 말이지."

이안은 저 뻔뻔스러운 세규와 그토록 닮았다는 걸 처음으로 깨달았다. 하기야 세규도 사이코 같은 성격만 아니라면 생긴 것만은 꽤 멀쩡한 축에 속했다.

"사부와 제자는 부모와 자식 같은 관계니까 닮는 게 당연하잖아."

얼떨결에 변명을 한 후 이안은 과연 영진이 믿어줄지 의심했다.

"흥, 듣고 보니 그렇군."

그는 수긍하는 것처럼 대답했지만 눈빛만은 여전히 싸늘했다.

"그나저나 목이 마른데 물 한잔 마실 수 있을까?"

"그 정도의 호의야 베풀어주지."

이안은 자리에서 일어섰다. 그리고 일인용 소파에 앉은 영진의 오른쪽을 지나 주방으로 걸어갔다.

"……!"

그 순간 영진은 칼날처럼 눈을 번뜩였고 현재는 머리를 움켜쥐었다. 다 틀린 것이다.

"이상하군, 네가 초보도 저지르지 않는 실수를 저지르다니."

등 뒤에서 들려온 영진의 목소리에 이안은 온몸이 굳어버리는 것만 같았다. 실수라니? 어떤 실수를 저지른 거지? 그저 걷기만 했을 뿐인데. 어느새 영진은 등 뒤로 다가와 이안의 귓가에 속삭이듯 말했다.

"검사라면 검을 찬 사람의 오른쪽으로 지나지 않는 건 기본 중의 기본 아니었던가? 오른손잡이인 상대가 검을 휘두르기라도 하면 어쩔 거지? 넌 분명 내가 오른손잡이라는 걸 기억하고 있을 텐데."

"후후후, 사부님이 당신의 오른쪽으로 지나간다 한들 당할 리 없지 않소?"

현재가 임기응변으로 변명했으나 영진에겐 먹히지 않았다.

"그렇다면 더욱 이해가 안 되는 것이… 네놈 사부 안색은 왜 이렇게 창백해졌을까?"

영진에게 들켰다고 생각한 이안은 자기도 모르게 얼굴색이 하얗게 변해 있었던 것이다. 영진은 키득거리며 웃었다.

"킬킬, 그때부터 쭈욱 이상하다 생각했더니…… 역시 네년은 그냥 보통 계집이었어. 어떤 재주로 나를 속였는지 모르지만 각오해라!"

"위험해, 이안아!"

세규의 고함 소리에 이안은 반사적으로 몸을 숙였다. 영진이 빼 든 검은 그녀의 머리 위에서 호선을 그리고 지나갔다. 게일만큼은 아니었지만 보통 사람들에게는 무시무시한 압박감을 주기에 충분한 발검(拔劍)이었다. 현재와 세규는 아쉬운 대로 한쪽 구석에 있던 골프채를 집어 들고 이안의 앞을 막아섰다.

쾅! 와장창창!

그 순간 무언가 무너지는 소리가 났다. 난데없는 소리에 팽팽하던 긴장감이 깨지고 모두들 거실 창밖을 바라보았다. 웬 자동차 한 대가 이안의 집 담장을 뚫고 들어와 있었다. 곧 한 사람이 담장 구멍으로 기어들어 오는 것이 보였다. 다나였다. 그녀는 멀쩡한 얼굴로 사람들을 향해 손을 흔들어 보였다.

그들에게 다나의 출현이 이토록 반가웠던 적은 일찍이 없었을 것이다. 사실 그녀보다 더 반가운 것은 다나를 따라다니는 시커먼 보디가드들이었다. 잠시 후 예상대로 시커먼 양복을 입은 남자들도 담장 구멍으로 기어들어 왔다.

영진은 한눈에 그들의 정체를 알아챈 듯 불만스러운 얼굴로 검을 집어넣었다.

"뭐야, 저 계집앤?"

하지만 누구도 영진의 질문에 쉽게 대답할 수 없었다. 다나가 누구인지는 아무도 모르고 있었으니까.

"안녕, 얘들아! 이번엔 랠리(자동차를 이용하여 도로에서 실시되는 경기)에 참가하려고 연습 중이야. 호호호! 그런데 생각보다 힘들지 뭐니."

그사이 다나는 명랑 쾌활하게 인사를 하며 들어왔다. 그러더니 이안을 꼬옥 끌어안고 뺨을 부비고, 현재의 이마에는 키스를 한 후 세규에게 다가가더니 퍽 소리가 나도록 등을 후려쳤다.

"호호호, 잘 지냈어, 가짜 스피드맨!"

"누, 누가 가짜라는 거예요!"

"숨기려 해도 소용없어, 이미 다 알고 있으니까."

"거짓말!"

세규가 발끈해서 대들었지만 다나는 무시하고 영진에게 걸어갔다. 그의 얼굴을 이리저리 쳐다보던 그녀는 고개를 갸웃했다.

"어? 이 사람은 이제 보니……."

다나가 놀라서 소리치자 워낙 나쁜 짓을 많이 저지르며 살아왔던 영진은 움찔했다.

"맞아! 이 사람 꼭 새우젓이랑 닮았다. 안 그러니, 얘들아?"

"……."

영진의 이마에 핏줄이 슬그머니 일어섰다. 하지만 다나는 신경 쓰지 않았다. 그녀의 뒤에 있던 보디가드들이 더 험상궂게 영진을 노려보았을 뿐이다.

"그런데 당신, 전에 어디선가 나 본 적 있지 않아?"

"없어!"

영진은 딱 잘라 말했다. 저런 사이코 같은 계집애를 봤다면 기억 못할 리가 없었다. 하지만 다나는 새우젓 감상이라도 하려는 건지 턱까지 괜 채 영진을 계속 뚫어져라 쳐다보았다.

"아! 생각났다. 당신, 외할아버지를 만나러 갔을 때 거기서 봤어. 향루 마을에서 검도 사범하고 있었잖아. 하기야… 벌써 2년 전인가? 그때는 머리 모양도 달랐고 병을 앓고 있었으니 못 알아볼 만도 해. 하지만 정말 세상 좁다~ 그 산골 마을에서 본 사람을 이런 곳에서 다시 만나게 될 줄 몰랐어."

하지만 정말로 세상이 좁다고 느낀 것은 이안과 현재였다. 그 비밀스럽던 마을에 다나의 외할아버지가 살고 있었다니.

"흥, 그렇다면 화재로 향루산이 불타 버렸다는 것도 알고 있겠군. 그때문에 심장 약한 노인네들이 많이 죽었지. 아가씨 외할아버지는 무사했나 보지?"

"아니, 돌아가셨어. 하지만 화재 때문이 아니라고 아빠가 그랬어. 칼에 찔려서라고. 앗! 그러고 보니 당신, 검도 사범이었지!"

"내가 아니야!"

영진이 버럭 소리를 질렀다. 하지만 기죽을 다나가 아니었다.

"아님 말지 왜 소리를 지르고 그래!"

이안은 씩씩대는 두 사람 사이에 조심스럽게 끼어들었다.

"저기… 그렇다면 언니 외할아버지가 혹시 촌장님?"

"맞아. 외할아버지는 마을 촌장님이셨어. 그런데 어떻게 네가 알지?"

세상은 생각했던 것보다 훨씬 더, 더 좁았다. 박 노인이 바로 다나의 외할아버지일 줄이야.

"그냥… 그 마을에 여행 갔다가 들은 얘기가 있어서요."

그러자 영진이 한쪽 입술을 씰룩거리며 웃었다. 이안은 더 이상 거짓말로 둘러댈 수가 없다고 생각했다.

"아, 그래서 너희들이 새우젓처럼 생긴 이 사람을 아는 거구나. 그럼 혹시 너희들, 우리 할아버지를 찌른 범인에 대해선 뭔가 아는 게 없니? 나보다 아빠가 더 상심이 커. 외할아버지를 무척 좋아했거든. 그래서 지금 범인을 열심히 찾고 있지. 잡히면 아마 경찰에 안 넘기고 직접 처리해 버릴 거야. 누군지 몰라도 조금 불쌍하긴 해. 우리 아빠 생각보다 잔인한 구석이 있거든. 최근에는 좀 더 심해진 것 같지만. 어떨 땐 나도 무섭다니까."

이안과 현재는 다나를 따라다니는 저 무서운 보디가드들이 그녀의 아버지 부하라는 사실을 떠올렸다. 상록이 범인이라는 것이 밝혀지면 그를 콘크리트 아래에 묻어버리려 들지도 몰랐다. 게일이 그들에게 죽임을 당할 일은 없겠지만 자칫하다간 일이 복잡하게 꼬일지도 몰랐다.

그러나 눈엣가시 같은 상록이 위험하다는 것을 알게 된 영진은 아까부터 기분 나쁘게 웃고만 있었다.

"이봐, 아가씨, 내가 그 범인에 대해서 좋은 정보 가르쳐 줄까?"

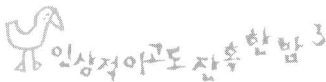
인상적이고도 잔혹한 밤 3

    승수와 함께 차로 돌아온 시내는 일단 수양원의 감시가 미치지 않는 길까지 차를 돌려 나왔다. 그리고 자신의 노트북으로 인터넷을 연결해 락&조이 콜라와 몽환이라는 알약에 대한 정보를 조사하기 시작했다. 하지만 콜라와 몽환의 제조사가 서로 연관되어 있다는 어떤 단서도 발견할 수 없었다. 유일한 공통점이라면 콜라의 구매자와 수양원 원생들의 증가가 정비례한다는 사실뿐이었다.

    한쪽에서는 승수가 또 한 대의 노트북으로 카메라에 찍힌 파일들을 열심히 불러들이는 중이었다.

    "뭔가 건진 것 좀 있어?"

    "녹음기는 잡음이 심해서 포기했고 카메라는 찍는 위치가 무척 불안했나 봐. 대부분 초점이 안 맞았어. 건진 건 그나마 이것뿐이야."

    시내는 승수의 노트북 화면을 자세히 주시했다. 쓰러진 상태에서 찍었는지 초점이 상당히 높게 맞춰져 있어 화면 상단의 2/3가량이 천장이었다. 그리고 나머지는 벽이었는데 사람들이 모두 돌아서 있어 얼굴을 알아볼 수 없었다.

"참나, 이건 도대체 어느 시대야? 중세 수도사들도 아니고."

승수의 말대로 돌아서 있는 사람들은 그나마 모두 후드가 달린 검은 로브를 입고 있었다. 그래서 마치 준엄한 의식을 치르고 있는 것처럼 보였다.

"잠깐! 여기 좀 더 크게 해봐."

사내는 사람들 앞에 달려 있는 거울을 가리켰다. 그들은 모두 돌아서 있었지만 거울에 몇몇 사람들의 얼굴이 비춰졌던 것이다. 승수가 그 부분을 크게 확대하자 얼굴을 알아볼 수 있을 정도가 되었다. 사내는 그중 한 사람을 가리켰다.

"이 사람 왠지 낯이 익지 않아? 좀 더 깨끗하게 안 나와?"

"지금이 최대 해상도야. 그런데 정말 낯이 익은데… 어디서 봤더라……?"

승수와 사내는 거울 속의 인물을 한동안 뚫어져라 보았다. 그리고 몇 분 후 사내가 펄쩍 뛰어오르며 고함을 질렀다.

"생각났어, 그 사람!"

"그래, 나도 지금 생각났어."

"그 사람 락&조이 콜라 사장이야. 조금 전 인터넷에서 봤어!"

"그래, 그렇게 유명한 사람이 이런 곳에 오다니."

"역시 락&조이 사장이 이 조직에 깊이 관련되어 있는 거야. 빨리 상록 씨에게 연락해야겠어! 그리고 녹음기의 잡음을 제거할 순 없는 거야? 거기에 두 업체가 무슨 연관이 있는지 단서가 있을지도 모르잖아."

"알았어. 다른 프로그램을 깔고 파일명을 전환해서 다시 한 번 돌려 볼게. 시간은 걸리겠지만 이런 대어를 보고 가만있을 수야 없지."

그러나 시내가 게일에게 아무리 전화를 걸어도 그는 핸드폰을 받지 않았다. 세 번, 네 번 연속해서 걸어봐도 마찬가지였다.

한편 그 시각 게일은 수양관의 지하 쓰레기 처리장에 있었다. 히시 아몬의 밭으로 가기 위해서는 부득이하게 수양관 건물을 통과하지 않 으면 안 됐는데 지하 쓰레기 처리장 말고는 입구가 철저하게 감시되고 있었다.

수양관 건물은 각층 쓰레기 투입구에서 버리는 쓰레기들이 모두 지 하로 떨어지도록 되어 있는 구조였다. 게일은 쓰레기가 떨어지는 지하 통로를 통해 위층으로 올라가서 문을 열고 나갈 생각이었다. 통로는 게일이 양팔을 벌린 것보다 좁았다. 이 정도 공간이라면 올라가기에 적당했다. 그는 고개를 들어 기다란 통로 위를 한번 올려다보았다. 변 변한 손잡이도, 발 받침대도 없었지만 그는,

"이 정도라면 해볼 만하군."

이라며 양팔을 벌려 벽을 짚었다. 그리고 양다리도 벌려 벽에 딱 붙 였다. 그는 네 개의 발로 통로를 기어 올라갔다. 팔꿈치와 손바닥에 기분 나쁜 이물질이 묻는 것 빼고는 올라가는 데 아무 문제가 없었다. 1층 쓰레기 투입구까지 도착하자 그는 안으로 고개를 들이밀고 주위 의 상황을 살폈다.

자줏빛 카펫이 깔려 있는 복도에는 아무도 없었다. 게일은 사뿐히 안으로 뛰어내렸다. 기다란 복도의 벽에는 양 옆으로 문이 달려 있었 다. 누군가 계단을 내려오는 발소리가 들리자 그는 재빨리 불이 꺼져

있는 방으로 들어가 몸을 숨겼다.

하지만 방 안으로 들어간 게일의 얼굴은 천천히 일그러졌다. 컴컴한 방 안에 수많은 사람들의 기척이 느껴지고 있었기 때문이다.

팟!

일순 방 안에 불이 밝혀지고 수십 개의 까만 눈들은 그를 응시했다. 단체로 명상이라도 하는 중이었는지 모두들 가부좌를 틀고 앉아 있었다. 이마에는 푸른 반점이 있고 두 눈은 초점조차 잡히지 않는 그들. 모두 몽환에 중독되어 있는 상태인 것이다.

지이이잉…….

게일의 손에 웨일 소드가 나타났다.

"크크, 죽고 싶은 녀석들은 덤벼라."

게일은 그들을 겁주기 위해 최대한 잔인한 표정을 지었다. 하지만 약에 취해 있는 사람들에게는 소용없는 행동이었다. 앉아 있던 그들은 게일과 한판 대결이라도 벌일 듯 모두 천천히 일어섰다.

"하는 수 없군."

게일은 다시 복도로 나갔다. 아무리 몽환에 중독됐다고 하지만 어쨌거나 살아 있는 사람이다. 함부로 죽일 수야 없었다. 하지만 복도의 상황도 그다지 좋지만은 않았다. 어떻게 알았는지 복도 양끝에서 사람들이 몰려들어 오고 있었다. 그들도 초점 풀린 눈으로 천천히 앞으로 걸어나오며 양쪽 끝에서 게일을 조여왔다. 손에는 쇠파이프, 쇠사슬, 낫이나 도끼 등 들고 있는 무기도 제각각이었다. 그중에는 권총을 든 사람들도 몇몇 섞여 있었는데, 모두 게일을 안내하던 도우미들이었다.

게일은 방 안에서 복도로 나오는 사람들과 복도 양끝에서 조여오는 사람들을 견제하며 위협적으로 검을 세워 들었다.

지이이이잉…….

웨일 소드가 한층 큰 소리로 울어대며 숨 막힐 듯한 검기를 뿜어냈다. 사람들은 보이지 않는 힘에 의해 목이라도 졸리는 것처럼 캑캑댔다.

탕! 탕! 탕!

그중 한 명이 총을 발사했다. 한 발은 빗나가고 두 발은 게일의 심장과 머리를 향해 정확하게 날아왔다. 그는 귀신 같은 솜씨로 심장과 머리의 총알을 베어냈다. 그러나 나중에 막아낸 머리의 총알은 극미한 시간의 오차 때문에 뺨을 스치도록 허용해야만 했다.

"윽!"

모여 있던 사람들은 그제야 권총의 위력을 깨달았는지 게일을 향해 총구를 겨눴다. 총을 갖지 않은 사람들은 그들의 뒤에 포진해 언제든지 싸울 수 있도록 무기를 치켜들며 다가왔다. 순식간에 전투 진형이 갖춰진 것이다.

게일은 눈동자를 굴려 재빨리 사방을 살폈다. 삼면은 적, 한 면은 벽, 그야말로 사면초가였다. 어느 곳도 뚫고 나가기 쉽지 않아 보였다. 총의 위력에 대해 알고 있는 그는 섣불리 덤벼들 수도 없었다. 지금처럼 총알을 베어버리는 것도 가능하지만 그것은 몇 개뿐일 것이다. 그중 하나라도 제대로 맞는 날에는…….

다행히 벽이라고 생각했던 곳에서 얼마 떨어지지 않은 곳에 방문이 있었다. 게일은 사람들을 견제하며 천천히 뒷걸음으로 그 문에 다가가 손잡이를 돌렸다. 잠겨 있지 않은 빈방이었다. 유리창은 열 수 없게 만든 통유리였지만 깨고 나가면 될 것 같았다.

게일이 방 안으로 사라지자 사람들도 그를 따라 방으로 들어왔다. 제일 처음 방 안에 들어선 사람은 권총을 가진 도우미였는데 방 안에 아무도 없는 것을 보고 당황해서 주위를 두리번거렸다. 그러나 몇 번 두리번거리다가 맥없이 앞으로 고꾸라졌다. 천장에 매달려 있던 게일이 그의 위로 뛰어내리며 검 손잡이로 뒤통수를 내려친 것이었다.

탕!

도우미가 쏜 총알이 아무 의미 없이 천장을 뚫고 들어갔다. 그러자 방 안에 들어오려던 사람들이 흥분해서 너도나도 총을 쏴댔다. 실내는 순식간에 벌집이 되고 화약 연기로 자욱해졌다. 그러나 자욱한 연기가 가라앉자 게일이 멀쩡한 모습으로 우뚝 서 있었다. 총알은 벽과 천장을 벌집으로 만들어놓았을 뿐 그에게는 스치지도 못했다. 용기있게 안으로 들어와 그를 쏜 사람이 없었던 것이다.

게일은 감히 자기에게 덤벼드는 녀석들을 혼내주고 싶었지만 지금은 매우 바쁘기에 봐주기로 했다.

"운 좋은 줄 알라고!"

하지만 그가 통유리를 깨고 창밖으로 나가려 할 때였다.

"여러분, 뭣들 하십니까! 우리의 평화를 파괴하려는 자를 그냥 두실 겁니까!"

총을 든 한 사람이 다급하게 소리치자 사람들 속에서 소요가 일어났다. 그러자 총을 든 또 다른 남자가 그들을 선동했다.

"형제 여러분, 다시 예전의 형편없는 나로 돌아가고 싶으신 겁니까! 저자를 과거의 나라고 생각하십시오! 과거의 나를 죽여야만 새롭게 태어날 수 있습니다!"

"쳇, 무슨 개뼈다귀 같은 소리야……."

게일은 그들의 말을 조용히 비웃으며 검을 휘둘렀다. 섬광이 스치자 요란한 소리를 내며 두꺼운 통유리가 금방 반짝이 가루가 되어 부서졌다. 밤하늘 속에 부서져 내리는 유리 조각은 마치 보석 알갱이처럼 아름다웠다. 그가 사람들을 향해 손을 흔들며 뛰어내리려 할 때였다.

"우와아아악!"

쇠파이프와 도끼를 든 서너 명의 사람들이 갑자기 사나운 얼굴로 달려들어 왔다. 뒤이어 나머지 사람들도 기다렸다는 듯 돌격해 왔다. 그대로 뛰어내려 탈출하려던 게일은 잠시 멈칫했다. 그는 양미간을 찡그리며 살기를 품고 있는 한 남자를 쳐다보았다. 아는 얼굴이었다. 안 그래도 비실비실하던 명현은 며칠 새 완전히 뼈만 남아 있었다. 그런 주제에 휘청거리며 잘도 커다란 도끼를 들고 달려들어 왔다. 그 역시 눈에는 초점이 없었고 이마에는 중독 증상을 알리는 푸른 얼룩 자국이 보였다.

사람들이 일제히 공격해 들어오자 게일은 옆에 있는 책상으로 뛰어올랐다. 그에게 덤벼드는 사람들의 턱을 힘껏 발로 걷어차 버리거나 정수리를 검 손잡이로 가볍게 내려쳤다. 정신을 잃게 만들기 위한 방법이었다. 멀쩡한 사람을 죽일 수야 없지 않은가?

그사이 명현은 도끼를 휘둘러 게일의 발등을 내리찍으려 했다. 그야말로 믿는 도끼에 발등 찍히는 상황이었다. 게일은 가볍게 발을 피한 후 명현의 팔목을 밟았다. 그 정도까지 힘껏 밟은 건 아니었는데 팔목에선 우두둑 뼈가 부러지는 것 같은 소리가 들렸다.

"으아아악!"

"제길, 그때 이 녀석이랑 말을 하지 말았어야 하는 건데."

명현이 비명을 지르며 도끼를 놓치자 게일은 그의 팔을 붙잡아 책상 위로 끌어 올렸다.

"죽여야 돼! 죽여야 돼! 그래야 새롭게 태어날 수 있어……."

명현은 증오에 가득 찬 눈으로 게일을 노려보며 중얼거렸다. 어떤 일을 당했기에 짧은 며칠 사이에 이 지경이 된 건지 알 수 없었다. 하지만 게일의 주먹을 얻어맞고 그는 곧 정신을 잃었다.

"정신 차리면 가만 안 둘 테니 각오하라구!"

게일은 명현을 옆구리에 낀 채 창밖으로 뛰어내렸다.

"으… 차거!"

명현은 고함을 치며 깨어났다. 눈을 뜨니 세면장의 하얀 타일과 낯익은 얼굴이 보였다. 그는 소매로 젖은 얼굴을 닦아내며 반신반의하게 물었다.

"당신은… 게일 씨?"

그러다 팔목이 아픈지 얼굴을 일그러뜨렸다.

"죽이려고 했으면서 이제야 생각난 것 같은 얼굴 하지 마!"

"죽이려 했다고요? 누가요? 설마 제가… 당신을요? 에이, 거짓말 마요. 뭔가 오해가 있었겠죠. 어쨌든 너무했어요. 한겨울에 찬물을 뒤집어씌우다니… 에취!"

손가락으로 코끝을 문지르는 명현은 너무나 천진해 보였다. 조금 전 일을 전혀 기억하지 못하는 게 분명했다.

"흥! 죽이지 않아준 것만도 고마워하라구. 뭐… 기억할 거라고는 생각도 안 했으니 그 문제는 일단 접어두자고. 하지만 소심증 환자 녀석이 사람을 향해 도끼를 휘두르다니, 그 약의 효과가 대단하긴 대단하군."

"도끼라뇨? 저는 조금 전까지 수양관에서 명상을 하고 있었다고요.

어쩌다 당신을 만나게 됐는지는 생각 안 나지만……."

"그 생각 안 나는 사이에 그렇게 된 거야. 도끼를 휘두르다 팔목이 부러진 것도 물론 기억 안 나겠지?"

명현은 아까부터 아파오던 오른 팔목을 자세히 들여다보았다. 게일의 말을 듣고 보니 부러진 것도 같았다. 그런데 어째서 이렇게 되도록 생각이 나지 않는 걸까? 생각하려고 애를 쓰자 머리가 깨질 것처럼 아파왔다. 이럴 때는 몽환만큼 약효가 빠른 약도 없었다. 명현은 주머니에서 약병을 꺼냈다. 하지만 곧 게일에게 빼앗겨 버렸다.

"얼른 주세요! 그게 없으면 전……."

하지만 게일은 약병을 열고 알약들을 그대로 하수도 속에 흘려 버렸다. 명현은 제정신인 상태에서 처음으로 화를 내며 게일을 노려보았다.

"그게 얼마나 어렵게 구한 건데… 당신, 제정신이에요!"

"훙! 네 몰골을 한번 봐. 이게 정상으로 보여? 산송장이 따로 없다구."

게일은 명현의 머리를 움켜쥐고 세면장의 거울 앞에 들이밀었다. 거울 속에 있는 명현의 얼굴은 꺼칠해 보이는 피부에 안색은 납덩이처럼 파리했다. 두 눈은 움푹 들어가 퀭했고 계집애처럼 발그스름하던 입술은 메말라서 껍질이 비늘처럼 일어나 있었다. 명현은 그런 자신의 얼굴을 한동안 멍하니 바라보았다.

"이게 제 얼굴이라고요?"

"그럼 누구라고 생각하지?"

그는 충격을 받았는지 떨리는 손으로 거울 속에 있는 얼굴을 만져보았다.

"우… 우욱! 욱!"

또다시 두통이 났다. 온 세상이 빠른 속도로 회전하는 것처럼 어지럽고 속이 메스꺼워서 참을 수 없었다. 몽환이 필요했다. 몽환을 먹지 않으면 그대로 머리가 터져 버릴 것 같아 명현은 알약이 흘러 들어간 하수도 속으로 손을 집어넣고 휘저어보았다. 하지만 알약이 남아 있을 리 없었다.

지켜보던 게일조차 안타까울 정도였다. 그는 향루산에 갔을 때 해골 신랑이 준 약이 생각나 명현에게 내밀었지만 거들떠보지도 않았다. 명현에게는 오직 몽환만이 필요한 것이다. 하는 수 없이 완력으로 입을 벌리게 해 약을 집어넣고 물을 먹였다.

"크헉! 큭!"

명현은 약을 뱉으려고 발버둥 쳤지만 게일이 입을 틀어막고 있어 뜻대로 할 수 없었다. 그러자 눈이 뒤집히며 곧 숨이 넘어갈 것처럼 헐떡거렸다. 그는 급기야 죽은 것처럼 온몸이 축 늘어졌다. 하지만 잠시 후 이마의 푸른 얼룩이 사라지고 혈색이 서서히 돌아왔다.

명현은 크게 한숨을 내쉬더니 눈을 반짝 떴다. 게일은 비로소 그를 놓아주었다.

"당신의 말이 맞는지도 모르겠어요."

명현은 모든 것을 고백하듯 말했다.

"제가 이곳에서 제일 좋아하는 시간이 명상 시간인데 명상을 하기 전에 꼭 몽환을 먹죠. 그러면 무척 기분이 좋아져요. 하지만 명상에서 깨어나 보면 발에 흙이 묻어 있다거나 몸에 상처가 나 있기도 해요. 왜 그렇게 됐는지는 전혀 기억할 수 없죠."

"멍청한 녀석, 그런데 한 번도 의심을 해보지 않았단 말야?"

"물론 이상하게 생각했죠. 하지만 명상을 하다 보면 그런 경우도 있다고 하더군요. 그건 자신이 무의식과 깊이 결합하기 때문이래요. 그런 경우 있잖아요, 꿈속에서 다친 곳이 실제로 아픈 경우 말예요. 자기의 단점을 고치기 위해선 무의식 속에 깊이 들어가서 마음에 들지 않는 자신을 죽여야 한대요. 그래서 저 같은 현상을 모두들 좋은 징조로 받아들여요. 하지만 역시 좀 이상한 부분이 있기는 하죠. 그래도 모두 의심을 하지 않으니까……."

그 말을 듣던 게일은 명현의 목덜미를 붙잡아 세면장에서 끌고 나왔다.

"더 이상 우물쭈물할 시간 없어. 일단 독의초 밭으로 날 안내해."

명현의 안내로 게일은 나무들이 빽빽하게 들어차 있는 숲 속의 개울을 건너 히시아몬의 밭으로 가는 길을 알게 되었다. 개울을 건넌 후 숲을 벗어나자 제일 먼저 보인 것은 작은 불빛들이었다.

"저긴 수양원에 기거하는 사람들이 사는 집이에요. 저기에 제 집도 있어요."

게일도 스맬다를 따라와 예전에 한번 본 곳이었다. 하지만 집을 대신해 질서정연하게 늘어선 컨테이너의 숫자가 그때보다 엄청 많이 늘어나 있었다.

"전 명상을 하지 않을 때는 밭에서 일을 해요. 여기에 거주하면서 일을 하면 약을 훨씬 싸게 살 수 있거든요. 여러 가지 혜택도 많고요."

"제정신이 아니군."

"저희 아버지도 그렇게 말씀하셨어요. 그래서 하는 수 없이 집에서 돈을 훔쳐 가지고 나왔죠. 여기 입주하려면 처음에 기탁금을 내야 하거든요. 하지만 가족들도 이곳을 알게 되면 모두 좋아하게 될 거라고 생각해요. 이곳이야말로 낙원이니까."

"흥, 낙원이라고? 이곳이야말로 지옥이다, 네 녀석들의 돈을 빼앗고 노동력까지 착취하는. 게다가 끔찍한 살인까지 저지르게 만들잖아."

"그렇지 않아요! 이곳에 있는 동안 저는 무슨 일이든 할 수 있다는 자신감을 얻었는 걸요!"

"자신감을 얻었다면 왜 이런 곳에서만 갇혀 지내려는 거지? 게다가 열심히 노동한 대가로 고작 엉터리 약 따위나 사 먹는 녀석이 자신감이라니. 네 녀석은 약에 의지하지 않고는 자신감 따위 갖지 못하는 거야. 처음 만났을 때보다 훨씬 더 형편없는 녀석이 돼버렸어."

"아니에요. 난… 난……."

명현은 그러나 한마디도 하지 못했다. 게일은 그런 명현에게는 신경 쓰지 않았다. 눈앞에서 춤추고 있는 초록색의 날벌레를 따라가기에 바빴기 때문이다. 파테민을 따라가자 어느새 히시아몬의 밭에 와 있었다.

어두운 밤하늘 속에서 무수한 파테민들이 에메랄드 빛을 발산하며 날아다니는 광경은 그야말로 장관이었다. 그 빛으로 인해 넓은 히시아몬 밭에서 일하는 사람들은 따로 불을 피울 필요가 없었다. 은은한 초록빛이 감도는 밭에는 여전히 원기둥처럼 거대한 건물이 서 있었다. 지금 보니 무척이나 부자연스러운 건물이었다.

스멜다는 저 건물이 격리동이라고 했던가? 하지만 게일이 그곳으로 쳐들어가지 못하도록 거짓말을 한 것이 분명했다. 이틀이란 시간을 벌기 위해서.

'제길! 왜 그때 눈치 채지 못했지?'

게일은 싸일러프라스 나무가 있어야 할 자리에 대신 있는 그 건물을 원망스럽게 노려보았다. 저 건물은 싸일러프라스 나무를 숨기기 위한 장치가 분명했다. 하기야 살아 있는 나무를 수많은 이목으로부터 지키기 위해서는 어쩔 수 없었을 것이다. 어쨌든 지금이라도 건물의 비밀을 알아냈으니 다행이었다. 아직 제의제가 열리기로 한 날에서 하루가 남아 있었으니까.

게일은 명현을 뒤로한 채 성큼성큼 걸어갔다. 밭 한가운데로 그가 걸어가자 잎사귀에 매달려 있던 파테민들이 초록빛을 뿌리며 화르륵 날아올랐다. 하지만 격리동 입구에 도착한 게일은 잠시 주춤했다. 들어가는 문을 찾을 수 없었던 것이다. 둥근 벽에 네모 모양으로 틈이 나 있긴 했지만 손잡이도, 아무것도 없었다. 엘리베이터와 같은 원리라고 생각한 그는 문 앞에 있는 기계들을 이리저리 누르고 만져 보았지만 꿈쩍도 안 했다. 더 이상 참지 못하고 웨일 소드를 불러 문을 베어버리려는 그를 명현이 가까스로 만류했다.

"기다려요! 여긴 출입 카드가 있어야 들어갈 수 있다고요."

명현이 문 앞에 있는 기기에 카드를 들이대고 번호를 누르자 언제 그랬냐는 듯 네모난 틈의 한가운데가 벌어지며 스르르 문이 열렸다. 그러자 게일은 망설이지 않고 뛰어들어 갔다. 그의 손에 들고 있던 웨일 소드에서 푸른색의 잔상이 일렁였다. 마기를 감지한 것이다.

'설마 제의제가 앞당겨지기라도 한 건가? 아니, 이건 마리로슈의 마기가 아니야. 그보다는 훨씬 약해. 하지만 어딘지 익숙한 기운이다!'

그는 3층으로 뛰어 올라갔다. 명현이 겁을 먹고 소리쳤다.

"안 돼요! 거긴 신성한 곳이라 출입하면 안 된다고요!"

"엿이나 먹으라고 해!"

벌컥!

게일은 3층 방으로 들어가 어느 한 문을 열어젖혔다. 다행히 명현이 그 방의 비밀 번호도 알고 있었던 것이다.

넓은 방이 눈앞에 펼쳐졌다. 방의 중앙에는 1층부터 3층까지 관통하는 거대한 유리관이 세워져 있었다. 하지만 비어 있는 유리관이었다. 대신 유리관 주위에는 배양액이 담긴 시험관이 여러 개 있었는데, 모두 비슷한 내용물이 들어 있었다. 어떤 나무에서 잘라낸 나뭇가지. 그 잘려진 자국에서는 피라도 흘리듯이 허연 액체가 흘러나왔다. 허연 액체는 담겨 있는 배양액 속에서 마아블링 같은 무늬를 만들어냈다.

'설마 여기가 제의제가 행해지는 장소가 아니었단 말인가?

유리관 안에 있어야 할 싸일러프라스 나무는 온데간데없고 그 가지만 남아 있는 것이었다.

와장창창……!

게일은 웨일 소드를 휘둘러 나뭇가지를 배양하고 있던 시험관을 깨부수었다. 허연 액체와 뒤섞여 있던 배양액은 밖으로 흘러나오자마자 증발해서 날아가기도 하고, 바닥을 시커멓게 태우기도 하고, 거품을 내다가 젤리처럼 굳어버리기도 했다. 싸일러프라스 나무를 복제하는 실험을 하기 위해 시험관 속에 각기 다른 배양액을 넣어두었던 것이다.

"어디 있어! 나와!"

게일의 고함 소리는 넓은 방에 메아리가 되어 울려 퍼졌다. 그는 이번엔 비어 있는 거대한 유리관을 향해 달려들었다. 마물은 어디 숨어 있는지 손에 들고 있는 웨일 소드에는 계속해서 시퍼런 빛이 일렁였다.

쩌엉!

웨일 소드가 유리관을 후려쳤지만 어찌나 단단한지 유리는 비명만 울려댈 뿐 꿈쩍도 하지 않았다. 게일은 살기를 피워 올리며 다시 한 번 검을 휘두르려 했다. 하지만 용감하게도 명현이 그를 붙잡았다.

"위험해요! 저기엔 생명의 나무가 들어 있었다고요! 그 나무가 얼마나 영엄한지 당신은 모를 거예요. 저주를 내릴지도 모른다구요."

"생명의 나무? 좋아하지 마! 그건 생명을 잡아먹는 나무라고! 난 그 괴물을 빼돌린 녀석들과 만나야 해! 이 소란을 들으면 놈들도 가만있지는 못하겠지."

게일은 자기를 끌어안고 말리는 명현을 거칠게 떠밀었다. 그리고 다시 유리관을 깨부수려는데 힘없이 바닥에 나동그라졌던 명현이 비틀거리며 일어섰다.

"역시 당신은 대단한 사람이에요. 나 같은 사람은 흉내도 낼 수 없는… 맞아요, 저는 그 나무가 사람들을 잡아먹는 걸 몇 번 본 적이 있어요. 처음엔 무서워서 떨었지만 어쩔 수 없었어요. 생명의 나무가 시들면 우리의 약도 만들 수가 없다고 했거든요. 전 그 약 없이는 살 수가 없어요. 그러니 제발……."

"아니, 넌 몽환이 없이도 충분히 살 수 있어. 아까 내가 준 약을 먹고 이마에 있던 푸른 반점이 사라졌어. 몽환의 해독 작용을 한 거지. 몽환이 없으면 안 된다고 생각하는 건 네 의지가 나약하기 때문이야."

"아, 정말… 몽환을 먹어야만 머리가 안 아팠는데 아까부터는 두통이 나지 않았어요. 당신은 정말 대단하군요!"

"감탄하고 있을 때가 아니야. 빨리 이 괴물 나무를 찾아 없애지 않으면 앞으로 더 많은 희생자가 나올 거야."

"잠깐 기다려요! 생명의 나무에 관한 기록이 어디 있는지 알고 있어요. 어디로 옮겨졌는지도 적혀 있을 거예요. 그 기록실을 관리하는 사람이랑 조금 아는 사이라 몰래 열쇠를 빼내오면 되거든요."

활기를 띤 명현을 게일이 조금 의외라는 얼굴로 쳐다보자 그는 쑥스러운 듯 코끝을 문질렀다.

"염려 말아요. 금방 돌아올 테니 그때까지 얌전히 기다려요. 괜히 소란을 피웠다가 경보벨이 울리게 되면 우린 이 수양원에 있는 수천 명을 상대로 싸워야 될 거라구요."

"우. 리. 라고?"

"네, 당신과 전 한팀이잖아요. 당신 말대로 저도 남자라구요. 남자라면 자기 스스로 그늘을 드리울 줄 알아야 되잖아요. 스스로 판단하고 행동하고 책임지는 거, 그리고 다른 사람을 지키려는 자세, 그걸 얘기하는 거였죠?"

"그래서 날 지키겠다는 거야?"

"저도 남자니까요."

게일이 황당해서 쳐다보자 명현은 생긋 웃었다. 해골 뼈다귀처럼 볼 품없는 얼굴이었지만 아직도 계집애처럼 예쁘장한 모습이 남아 있었다.

"쳇, 그런 얼굴로 남자 운운하지 마. 좋을 대로 하라구."

"그럼 금방 갔다 올게요."

명현은 활짝 웃으며 밖으로 뛰쳐나갔다.

거대한 유리관 앞에는 재단이 있었다. 그곳에서는 섬뜩한 한기가 피어오르며 작은 울음소리가 들려왔다. 수많은 사람들의 원혼이 달라붙어 있었던 것이다. 싸일러프라스 나무를 위해 목숨을 잃은 사람들의 원혼일 것이다. 게일은 재단의 아래에 떨어져 있는 한 장의 사진을 보았다.

바닷가의 저택을 배경으로 서 있는 소녀. 게일은 그 저택을 재경의 사진 속에서도 한 번 본 적이 있었다. 피에 젖은 바다 위에 떠 있던 고성 같은 저택.

하지만 사진 속에 있는 소녀는 재경이 아니라 다나였다. 지금보다 훨씬 어리고 병약한 분위기였지만 그녀가 분명했다. 비로소 모든 것을 이해할 수 있을 것 같았다.

"후훗, 이게 미궁이라는 것이로군. 이것도 날 불러들이기 위한 마리로슈의 계획이겠지, 데이린?"

그는 시퍼렇게 빛나는 검을 앞으로 세우며 씨익 웃었다. 그러자 눈앞에 어느새 새하얀 데이린이 서 있었다. 데이린의 출현과 함께 기묘한 향기가 방 안을 휘감으며 바람도 없는데 그의 하얀 머리카락과 옷자락이 나풀나풀 나부꼈다.

"여기까지 오느라 수고하셨습니다."

"역시 그랬군. 마리로슈가 다나의 아버지를 도우라고 네게 명령했던 건 두 사람이 서로 손을 잡고 있다는 뜻이겠지? 그렇다면 미궁이란 다나의 집, 바로 네가 갇혀 있었던 그 집을 말하는 것이야. 바로 이 바닷가의 저택! 그곳에서 제의제가 열린다는 얘기가 되는 건가?"

"글쎄요……."

데이린은 얄미울 정도로 아름답게 미소를 지어 보였다.

"그래서 마리로슈가 보낸 거냐? 날 막으라고?"

"여기엔 일 때문에 온 거랍니다. 죽어가는 원생들을 살리는 이벤트도 가끔 벌여야 장사가 되거든요. 당신이 저를 위해하지 않으신다면 저 역시 당신을 막지 않을 겁니다."

"여유만만이로군."

"여유가 없는 건 당신이죠. 후훗, 이곳에서 미궁이란 단어란 복잡한 미로로 만들어진 궁에서 유래된 것이라고 하더군요. 그 사진 속의 저택은 미궁을 본따 지은 것으로 유명하답니다. 지철이란 자는 사진을 보고 미궁의 의미를 깨달았겠지만 당신에게는 알려주지 못했지요. 안타깝게도 이제는 늦었답니다. 제의제는 바로 내일이지만, 대개 그날의 첫 번째 시간에 열리기 마련이니까요."

방 안에 있는 시계는 오후 아홉시가 조금 넘어 있었다. 제의제가 열리기까지 세 시간이 채 남지 않은 것이다. 게일은 빙글거리며 미소 짓는 데이린을 노려보았다.

"네 녀석, 운이 좋군. 일이 끝나는 대로 제일 먼저 네놈의 숨통을 끊어줄 테니 그 유들유들한 얼굴도 오늘이 마지막이다!"

"그럼 일단 무사하시기를 바래야겠군요. 저 말고 당신에게 볼일이 있는 사람이 많은 듯하니까요. 그럼 이만 작별 인사를……."

한쪽 다리를 뒤로 빼며 정중하게 인사를 마친 후 데이린은 연기처럼 사라졌다. 그러자 문이 벌컥 열렸다. 게일은 공격 자세를 취하고 재빨리 문을 향해 몸을 돌렸다.

"명현……?"

무슨 일이 있었던 건지 명현은 아랫도리가 벗겨진 채 파리한 얼굴로 서 있었다. 가슴에는 까맣게 탄 작은 구멍이 보였다. 서 있는 상태로 조금도 움직이지 않던 명현의 앞가슴이 일순 붉게 물들어갔다. 그리고 썩은 나무토막처럼 풀썩 앞으로 고꾸라졌다.

바닥에 엎어진 명현의 등은 나선 모양으로 움푹 패여 있었다. 예전, 아영이 죽었을 때 총알이 빠져나간 반대쪽의 머리도 저런 모양이었다. 게일의 짐작대로 쓰러진 명현의 뒤에는 여섯 명의 양복 입은 사람들이 서 있었는데, 그중 한가운데 남자가 총을 들고 있었다.

"예쁘장해서 조금 귀여워해 줬더니 주인을 물려 하다니……."

긴 머리를 하나로 묶은 품위있는 신사는 게일도 잘 아는 사람이었다.

"그는 애완견이 아니라 늑대였다. 너같이 구린 호모 녀석을 무는 게 당연하지."

그러나 비즈니스 스마일의 대가답게 남자는 여유있는 미소를 지으며 악수를 청했다.

"이런 곳에서 만나다니 반갑군."

"유감이군. 난 처음부터 네 녀석을 만나는 게 재수없었거든, 강대철 감독."

대철의 악수에 게일은 살기로 답례를 해주었다. 그사이 대철의 옆에서 있던 다섯 사람들이 게일을 에워쌌다. 나이는 제각각이었는데 하나같이 맵시있게 양복을 입은 신사들이었다. 그들은 옷차림만큼이나 신사적이고 중후하게 무기를 빼 들었다.

찰칵!

다섯 개의 총에서는 일제히 안전장치가 풀리는 소리가 났다. 그리고 그 총구들은 모두 게일의 머리에서 불과 10센티도 떨어지지 않은 곳에 겨눠져 있었다. 마지막으로 대철이 권총의 노리쇠를 뒤로 젖혔다.

"자네를 죽이는 건 개인적으로 매우 아까운 일이지만 우리는 비밀을 지킬 의무가 있는 사람들이지. 이미 자네는 이곳의 비밀에 대해 상당히 많이 알고 있다는 보고를 전해 들었네. 게다가 여기까지 온 이상 살아 돌아갈 생각은 단념하게."

"흥, 그러니까 네 녀석들이 모두 아미탄트 회의 놈들이로군."

"그렇네."

"역시… 아미탄트라는 이름을 쓸 만해. 원래 그 녀석들은 부모 형제 따위도 몰라보는 폐륜아 집단이거든. 그 비밀을 지키기 위해 동생을 죽인 네 녀석은 아미탄트가 될 자격이 충분하지."

"우리 조직은 사사로운 정보다는 비밀을 우선시하네. 쓰레기 같은 녀석이지만 동생을 죽인 내 맘도 편하지만은 않았지. 처음엔 끌고 와서 회유하려 했지만 여러 가지 비밀을 알아낸 후 도망치려 해서 어쩔 수 없었지. 쓰레기 같은 녀석이라선지 좋은 약을 먹여도 소용없더군."

"네 동생은 당뇨 때문에 락&조이의 음료수를 마시지 않았으니까. 그래서 네 녀석들의 약에도 아무 반응이 없었던 거다. 네놈들의 자금원은 락&조이 사(社)인가?"

"처음엔 그랬지만 지금은 그 반대지. 락&조이 사는 모든 자금을 마케팅과 홍보비에 털어 넣었고 몽환이라는 약을 만들어 무료로 나눠 주는 데 쏟아 부었지. 그리고 지금은 수양원에서 벌어들이는 수입으로 회사를 유지해 나가고 있다네. 자네도 알다시피 몽환에 중독된 녀석들은 아무리 비싼 돈을 주더라도 복용하고 싶어지거든. 마약보다도 더 달콤한 유혹이지. 그래서 전 재산을 기탁하고 이곳에서 사는 이들도 많네. 그들에겐 매우 싼값에 약을 구입할 수 있게 하거든. 하지만 사실 그 약의 원가는 유통되는 가격의 1%도 채 안 되지."

"하지만 지금은 그렇지 않을걸. 향루산에 있는 히시아몬, 이곳에선 독의초라고 했던가? 그 밭이 모두 불타 버렸으니까. 여기 있는 양의 수십 배는 될 것 같더군. 몽환의 주원료는 히시아몬이 아니었던가?"

"상관없네. 우리에겐 생명의 나무가 있고 곧 그 나무를 복제하는 데 성공할 테니. 자네만 처형하면 모든 일이 순조로워질 테지."

"웃기지 마. 처형당하는 건 네 녀석들이다."

철컥!

게일은 순식간에 대철의 목을 끌어안고 총구를 그의 머리에 들이댔다. 게일의 손에서 총이 나타나자 모두들 놀란 얼굴이었다. 그는 재경의 집에 있던 총을 가지고 온 것이다.

"물러서. 안 그러면 이 녀석 머리에 구멍을 내주겠다."

타앙!

하지만 게일의 인질극은 전혀 효과가 없었다. 아미탄트들은 대철이 어떻게 되든 상관없이 게일에게 총을 쏘아댔다. 이미 그럴 거라 예상했던 게일은 재빨리 대철의 뒤로 몸을 숨겼다. 그로 인해 총알받이가 된 것은 대철이었다. 게일은 대철을 은폐물로 삼으며 그들에게 총을 쏘아댔다. 처음 해보는 사격이라 정확하진 않았지만 상대에게 치명적인 상처를 입히고 도망칠 수는 있었다.

"아, 이젠 들려!"

승수의 노트북 스피커에 귀를 대고 있던 시내는 손가락으로 오케이 사인을 보냈다. 잡음을 제거한 녹음 소리는 별로 크지 않았지만 프로그램의 볼륨을 최대한으로 높이자 들을 수 있을 정도였다. 녹음기에서는 중후하고도 건조한 목소리가 흘러나오고 있었다. 중간에 스르르… 거리는 소리는 영사기라도 돌아가고 있는 것 같았다.

―여러분이 보는 이 발광충은 독의초라는 약초만을 먹고 자라오. 독의초란 잎사귀는 해독제로 쓰이고 뿌리는 독극물로 쓰이는 매우 희귀한 식물이오. 우리 연구진은 독의초와 발광충의 각종 성분을 추출해 여러 가지 실험을 해봤소. 그 결과 발광충의 날개에서 매우 특이한 물질을 발견해 냈소. 임의로 '래버린스(미궁)'라 이름 붙인 이 물질은 어떤 물질에도 반응하지 않다가 독의초의 잎과 만나면 무서운 환각 물질로 변하게 되는 거요. 그 효과는 일반 마약과는 비교도 되지 않소. 우리는 곧 이 환각 물질을 안전하게 판매할 수 있는 루트도 생각해 냈소. 여러분이 아는 대로 바로 락&조이 사라는 음료 회사와 청목 수양원을 설립한 것이 그것이오. 그리고 락&조이 사의 모든 음료에는 래버린스라는 물질을 섞어 시판했소. 또한 수양원에서 만든 몽환이라는 약에는 독의초 잎사귀를 섞었소.

―그러니까 두 개의 식품은 개별적으로는 아무 문제가 없지만 같이 섭취하게 될 경우에는 환각제가 된다는 것이군요. 정말 기발한 생각이셨습니다.

—꼭 두 가지를 같이 섭취할 필요는 없소. 래버린스는 몸 안에서 일주일 정도의 잠복기를 가지니까. 물론 모험이었소. 락&조이 사의 음료를 마시는 자와 몽환이라는 약을 먹는 자의 교집합이 얼마나 되느냐가 관건이었으니. 하지만 해볼 만한 승부였지. 한번 천국을 보게 된 사람은 다시는 속세로 떨어지고 싶어하지 않는 법이니 말이오.

—요즘 계속 두 제품의 소비량이 증가하고 있습니다. 더 이상은 모험이 아니죠.

—아니, 아직 멀었소. 내 목표는 이 나라뿐 아닌 전 세계가 모두 그 교집합 속에 들어오는 것…….

—헉!

—누구냐!

툭! 뿌우…….

그 소리를 끝으로 더 이상 말소리는 들리지 않았다. 웅성대는 소리가 흐릿하게 들렸고 총을 쏘는 듯한 소리도 들리다가 정적이 계속되었다.

녹음된 소리를 듣고 있던 시내와 승수는 반쯤 넋이 나간 얼굴로 서로를 바라보았다. 시내가 먼저 소름 돋은 팔을 쓸어내며 말했다.

"아까 그 남자 락&조이 사장인 거지? 그자의 말이 사실이라면 정말 끔찍한 일이잖아!"

"더 끔찍한 건 그런 남자의 외모에 속아 락&조이 콜라를 마시는 여자들이지."

"무슨 소리야?"

"기자라면서 그런 것도 몰랐어? 락&조이 사가 뜨게 된 원인 중 하나가 그의 외모에 대한 신드롬 때문이잖아. 로맨스 소설 주인공처럼 완벽하니까."

"그래 봤자 40 넘은 중년 아저씨잖아."

"원래 중년의 원숙미가 더 무서운 법이지. 게다가 젊어서 사별한 부인을 아직도 못 잊어한다더군. 로맨틱하지?"

"소설 쓰고 있네."

입술을 삐죽 내밀던 시내는 그 순간 총소리를 듣고 멈칫했다.

"들었어?"

"응."

"빨리 안으로 들어가!"

"좀 더 기다려 봐. 들어갔다가 못 나오면 어쩌려고."

"하지만 그가 위험한 상황이면 어떡해! 그에게 분명 무슨 일이 생긴 거라고."

흥분해서 소리치는 시내를 승수는 예리한 시선으로 바라보았다.

"너답지 않아. 이렇게 흥분하는 거 처음이야. 설마 그를 마음에 두고 있는……."

"무슨 말 같지 않은 소리야!"

"화를 내는 거보니 역시……."

핸드폰이 조금만 늦게 울렸더라도 그녀는 승수를 식물인간으로 만들어놓았을지도 몰랐다. 승수의 핸드폰에 자기의 이름이 찍혀져 나오자 시내는 재빠르게 핸드폰을 낚아챘다.

"여보세요! 상록 씨?"

"드디어 그들의 본거지를 알아냈어."

"우리도 락&조이와 수양원의 관계를 알아냈어요. 빨리 돌아와요."

"그래? 그럼 어서 떠나자고."

시내가 놀라서 고개를 돌리자 차창 유리에 게일이 얼굴을 들이밀고 서 있었다.

"무사했군요! 그런데 어디로 가자는 거죠?"

"미궁."

"설마 당신도 락&조이 사 사장이 한 얘기를 들은 거예요? 그 미궁이라는 물질이 환각을 만들어낸다는……."

"무슨 말인지 모르겠군. 내가 말하는 미궁은 그 녀석 집이야. 두 기관의 관계를 알아냈다면 당연히 그 집이 어디 있는지도 조사해 봤을 거 아냐?"

그러자 승수가 무언가 생각났다는 듯 중얼거렸다.

"그래, 미궁이란 이름의 저택이 있었지? 건축가들 사이에서 꽤 유명한. 세상에……! 그 저택이 락&조이 사 사장의 소유였단 말야?"

"나도 들어본 것 같아. 아내를 위해 지었다던……. 그런데 그건 섬에 있는 거 아니었어?"

두 사람의 말을 듣던 게일은 얼굴을 일그러뜨렸다. 남은 시간 안에 가지 못한다면 게일이 떠나온 세계는 물론이고 이 세계마저도 파멸하게 될 것이다.

"무슨 수를 쓰든 자정 안에 도착해야 돼! 달려서 안 되면 날아서라도!"

"잠깐만! 이제 보니 육지에서 그 저택으로 가는 다리가 있대!"

인터넷으로 저택에 대한 자료를 검색하던 승수가 소리쳤다. 게일과 시내는 밝은 얼굴이 되어 노트북 화면을 주시했다. 승수는 저택에 대한 정보를 계속 검색하며 말했다.

"그런데 밀물 때는 다리가 사라졌다가 썰물 때 나타난대. 밀물 시간은… 아아, 잘하면 밀물이 시작되기 전에 도착할 수 있을지도 몰라!"

*　　　　*　　　　*

"다시 정리해 보자고. 그러니까… 다나 씨의 아버지가 촌장님이랑 아는 사이였고 촌장님은 히시아몬을 재배했어. 그래서 다나 씨의 아버지도 히시아몬에 대해 알고 있을지 모른다는 거야?"

"그래, 다나 언니의 아버지는 조직 같은 걸 거느리고 있으니까 히시아몬을 암시장 같은 데서 판매하고 있었을지 모른다고. 그래서 향루산이 불타 버리자 열이 받은 거고, 게일을 콘크리트 같은 데 묻어버리려고 벼르고 있을 거라는 거지."

"바보야, 히시아몬은 마약이 아니라 약초란 말야. 하지만 일리있는 얘기이긴 해."

다나가 한동안 소란을 피우고 돌아간 뒤에도 현재는 이안의 집에 남아 새롭게 알아낸 사실을 가지고 함께 추리했다. 골칫거리인 영진은 상록이 돌아올 때까지 기다리겠다며 지금 그의 방에서 자고 있었다. 무슨 생각인지 결국 다나에게 그녀의 할아버지를 죽인 범인을 밝히지는 않았다. 그리고 또 한 명의 골칫거리인 세규는 뭔가 알아볼 것이 있다며 자기 방에 틀어박혀 있었다.

"그렇다면 다나 언니의 아버지도 마리로슈에 대해 뭔가 알고 있지 않을까? 아영이가 죽기 전 마리로슈는 어떤 단체의 지도자라고 했잖아. 그녀에 대한 비밀을 지키기 위해 그들은 총을 가지고 있었어. 우리나라에서 총은 그렇게 쉽게 구할 수 있는 게 아니잖아. 히시아몬도 그렇고 총도 그렇고 아무래도 다나 언니의 아버지와 마리로슈가 어떤 연관이 있는 것 같아."

"그래, 미궁! 그 생각을 왜 지금까지 못했지?"

현재는 자리에서 벌떡 일어서며 소리쳤다.

"아까 게일이 결전을 치르러 미궁이란 곳으로 간다고 했던 얘기 기억나? 그 미궁이란 다나 씨의 집을 얘기하는지도 몰라. 다나 씨가 자기 집 지하에 아버지가 컬렉션을 모아두는데 침입자들을 막기 위해 복잡하게 설계했다고 했거든."

"그런 말을 했었어?"

"게일이 네 몸에 들어와 있었을 때라 넌 기억 못할 거야. 원래 미궁이란 단어는 어떤 복잡한 장소에서 유래된 거라고 들었던 거 같은데……."

"맞아. 미궁은 원래 미노타우로스라는 괴물이 빠져나오지 못하게 만든 복잡한 미로야. 다나 언니가 그렇게 말했다면 히시아몬과 얽혀 있는 것으로 봐서 그곳이 게일이 찾는 미궁이 확실할 거야. 거기에 재경 씨가 실종된 단서도 있을지 몰라. 어서 게일에게 이 사실을 알려줘야 하는데… 너, 혹시 그 기자 언니 연락처 같은 거 몰라?"

"그 사람한테 받은 명함이 집 어딘가 있을 거야. 찾아봐야겠어."

현재가 이안의 방문을 나서려는데 쿵쾅대며 누군가가 2층 계단을 뛰어 올라오는 소리가 들렸다. 보나마나 세규였다.

"엄청난 사실을 알았어! 이건 정말 빅뉴스야!"

아니나 다를까, 그는 이안의 방문을 활짝 열며 뛰어들어 왔다. 현재가 재빨리 피하지 않았더라면 기세 좋게 열어젖혀지는 방문에 얻어맞았을 것이다.

"훙, 빅뉴스가 아니기만 해봐."

이안의 냉랭한 반응에 세규는 서운한 듯했지만 금방 활기를 되찾으며 말했다.

"내가 어떤 사실을 알아냈는지 알아? 듣고 까무러치지나 말아라. 아까 그 정다나라는 여자 어디선가 본 것 같아서 조사했더니 정체가 뭔지 알아? 바로 락&조이 사 사장의 외동딸이었어."

"정말이야?"

"틀림없어. 인터넷에 그 사장 팬 사이트가 있는데 거기에 올라왔던 가족 사진에서 봤어. 그런데 지금이랑 너무 달라서 빨리 알아차리지 못했던 거야. 지금 다시 확인해 보니 이름도 권다나가 맞아. 야, 내 말 듣고 있는 거야?"

"물론 듣고 있지. 쳇, 뭐 별거 아니네. 알았으니까 나가봐."

"야, 이게 왜 별거 아니야? 그 여자랑 친하게 지내면 평생 콜라를 공짜로 먹을 수 있……."

하지만 세규는 마지막까지 전부 말하지 못하고 방에서 쫓겨났다. 그를 무지막지하게 몰아낸 이안은 방문을 닫고 아예 잠가 버렸다. 그리고 난 후 돌아서는 그녀의 얼굴은 창백하게 변해 있었다.

"드, 들었지? 그럼 도대체 어떻게 정리해야 하는 거야?"

이안은 너무 놀라 목소리가 제대로 나오지 않을 정도였다. 조금 전 세규 앞에서 멀쩡한 얼굴로 서 있었던 자신이 기특하기만 했다. 만일 그 앞에서 놀란 얼굴을 했더라면 세규가 집요하게 따라붙어 비밀을 캐내려 했을 것이기 때문이다.

이안은 머리 속이 복잡해서 자기가 알게 된 사실을 어떻게 정리해야 할지 알 수 없었다. 그러니까…….

첫째, 락&조이와 청목 수련원은 아주 깊은 관계가 있는 것이다.

둘째, 다나의 집은 미궁이고 게일이 찾는 어떤 장소다.

마지막으로 알아낸 사실은 다나의 아버지는 락&조이 사 사장이라는 것이다.

이것은 청목 수련원과 락&조이 사의 끔찍한 일을 꾸민 것이 바로 그녀의 아버지라는 얘기가 되고, 이 모든 음모의 본거지는 다나의 집이 된다는 것이다. 그리고 게일은 미궁을 찾아 지금 그곳으로 가고 있을 것이다.

하지만 이안과 달리 현재는 심플한 표정으로 말했다.

"간단해. 다나 씨에게 연락해서 그 집으로 가는 거야. 연락이 안 돼서 그 사실을 알려주기 위해 왔다면 게일도 어쩌지 못하겠지."

인상적이고도 잔혹한 밤

촤아아—! 촤아아—!

먼바다에서부터 밀려온 파도가 바위에 부딪치자 아스라이 포말이 생겨났다. 새하얀 포말은 허공을 맴돌다가 곧 이어 어두운 밤 바다 속으로 추락해 사라졌다. 봐주는 사람이 없었는데도 파도와 바위는 무익한 노동을 끊임없이 되풀이하고 있었다. 조금은 쓸쓸한 겨울 바다였다.

한적한 해변 도로에 자동차 한 대가 어둠을 가르며 날렵하게 질주해 갔다. 차 안에는 세 명의 남녀가 타고 있었는데 그들은 잔뜩 초조한 얼굴로 창밖의 무언가를 찾고 있었다.

"아, 아직 있어요! 다리가 있어요!"

운전을 하던 사내가 소리치며 앞을 가리켰다. 밝은 헤드라이트 불빛에 육지와 작은 섬을 잇는 기다란 다리가 비춰졌다. 밀물이 이제 막 시작되고 있어 대략 0.5㎞의 길이에 달하는 다리와 해수면의 거리는 아직 충분하게 여유가 있었다.

시내는 바다 한가운데 떠 있는 다리를 향해 달리기 시작했다. 자동차 한 대가 지나기에는 넉넉한 넓이였지만 광활한 바다 한가운데 떠 있었기 때문인지 폭이 매우 좁아 보였다. 더구나 다리 중간에 켜져 있는 가로등들은 육지를 향해 밀려드는 파도를 고스란히 비춰주었다. 덕분에 섬으로 달려가는 그녀는 파도를 가르고 바다 한가운데를 질주하는 짜릿한 기분을 느꼈다.

"몇 시지?"

게일이 묻자 승수가 대답했다.

"11시 20분."

"제길! 좀 더 빨리 갈 수는 없는 거야?"

제의제가 열리는 것은 자정일 것이다. 시간이 촉박했다. 하지만 시내는 시내대로 최선을 다하는 중이었다.

"이제 다 왔으니 조금만 기다리라고요!"

다리를 거의 다 건넌 그녀가 액셀러레이터를 힘껏 밟는 그때였다. 파지직! 소리와 함께 어둠 속에서 시퍼런 불꽃이 튀었다.

끼이이익!

차가 요란한 비명을 지르며 멈춰 섰다. 시내는 운전대에 처박혀 있던 머리를 들어 올리며 한숨을 내쉬었다. 고무 타이어가 타는 듯한 매운 냄새와 고기가 타는 듯한 누린내가 섞여서 났다.

상향등에 길게 비춰진 길 끝에는 철망으로 된 담장이 전면을 가로막고 있는데 담장 중간중간에 안내 표지판이 보였다.

이곳은 사유지입니다. 담장에는 고압 전류가 흐르고 있으니 접근하지 마십시오. 용무가 있으신 분은 정문 관리실로 오셔서 출입증을 제시 바랍니다.

"휴우~ 야생 동물이 고압 전류에 잘못 뛰어든 모양이에요. 이제 어떡하죠?"

"지금까지 수고했어."

한참 동안 표지판과 담장을 응시하던 게일은 어쩔 수 없다는 듯 말했다. 그가 문을 열고 나가려 하자 시내가 차 문을 잠그며 다급하게 소리쳤다.

"기다려요! 또 혼자서 가려구요!"

게일은 왜 그러나 싶어 그녀를 쳐다보았다. 그러자 승수가 어쩔 수 없다는 듯 한숨을 쉬더니 대변인 노릇을 해주었다.

"시내는 당신과 계속 함께 가겠다는 거야."

"죽고 싶어 안달이 난 레이디군."

"위험한 줄 아니까 혼자 보내고 싶지 않은 거지. 원래 사랑하는 사람의 심정이란 그런 거거든. 휴우~ 그런데 이 사이에 끼어 있는 난 도대체 뭔지……."

"무슨 소릴 하는 거야!"

게일은 티격태격하는 두 사람을 무덤덤한 눈으로 쳐다보다가 말했다.

"날 돕고 싶다면 두 사람은 차라리 정문으로 차를 몰고 들어가는 게 좋겠어. 통과시켜 주지 않으려 하면 소란을 피우도록 해. 그게 내게 더 도움이 될 것 같군."

"이를테면 성동격서(聲東擊西)라는 건가요?"

게일은 시내에게 싱긋 미소를 지어 보이고는 차에서 내렸다. 그의 미소에 시내는 잠시 넋이 나갔다. 미친 사람처럼 날뛰다가 저렇게 멀쩡한 표정을 지을 때면 가끔 사람을 아찔하게 만들었다. 그러나 담장을 뚫어지게 응시하는 그를 보자 시내는 또 한 번 불안해졌다.

"설마 저 담장을 넘어가려구요? 미쳤어요!"

그녀의 말이 채 끝나기도 전에 게일은 고압 전류가 흐르는 담장을 향해 달려가고 있었다. 그는 점점 속력을 높여 자동차처럼 빠르게 달리다가 이윽고 휘익 허공으로 높이 뛰어올랐다. 자동차의 헤드라이트 불빛 밖으로 사라졌던 그가 잠시 후 바닥으로 뛰어내리는 모습이 보였다. 그는 3m가량 되는 담장을 한 마리 새처럼 가볍게 뛰어넘어 들어간 것이다.

시내가 넋 놓고 그 장면을 바라보자 먼저 제정신을 차린 승수가 담배를 비벼 끄며 말했다.

"자, 이젠 우린 차례라고."

"좋아, 맡겨두라고!"

시내는 게일에게 질 수 없다는 듯 정문을 향해 차를 몰아갔다.

"아니, 왜 안 된다는 거예요! 인터뷰 약속 때문에 왔다니까요! 새벽에 인터뷰를 하기 때문에 아예 오늘 여기서 묵겠다고 사장님 양해도 구했어요!"

예상대로 정문 수위실에서는 시내 일행을 쉽게 들여보내 주지 않았다. 너무 늦은 방문이라 그녀의 억지도 먹히지 않는 것 같았다. 게다가 저택 주인은 사생활을 철저히 베일 속에 가려놓고 있는 사람이라 프레스 카드(기자증)도 통하지 않았다.

"글쎄, 약속했든 안 했든 우린 알 바가 아니야. 기자는 모두 안 된다고 사장님이 그러셨으니까. 저번에 기자라고 해서 들여보냈더니 몰래 사진을 훔쳐다 인터넷에 올려 버리는 통에 우리가 얼마나 곤혹을 치렀는 줄 알아? 사장님은 사생활이 알려지는 걸 질색하시는 분이라고. 기자 아가씨도 괜한 억지 부리지 말고 어서 돌아가쇼."

관리실의 경비들은 완강했다. 험상궂은 얼굴이나 커다란 덩치는 조폭 같아서 웬만한 강심장으론 말도 꺼내기 전에 겁을 먹고 물러나게 할 정도였다. 하지만 시내 역시 고집이라면 만만치 않았다.

"흠… 정말 안 된단 말이죠? 그럼 할 수 없죠."

"이 아가씨가 이제야 말귀를 좀 알아듣나 보군."

시내는 차를 뒤로 후진시켰다. 정문에서 어느 정도 거리가 떨어졌을 때 그녀는 갑자기 속력을 올려 앞으로 질주하기 시작했다.

"이, 이봐! 멈춰!"

"거기 못 서!"

관리실에서 야간 경비를 담당하던 경비들은 고래고래 소리를 지르며 뛰쳐나왔다. 하지만 그녀의 차는 이미 어둠 속으로 사라지고 있었다. 그 소란 덕분에 감시 모니터에 침입자가 비춰졌지만 경비들은 알아채지 못했다.

사유지 안에는 해변가를 따라 소나무 밭이 펼쳐져 있었다. 소나무 밭 끝에 불빛이 빛나는 곳이 저택인 것 같았다. 게일은 전력을 다해 달려갔다. 빨리 가지 않으면 이대로 제의제가 시작되어 버릴 것이다. 그렇게 되면 카하바나의 검이 깨어나고 이 세상은 피로 물들게 되리라.

그 옛날 자신의 마을에서 보았던 그 끔찍한 장면이 떠오르자 게일은 구역질이 올라올 것만 같았다. 온통 피로 붉게 물들어 버린 땅과 식수. 여기저기 나뒹굴던 시체들…… 지금 불어오는 바람 속에서도 그와 비슷한 불길함이 잔뜩 묻어 있었다. 마리로슈의 능력으로 마기는 감춰진 것 같았지만 그 피 냄새가 점점 짙어져 갔다.

위이이잉…….

소나무 사이로 바닷바람이 무섭게 울부짖으며 지나갔다. 마치 제의 제에서 희생되고 있을 사람들의 절규처럼 느껴졌다.

"제길, 무슨 일이 있어도 막아야 해!"

게일이 소나무 밭을 지나자 넓게 펼쳐진 정원이 보였다. 정원 한가운데에는 바로크 양식으로 지어진 거대한 저택이 서 있었다. 아직 군데군데 얼음과 잔설이 남아 있었지만 록센 왕국의 여느 저택과 비교해도 손색없을 정도로 넓고 호화로운 저택이었다.

고요한 정원 어딘가에서는 소란스러운 소리가 들려오고 있었는데 시내를 추격하는 관리인들의 소음 소리였다. 그녀가 그들을 잘 따돌려준 덕분에 게일은 이곳까지 무리없이 들어올 수 있었던 것이다.

'고마운 레이디로군.'

하지만 그는 곧 뭔가 낌새를 느끼고 자리에서 얼른 피하며 주변을 돌아보았다.

팟!

순식간에 수많은 헤드라이트가 그가 서 있던 자리로 쏘아져 들어왔다. 게일은 얼른 손을 들어 눈을 찔러 들어오는 빛을 막아냈다. 한순간 온몸이 경직되는 것만 같았다. 하지만 이안의 몸에 있을 때처럼 영혼이 밖으로 빠져나가지는 않았다.

그렇다 해도 눈앞의 방해자들이 쉽게 처리할 수 없는 골치 아픈 상대인 것만은 분명했다. 차라리 총과 칼을 휘두르는 범죄자들이었다면 좋았을 것이다. 이들 역시 총을 들고 있긴 했지만, 그러나 매우 합법적으로 소유한 자들이었다. 여기에선 이런 자들을 경찰이라고 부른다 했던가?

"손 들엇! 한상록, 너를 가택 침입, 살인 및 살인 교사 용의자로 체포한다!"

다섯 대의 경찰차가 그를 둘러싼 가운데 경찰들이 그를 향해 총구를 겨누었다. 게일은 일단 순순히 손을 위로 들어 올려주었다.

"그런데 살인 및 살인 교사라는 건 내가 누굴 죽였다는 거지? 이거 참……."

게일로서는 조금 억울한 얘기였다. 지금껏 그와 얽혀서 죽은 사람들은 꽤 많았지만 그가 죽인 사람은 적어도 이곳에 온 이후로 한 명도 없었다. 그렇다면 상록의 살인죄를 뒤집어쓰는 건가?

"발뺌하려 해도 소용없다! 네가 김명현을 살해하는 현장을 봤다는 목격자들의 증언이 있다. 또한 강지철에게 살인을 교사한 후 실패하자 살해했다는 증거 자료도 가지고 있다."

"아하…… 그렇게 된 거로군. 난 또……. 하기야 충분히 있을 수 있는 일이지."

게일은 이해한다는 듯 고개를 끄덕였다. 청목 수양원은 이미 하나의 종교 집단과 같은 곳이었으니 모두들 입을 맞춰 외부인 한 명을 살인자로 만드는 것쯤은 일도 아닐 것이다.

"이봐, 경찰 나으리. 나도 비슷한 직종에 있어봐서 아는데 그렇게 사람을 쉽게 믿으면 안 되지. 이런 일에서 의심은 생명과 같은 거라구."

"시끄럽다!"

경찰들 중 사복을 입은 한 경위가 무섭게 고함을 질렀다. 그가 눈짓을 하자 다른 경찰들이 수갑을 들고 게일에게 달려들었다.

"쳇, 나도 충고를 안 듣는 녀석에게 더 이상 입 아프게 얘기하기 싫다구. 그런데 지금 몇 시지?"

게일은 그의 팔을 뒤로 꺾으며 수갑을 채우려는 경찰관에게 물었다. 수갑을 채운 후 게일의 몸수색을 끝낸 경찰관은 별 생각 없이 대답했다.

"11시 30분이다."

"그럼 어쩔 수 없군."

그 말이 끝나기 무섭게 게일의 손에는 웨일 소드가 생겨났다. 생전 보지도 못한 무기가 갑작스럽게 출현하자 경찰들은 당황했다. 그에게 수갑을 채운 경찰관은 순발력을 발휘해 재빨리 그의 등 뒤에 총을 겨눴다.

"꼼짝…… 컥!"

하지만 게일의 뒤돌아차기가 더 빨랐다. 경찰관이 바닥에 고꾸라지는 것과 동시에 그는 웨일 소드를 높이 던졌다.

지이이잉…….

시커먼 광택의 검이 낮은 울음소리를 내며 어두운 밤하늘을 갈랐다. 게일도 웨일 소드가 날아간 궤적을 따라 높이 뛰어올랐다. 허공에서 맴돌던 웨일 소드는 그의 등 뒤에서 손목을 결박하고 있던 수갑의 이음새를 깨끗하게 잘랐다. 마치 검과 사람이 대화를 하는 것처럼 기가 막히게 맞는 호흡이었다.

땅으로 내려선 게일의 양 손목에는 팔찌를 찬 것처럼 은색 수갑이 빛났다.

"그러게 사람을 쉽게 믿으면 안 된다고 했잖아. 시간이 없어서 난 이만 가봐야겠어."

"거기 섯!"

고함 소리와 함께 게일을 포위한 경찰들은 금방이라도 발포할 것만 같았다. 게일은 냉랭한 얼굴로 그들을 노려보았다.

"비켜. 그러지 않으면 진짜 살인을 할 수밖에."

게일이 손에 든 웨일 소드에서 서늘한 살기가 피어올랐다. 총을 든 경찰들은 모두 스무 명쯤 됐다. 그러나 칼을 든 게일은 단 한 명이었다. 스무 명과 한 명, 총과 칼. 어느 것 하나 게일에게 유리해 보이는 것은 없었다. 하지만 스무 명이나 되는 경찰들은 알 수 없는 두려움 때문에 팔다리를 와들와들 떨었다. 오히려 절대 불리한 상황에 처해 있는 게일은 입가에 냉랭한 미소를 머금고 있었다.

경찰들이 순순히 길을 내주지 않자 그의 입가에 있던 미소가 사라졌다. 그리고 살기를 피워 올리던 검이 높이 들어 올려졌다.

"안 돼요!"

시내가 비명처럼 소리를 지르며 뛰어나왔다. 그녀의 차는 경찰들이 서 있는 곳에서 얼마 떨어지지 않은 부근에 있었다. 갑작스레 뛰어든 여자 때문에 경찰과 게일 양측은 이렇다 할 행동을 취하지 못하고 머뭇거렸다. 그사이 시내는 양팔을 벌리고 게일의 앞을 막아섰다.

"이 사람 쏘지 마세요! 당신들이 체포해야 할 사람은 오히려 이 저택의 주인이란 말이에요! 권중원 사장이요!"

시내가 모든 걸 폭로할 생각으로 외치는데 검은 그림자가 뒤에서 다가왔다. 왠지 오싹해지는 기분에 게일이 돌아보자 한 남자가 어둠 속에 반쯤 몸을 묻은 채 서 있었다. 마기나 살기 따위가 느껴지지 않았는데도 묘한 존재감을 풍기는 남자였다. 그의 뒤에 시커먼 양복을 입은 덩치 큰 사람들이 늘어서 있는 것으로 보아 바로 이 집의 주인이며 다나의 아버지인 권중원일 것이다.

어둠 속에서 나온 중원은 40대가 넘는 나이답지 않게 젊고 세련된 외모였다. 부드러운 갈색 머리가 어깨까지 길게 너풀거렸고 왼쪽 귀에는 핏방울이 맺힌 것처럼 붉은색 귀걸이를 하고 있었다. 저런 남자가 죽은 아내만을 생각한다니 여자들에게 신드롬을 불러일으킬 만도 했다.

"아름다운 아가씨가 뭣 때문에 날 모함하는지 모르겠군. 뭔가 오해가 있는 것 같은데 일단 무기는 내려놓고 대화로 풀어보는 게 어떻겠소?"

권유하듯 말했지만 그의 목소리에는 이상하게도 따르지 않으면 안 될 것 같은 강압적인 분위기가 풍겼다. 경찰들은 여전히 게일에게서 눈을 떼지 않으며 천천히 총을 내렸다. 마치 모두가 최면에라도 걸린 것 같았다.

"자네도 일단 그 무기를 내려놓지."

게일은 중원에게 냉랭하게 미소를 지어 보였다.

"내 앞길을 막지 않는다면 생각해 보지."

"허허, 이보게. 여긴 내 집일세. 내게는 이 집에 들이고 싶지 않은 사람은 들여놓지 않을 권리가 있네. 하지만 일단 내 집에 왜 그토록 막무가내로 들어오려는 건지 그 이유나 들어볼까?"

"후훗, 볼일이 끝나면 설명하지. 뭐, 그땐 설명하지 않아도 모두 알게 되겠지만."

게일이 중원을 지나 한 발 앞으로 나가자 경찰들은 다시금 긴장했다. 하지만 중원이 놓아두라는 듯 손짓하자 그들은 게일의 행동 하나하나에 눈치만 볼 뿐 섣불리 움직이지 않았다. 그가 검을 얼마나 잘 다루는 고수인지는 조금 전 보았기에 섣불리 자극하지 않으려는 것이었다.

경찰들의 제지를 받지 않게 된 게일은 그대로 앞으로 걸어갔다. 저택은 대리석으로 만든 계단 위에 고성처럼 자리하고 있었다. 계단을 하나 올라섰을 때였다. 손에 들고 있던 웨일 소드가 갑자기 큰 소리로 울어대며 푸른 빛을 뿜어냈다.

지이이이잉…….

마기.

끔찍할 정도로 강한 마기를 게일 역시도 온몸으로 느낄 수 있었다.

문 뒤쪽에 무언가가 있는 것이다. 게일의 느낌이 맞다면 마기를 뿜어내고 있는 그것은 하나가 아니었다. 적어도 대여섯 개의 마물들이 문 하나를 사이에 두고 있는 것이다. 게일은 중원을 흘끗 쳐다보았다. 비즈니스의 대가답게 그는 반듯한 신사의 얼굴을 하고 있었다. 생각을 알 수 없는 가면 같은 얼굴이었다.

다나의 얘기를 통해 들은 그는 특이한 컬렉션을 수집해서 집 안에 두는 것이 취미인 것 같았다. 그 컬렉션 중에는 데이린 같은 까다로운 마물도 있었으니 또 어떤 괴상한 마물이 문 뒤에 있을지 모를 일이었다.

게일은 잠시 망설였다. 그 마물 녀석들이 아무리 특이하고 강하다 해도 싸워서 이길 자신은 있었다. 하지만 자정까지는 시간이 촉박했다. 놈들과 싸우는 동안 자정이 되고 제의제가 시작되면 모든 일은 수포로 돌아가는 것이다. 중원이 문 뒤에 마물들을 숨겨놓은 것도 시간을 끌기 위한 것이 분명했다.

"몇 시지?"

중원은 게일이 시계를 잘 볼 수 있도록 손목을 들어 보였다.

"자정이 되려면 이제 이십여 분밖에 남지 않았군."

게일의 급한 마음을 알고 있다는 듯 그가 말했다.

"당신 집의 귀한 컬렉션들을 감상하기엔 충분할 것 같군."

"글쎄… 내가 모은 것들은 모두 특별하고 진귀한 것들이라 정성껏 감상해야만 할 걸세. 게다가 워낙 까다로운 녀석들이라 조심하지 않으면 안 되지."

"충고는 고맙지만 나 역시 성격이 안 좋은 편이라 당신의 애장품들을 망가뜨리게 될지도 모르겠군. 그때 내 탓은 말아주길 바래."

"허허, 걱정 말게. 내 컬렉션은 인간의 힘으로는 감히 망가뜨릴 수 없는 것들이니. 게다가 그 녀석들은 자네 같은 특이한 인간의 약점 또한 잘 알고 있다네."

중원은 게일에 대한 모든 것을 알고 있다는 눈빛이었다. 그의 영혼이 다른 육체에 깃들어 있다는 것과 상록의 육체가 죽게 되면 게일 역시도 죽게 된다는 것도. 그는 시간을 끌려는 것뿐 아니라 게일과 상록 모두를 죽이고 싶어하는 것 같았다.

게일은 중원을 매섭게 노려보았다.

"난 내 일을 방해하는 녀석은 살려두지 않아."

"후후후, 우린 통하는 점이 많군. 나 역시 날 방해하는 자들은 그냥 두지 않는 주의지. 날 울게 만드는 녀석들은 특히! 부끄러운 얘기지만 최근 난 두 번 울었다네. 내 장인의 부고를 들었을 때, 그리고 향루산이 다 타버려 고향 사람들이 망연해 있는 모습을 보았을 때."

"흥, 한 집안을 희생시키고 쌓아 올린 부(富) 따위……."

두 사람이 그저 마주 서 있기만 할 뿐이었는데도 주변 사람들은 이유없이 긴장이 되고 목이 졸리는 듯한 느낌을 받았다. 게일은 이대로 덤벼들까 말까 잠시 고민했다. 평소라면 눈앞의 이 밥맛 떨어지는 녀석을 살려두지 않았을 것이다. 하지만 그의 귀걸이가 마음에 걸렸다. 붉은 눈을 연상하게 하는 보석. 뭔가 심상치 않은 기운이 느껴지는 게 마기를 억제하고 있는 마물 같았다. 어쨌든 지금은 마리로슈가 벌이려는 제의제를 막는 것이 시급했다.

게일은 침착하게 생각했다. 시간은 촉박했고 놈은 결코 만만하지 않았다. 비록 마음에 들지 않는 방법이긴 했지만 이럴 때야말로 신관들의 도움이 필요했다. 그는 웨일 소드 대신 메신저 북을 불러냈다.

가장 마지막에 기술된 부분을 펼쳐서 읽어보던 그의 양미간에 주름이 생겼다.

'이런 무책임한 말이 어디 있어. 쳇! 그 방법밖에 없다면 어쩔 수 없지.'

게일은 다시 메신저 북을 사라지게 하고 웨일 소드를 불렀다. 마술을 부리듯 자유자제로 검과 책을 불렀다 사라지게 했다 하자 경찰과 시내 등은 모두 홀린 듯한 표정을 지었다. 그런 가운데 게일은 시내와 승수에게로 저벅저벅 걸어갔다.

"……?"

게일을 마주한 시내는 어떡해야 할지 망설였다. 검을 빼 든 채 자신들에게 걸어오는 그를 같은 편이라고 믿을 수가 없었다. 손에 든 검과 눈빛이 살기로 이글거리고 있었다. 그 살기를 심상치 않게 느낀 승수가 먼저 게일의 앞을 막아섰다.

"이봐, 왜 그래?"

"그래, 네가 더 적합하겠군."

게일은 씨익 웃으며 왼쪽 팔로 승수의 목을 휘감고 검을 들이댔다. 난데없이 인질이 되어버린 승수는 황당했다. 이래 뵈도 체대 출신의 사설 탐정이었다. 이제껏 몸싸움에서 절대 열등감을 가져 본 적이 없었다. 그런데 게일에게 목을 붙잡힌 순간 그는 무지막지한 힘에 밀려 저항할 수도 없었다.

'지금껏 한 팀으로 여기까지 와놓고선…… 왜 갑자기 돌변한 거야?'

승수는 게일의 행동이 이해 가지 않았다. 조금만 힘을 주어도 목뼈가 금방 어긋나 버릴 것 같았다. 승수가 일말의 배신감으로 이를 가는데 게일의 작은 목소리가 들려왔다.

"이렇게 하지 않고선 경찰들을 속일 수 없어. 너도 협조해."

승수는 겨우 안심했다. 하지만 저 살기가 연기라니……. 웬만한 연기자는 흉내도 못 낼 경지였다. 게일의 연기를 망치지 않기 위해 승수도 더욱 겁에 질린 표정을 지었다. 하지만 조금 전까지 저택 안으로 못 들어가서 안달하던 그가 어떤 생각으로 이러는지 짐작할 수 없었다.

"한상록, 인질을 놓아주어라! 이럴수록 네 죄만 무거워진다는 걸 모르나?"

한 경위라는 사람이 목에 잔뜩 힘을 주며 소리쳤지만 게일에겐 전혀 소용없는 얘기였다. 그는 승수를 데리고 저택의 반대쪽으로 걸어갔다. 정원을 밝히는 가로등조차 비추어지지 않는 후미진 곳이었다. 두 사람의 모습은 어둠에 먹혀 점점 흐릿하게 보였다. 승수가 다칠까 봐 경찰들은 일정 거리를 두며 게일을 쫓았다. 밤 바닷바람이 사람들의 옷자락과 머리카락을 뒤흔들고 지났다.

'당신, 도대체 무슨 생각인 거죠?'

시내는 쌀쌀한 바람을 느끼지도 못하고 울먹이며 서 있었다.

"사인을 보내면 네가 나를 바닥에 메다꽂아. 그리고 뒤도 돌아보지 말고 경찰들을 향해 달리는 거다."

게일은 또다시 승수에게만 들리도록 작게 말했다.

"경찰들이 발포할지도 모르는데."

"그게 내가 바라는 거야."

"총알을 피할 재주라도 있다는 거요?"

"그런 정도의 재주도 없이 이런 계획을 세웠을 것 같아?"

"흠… 당신이란 사람 도저히 이해 불가야."

"이해 못하는 편이 좋아. 자, 지금이야!"

승수의 목을 옥죄던 게일은 팔에서 힘을 뺐다. 승수는 인정사정없이 그의 팔을 붙잡고 바닥에 메다꽂았다. 유도와 태권도를 배웠기 때문에 매우 능숙하고 힘있는 반격이었다.

퍽!

게일이 흙바닥에 곤두박질치는 걸 본 승수는 시키는 대로 경찰들을 향해 달렸다. 뒤에서 게일이 으르렁대며 검을 들고 쫓아오는 것을 충분히 느낄 수 있었다. 살기에 뒷골이 서늘해졌으니까. 게일이 정말로 자신의 등 뒤에 칼을 꽂는 건 아닐까 의심까지 들었다. 그래서 그는 죽어라 달렸다.

이윽고 경찰 측에서 발포를 시작했다. 총알이 바닥에 파묻히며 흙먼지가 부옇게 일어났다. 첫 발을 시작으로 게일에게 겨눠져 있던 총구에서는 일제히 불을 뿜어댔다. 자욱한 연기와 매캐한 화약 냄새가 코를 찔렀다. 불꽃놀이를 하는 것 같은 착각마저 들 정도였다.

"상록 씨—!"

경찰을 향해 내달리던 승수는 시내의 절규를 듣고서야 뜀박질을 멈추고 돌아보았다. 그리고 자신의 눈을 의심했다. 총알을 피하는 재주가 있다던 그가 바닥에 쓰러져 있는 것 아닌가?

승수는 달려왔던 길을 다시 거슬러 게일에게로 갔다. 게일이 벌떡 일어서며 뭐라 고함이라도 칠 것 같았다. 하지만 그는 죽어 있었다. 그것도 여기저기 총구멍이 뚫리고 온몸에서 피를 뿜어내는 처참한 모습으로 말이다. 홍콩 르와르 영화에서나 볼 법한 장렬한 죽음이었다.

당신 정말 죽은 거 맞아? 승수는 그렇게 묻고 싶었다. 시내는 하얗게 질린 얼굴로 게일의 시체에서 어느 정도 거리를 둔 채 다가오지 못했다. 그녀 역시 눈앞의 장면이 믿기 힘든 모양이었다.

"하하…… 이봐… 약속이랑 다르잖아……."

승수는 혼잣말처럼 중얼거렸다. 그때 무언가 바스락거리는 소리에 그는 고개를 들었다. 어둠 속에 한 소녀가 서 있었다. 빨간 더블 코트를 입은 그녀는 잘해봐야 고등학생으로 보였다. 처음 목격했을 죽음이 그다지 현실적이지 않은지 그녀는 무구해 보이는 까만 눈을 말똥말똥 굴릴 뿐이었다.

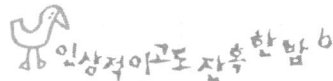

"이봐, 학생! 여긴 어떻게 들어왔어!"

경찰들이 소녀에게 묻자 그녀는 너무 놀랐기 때문인지 아무 말도 못 했다. 그러자 시내를 쫓아왔던 경비들이 입을 모아 말했다.

"저 학생은 이 집 아가씨 친구요."

소녀의 행색을 살펴보던 경찰들은 빨리 들어가라는 듯 고갯짓을 했다. 이런 시간에 돌아다니는 것이 수상했지만 아무리 봐도 학생으로 보이는 소녀였다. 게다가 살인마는 붙잡혔고 경비들이 신원을 보증하는데 더 이상 의심할 것도 없었다.

소녀는 끔찍한 현장에 더 이상 있고 싶지 않은지 후다닥 저택으로 뛰어들어 갔다.

"잠깐!"

집주인인 중원은 소녀를 제지했다. 소녀는 그래도 멈추지 않고 계속 뛰었다. 그는 뒤에 있던 부하들에게 쫓아가라는 눈짓을 했다. 하지만 소녀에게는 막강한 대변인이 있었다.

"그만둬요. 애가 놀라서 그런 거잖아요! 제발 집 안에서만이라도 이런 꼴 좀 안 보게 해주면 어디가 덧나요?"

그녀는 다나였다. 아무리 냉혈한이라도 딸에게만은 어쩔 수 없나 보다. 얼굴을 작게 찡그리며 중원은 주의를 주었다.

"이런 시간에 돌아다니면 위험하다고 했잖니."

"내 집인데 아무 때면 어때요. 아빠의 시커먼 부하들만 아니면 훨씬 더 안전할 거라구요."

쏘아붙이듯 말해 주고 다나는 소녀를 따라 집 안으로 들어가려 했다.

"그런데 그 애는 어떻게 알게 된 친구지?"

"나한테도 친구 한두 명쯤은 있다고요. 참, 그래서 말인데 또 한 친구가 없어져서 찾던 중이에요. 아빠 부하랑 경찰 아저씨들이랑 이왕 모인 김에 내 친구나 찾아줘요."

그동안 소녀는 이미 저택 안으로 들어가고 있었다. 중원은 제지하려 했지만 다나가 사나운 눈으로 노려보고 있었기에 자리에서 꼼짝도 하지 못했다. 재계와 정계에 지대한 영향력을 갖고 있으며 경찰들까지도 마음대로 부리던 그는 딸 앞에서는 완전히 고양이 앞의 쥐 신세였다.

"그런데 친구가 실종됐다고요?"

승수가 질문하자 상록의 시체 처리를 지휘하던 한 경위도 관심을 기울였다. 중원은 특유의 여유로움으로 별일 아니라는 듯 대꾸했다.

"집이 너무 넓어 방을 못 찾는 경우가 가끔 있네. 아마 이번에도 그런 경우겠지. 집안 사람들을 풀어 찾으면 되니 자네들은 신경 쓰지 말게."

"그러게 난 이렇게 넓은 집 싫다고 했잖아요."

다나가 투덜대는 것을 들으니 중원의 말은 사실인 것 같았다. 정말 이렇게 커다란 저택이라면 수십 개의 방이 있을 것이고 집 안에서 길을 잃는 일도 있을 수 있는 일 같았다. 마치 전통있는 학교같이 고풍스러운 집이었다. 그러나 승수는 그 집 지하에 더 깊고 더 많은 방이 있다는 것을 알지 못했다.

"자, 이제 살해범도 잡혔으니 난 딸아이의 친구나 찾아보아야겠네. 내게 볼일이 있는 사람들은 내일 회사로 찾아오게나. 이제 곧 다리가 사라질 테니 어서 돌아들가게."

그러면서 중원은 다나를 데리고 집 안으로 들어갔다. 그가 커다란 현관문을 닫으려는 찰나 손 하나가 불쑥 문 안으로 들어왔다. 곧 이어 넉살 좋게 배시시 웃는 승수의 얼굴이 보였다.

"죄송합니다만 차가 고장나고 해서 하룻밤 신세를 졌으면 하는데요."

"그렇다면 차고에서 다른 차를 빌려가게."

중원은 뒤에 있던 집사로 보이는 노인에게 눈짓을 보냈다. 그의 집 차고에 십여 대의 차가 주차되어 있다는 사실을 승수는 잠시 잊고 있었던 것이다. 하지만 절대 이대로 돌아갈 수는 없었다. 어떻게 해서든 이 집에 머물러 중원의 끔찍한 계획을 세상에 폭로할 수 있는 증거를 찾아야 했다. 중원과 같은 거물을 쓰러뜨리기에는 그들이 가지고 있는 증거들은 너무 빈약했다. 그때 시내가 쓰러질 듯 휘청거리다가 다나의 어깨를 붙잡았다.

"하아, 너무 충격적인 장면을 봐서 그만 쇼크가…… 안정을 좀 취하면 괜찮아질 것 같아요. 그때 취재 이후로 별로 만난 적도 없는데 이런 무리한 부탁을 해서 미안해요, 다나 양."

승수의 뜻을 알아차린 시내가 재빨리 돕고 나선 것이다. 그녀가 은

근히 아는 척을 하자 인정 많은 다나는 모른 척하지 않았다.

"뭐, 그렇다면 하는 수 없죠. 집사 할아버지가 쉴 곳을 안내해 줄 거예요."

시내와 승수는 쾌재를 불렀다. 역시 다나 쪽을 공략하길 잘한 것이다. 몇십 분만 지나면 다리가 완전히 잠기게 되고 그때에는 나가고 싶어도 갈 수 없게 될 테니까. 딸에게 꼼짝 못하는 중원은 못마땅한 표정이긴 했지만 아무 말도 없었다.

"아빠와 난 친구를 찾아야 되기 때문에 그럼 이만 헤어져야겠네요."

다나가 말했다. 승수와 시내는 어서 빨리 가보라고 마음속으로 말했지만 겉으로는 조금 미안한 표정을 지었다. 하지만 다나가 한마디를 더 추가하자 그들은 진심으로 유감스러운 얼굴로 변했다.

"참, 밖에서 문을 잠가놓을 거예요."

"뭐라구요!"

"당신들도 길을 잃어버리면 안 되니까. 그럼 좋은 밤 되세요."

다나가 중원과 함께 안쪽 복도로 사라지자 승수와 시내 앞에 시커먼 그림자들이 늘어섰다. 한 사람의 덩치가 시내와 승수를 합해놓은 것처럼 커다란 거한 세 사람이 그들을 에워쌌다.

"자, 따라오시지요, 손님들."

집사라 불리는 노인은 냉랭한 얼굴로 앞장서기 시작했다. 거한들은 두 사람이 주변을 둘러볼 수도 없도록 삼면을 에워싸고 따라왔다.

다나보다 먼저 집 안으로 들어온 소녀는 주위를 둘러보았다. 아무도 보이지 않았다. 있는 것은 집 안이 터질 듯 가득 차 있는 마기뿐이었다.

"쳇, 결국 다시 돌아온 건가? 레이디에겐 미안하게 됐는걸."

소녀의 목소리가 기다란 복도를 조용하게 울렸다. 귀염성있는 얼굴과는 어울리지 않는 말투였다. 그 영혼은 괴팍한 게일의 것이니 어울리지 않는 것도 당연했다.

게일은 다시 또 이안의 몸속에 들어오게 된 것이다.

메신저 북이 없었더라면 아직까지도 경찰들과 실랑이를 벌이고 있었을 것이다. 책을 펼치자 이안이 현재와 함께 다나의 집에 와 있고 현재가 사라져 찾아다니는 중이라는 얘기가 적혀 있었다. 마침 이안은 어두운 정원 구석을 돌아다니는 중이었다. 그래서 게일은 경찰들이 상록의 몸에 발포를 하는 순간 그녀의 몸속으로 이동할 수 있었다.

물론 이런 계획을 짜는 데에는 상당한 모험이 필요했다. 상록의 몸에서 제대로 빠져나올 수 있을지 없을지를 몰랐기 때문이다. 그 방법을 가르쳐 준 신전에서조차도 장담할 수 없다며 그의 선택에 맡길 정도였다. 그가 성공하고 나자 메신저 북에는 신관들이 십년감수했다는 메시지가 올라왔다.

게일은 가벼운 이안의 몸을 이용해 미궁으로 가는 입구를 찾아 뛰어다녔다. 그때마다 넘실거리는 마물들이 구석의 그림자 속으로 숨는 것을 느낄 수 있었다. 집 안에 있는 마물들은 누구에게 지시를 받았는지 함부로 덤벼들지 않았다.

모험이란 해볼 가치가 있는 것이다. 이안의 몸속에 들어오자 경찰들과 중원을 피해 간단하게 집 안으로 들어올 수 있던 것뿐 아니라 마물들과 싸우는 시간을 훨씬 절약할 수 있었으니까. 웨일 소드를 꺼내 들지 않는 이상 마물들은 그의 정체를 눈치 채지 못할 것이고 싸움도 피할 수 있을 것이다.

그러나 게일은 분신과도 같은 검을 언제까지나 감춰둘 수는 없었다.

더구나 적진에 뛰어든 상태에서는.

철벅!

홍건한 피 웅덩이 앞에서 그는 걸음을 멈췄다. 피 웅덩이에서 무언가가 질질 끌려간 흔적이 모퉁이를 돌아서까지 이어져 있었다. 흔적의 크기로 보아 사람 같았다. 천천히 모퉁이를 돌아서려던 게일은 그러나 멈춰 서야 했다.

"여긴 어린애가 올 데가 아니란다."

그의 어깨를 붙잡은 것은 중원이었다.

"저기서 친구의 목소리를 들은 것 같아서요."

게일은 가급적 이안을 흉내 내서 말했다. 하지만 중원은 호락호락하지 않았다.

"후훗, 악당 연기뿐 아니라 거짓말도 능숙한 친구로군. 감쪽같이 몸을 옮겨 들어오다니……."

"쳇! 마물들보다 눈치가 더 빠르군."

게일이 손을 위로 들어 올리자 웨일 소드가 푸른 빛을 이글대며 나타났다. 중원도 짧게 뭐라고 중얼댔다. 그러자 왼쪽 귀에 박혀 있던 붉은 보석이 빛나기 시작했다. 곧 모퉁이 안쪽에서 붉은 눈을 한 마물이 모습을 드러냈다.

크르르르…….

그와 눈이 마주친 마물은 맛있게 포식하던 먹이를 바닥에 뱉어냈다. 신발까지 신고 있는 데다 살점이 아직 군데군데 붙어 있는 다리였다. 검은 구두를 신고 있는 것을 보니 다행히 현재는 아닌 모양이다.

쉬익… 쉬익…….

거대한 코브라처럼 생긴 마물은 혀를 날름거리며 게일에게 미끄러져

왔다. 그러자 지금껏 어둠 속에 있던 마물들도 명령을 받은 것처럼 슬금 슬금 가세를 했다. 자정이 되려면 이제 십여 분밖에 남아 있지 않았다.

"네 녀석이 이 마물들을 부리고 있었던 거냐?"

"이 '드래곤 블러드'라는 루비는 다른 마물들의 마기와 의지를 자유자재로 조종할 수 있지. 내 컬렉션 중에서 가장 아끼는 걸세."

"영광인걸, 그걸 빼앗게 돼서."

"후훗, 큰소리를 좋아하는 친구로군."

중원은 팔짱을 끼고 한쪽 옆으로 물러섰다. 게일은 아직 코브라 같은 녀석의 꼬리가 빠져나오지 못한 모퉁이 안쪽으로 돌아갔다. 그러자 머리가 다시 그를 쫓아왔다.

모퉁이 안쪽에는 녀석이 먹고 남긴 사람들의 뼈가 수북하게 쌓여 있었다. 그 뒤로 철로 된 네모란 문이 보였다. 이 녀석이 미궁의 입구를 지키는 수문장인 모양이었다.

제길……! 십 분 동안 이 녀석과 여기 있는 마물들을 모두 잠재우고 저 미궁 속에서 마리로슈를 찾아 의식을 제지할 수 있을까? 아무리 생각해도 그 물음에 대한 해답은 부정적이었다.

"최선을 다해보는 수밖에 없지."

게일이 검을 사라지게 하자 코브라는 그 틈을 놓치지 않고 목을 쭈욱 빼며 아가리를 벌렸다. 커다란 입속에서 시뻘겋게 널름거리는 혓바닥이 길게 뻗어 나왔다. 혓바닥은 게일을 휘감을 듯 주위를 선회했다.

쉬이이잇!

하지만 허공에서 시커먼 물체가 날아와 놈의 혓바닥을 친친 휘감은 것이 먼저였다.

캬오오오!

놈은 끔찍한 비명을 지르며 용트림을 했다.

"이게 바로 샴나무 채찍이란 거다! 으하하핫! 맛이 어떠냐!"

게일은 웨일 소드 대신에 샴나무 채찍을 불러낸 것이었다. 쓰면 쓸수록 불운을 가져온다고 해서 바인더들조차 사용을 꺼려한다던 그 무기를.

게일은 놈의 혀를 휘감은 채찍을 더 힘껏 잡아당겼다. 채찍에 무성하게 돋아 있는 가시가 놈의 혓바닥을 후벼 파며 피가 뚝뚝 바닥에 떨어졌다. 놈은 고통으로 인해 길길이 날뛰었지만 게일은 잔인하게 이를 드러내며 웃었다.

"크하하핫! 고통을 느낄 줄 아는 놈들에겐 이게 최고지."

캬오오오!

놈의 붉은 눈은 잔뜩 성이 나서 마치 불꽃이라도 쏘아낼 것 같았다. 그러자 뱀처럼 갈라진 혓바닥이 꿈틀거리는 듯싶더니 사이가 벌어졌다.

슈슈슈슈……!

그 안에서는 날카로운 바늘 같은 것이 무수히 쏟아져 나왔다.

게일은 재빨리 몸을 굴리며 채찍을 왼손에 움켜쥐었다. 그리고 오른손으로 웨일 소드를 불러 놈이 쏘아내는 독침을 쳐냈다. 그동안에도 놈의 혀를 묶은 채찍은 놓지 않았다. 채찍에 힘을 점점 빼앗긴 놈은 움직임이 둔해져 갔다.

게일은 허공으로 도약하며 놈의 머리 위에 올라탔다. 위기를 느낀 놈이 발악하듯 크게 요동 쳤다. 혓바닥에 감겨 있는 채찍은 고삐와 같은 역할을 했다. 채찍을 붙잡는 것만으로 쉽게 중심을 잡아 떨어지지 않을 수 있었다.

"아쉽지만 이쯤에서 작별하자구."

웨일 소드가 높이 들어 올려졌다가 아래로 내려쳐졌다. 둔탁한 소리와 함께 놈의 정수리에서는 검붉고 진득한 액체가 쏟아져 나왔다. 게일은 마물의 피를 뿌리며 놈의 머리에서 바닥으로 뛰어내렸다.

"자, 이번엔 어떤 놈이지?"

양손에 검과 채찍을 들고 섬뜩하게 눈을 빛내는 그에게 마물들은 함부로 다가들지 못했다. 팔짱을 낀 채 지켜보던 중원의 얼굴이 창백해졌다. 그가 또 중얼거리자 귀에 박혀 있던 보석이 다시 빛을 냈다. 그러자 주변에 있던 마물들이 명령을 받고 일제히 게일을 향해 몰려들어 왔다.

그것들을 해치우는 것은 쉬웠지만 시간이 걸릴 것이었다. 게일은 이 상황을 최단시간에 해결할 수 있는 방법을 택하기로 했다.

"이야아아앗!"

그는 진격해 오는 마물들을 훌쩍 뛰어넘어 중원의 앞으로 날아갔다. 그의 얼굴 앞에서 웨일 소드를 휘두르며 소리쳤다.

"나마르치아라 가이위일!"

"아빠!"

게일의 외침과 함께 비명 같은 다나의 목소리가 들려왔다. 모퉁이를 돌아 나타난 그녀는 순간 환하게 밝아진 빛에 두 눈을 가렸다. 그러나 선명한 피 냄새로 인해 좋지 않은 상황을 쉽게 짐작할 수 있었다.

빛이 사라지고 난 자리에는 중원이 귀에서 피를 흘리며 서 있었다. 피 냄새를 맡은 마물들은 슬금슬금 그에게로 몰려들었다. 드래곤 블러드를 잃어버린 중원은 더 이상 마물들을 통제할 수 없었던 것이다. 이윽고 마물 한 놈이 달려들어 중원의 팔을 물어뜯었다. 그러자 나머지 놈들도 기다렸다는 듯 달려들었다.

"안 돼!"

다나는 마물들 사이로 뛰어들어 중원을 끌어안았다. 메달에서 나는 향기 때문인지 마물들은 그녀에게 함부로 덤벼들지 못했다.

"이안아… 너, 도대체 무슨 짓을?"

전후 사정을 모르는 다나는 원망스럽게 이안의 얼굴을 하고 있는 게일을 쳐다보았다.

"자업자득. 살고 싶다면 레이디의 메달 속에 있는 액체로 원을 그려 그 안으로 들어가 있어. 전후 사정은 네 아비에게 듣도록. 권중원, 이게 내가 해줄 수 있는 마지막 자비다."

그리고 게일은 지하로 통하는 문을 등지고 섰다. 여전히 그를 노리는 마물들이 있었기 때문이다. 게일은 언제든 마물들과 싸울 수 있는 태세로 놈들을 견제하며 서서히 뒷걸음쳤다. 지하의 문은 이제 두어 걸음 뒤에 있었다. 재빨리 안으로 들어간 후 철문을 걸어 잠글 속셈이었다.

게일을 쫓던 놈들은 물론이고 데이린의 피 때문에 다나와 중원에게 다가갈 수 없다는 걸 깨달은 마물들이 곧 합세해 공격하려 들 것이다. 이 정도 숫자라면 얼마 안 가 잠긴 철문도 부수고 들어오겠지만 남은 시간은 이제 칠팔 분 정도. 그 시간까지만 철문이 놈들을 막아낼 수 있다면 그걸로 충분했다.

무슨 수를 쓰든 마리로슈의 제의제를 중단시키고 그녀를 죽일 수만 있다면 그 후에는 어떻게 되어도 좋았다.

게일은 놈들이 덤비지 못하도록 모든 살기를 실어 노려보았다. 하지만 그의 생각을 이미 알아차렸는지 우측에 있던 한 놈이 덤벼들었다.

쉬이이익!

그는 샴나무 채찍을 더욱 길게 늘어뜨려 힘껏 휘둘렀다. 채찍은 바람을 가르며 놈을 휘감았다.

케에에엑!

단말마 같은 비명 소리와 함께 놈은 채찍에 의해 벽에 내팽개쳐졌다. 그사이 게일은 지하의 문을 향해 온몸을 날렸다.

쿵!

두꺼운 철제 문을 닫아걸자 게일에게 덤벼들려던 놈들이 미처 못 들어오고 쿵쿵 문에 부딪치는 소리가 들렸다. 그 후에도 쿵쿵대는 소리는 계속 끊이지 않았다. 생각보다 놈들이 빨리 합심해서 문을 부수고 들어올 것 같았다. 저 문이 몇 분이나 버텨줄지 불안했다. 닫히는 문 틈새로 마물들이 몇 마리 쫓아 들어오기는 했지만 상대가 안 되는 약한 것들뿐이었다. 게일은 그런 하급 마물들은 내버려 둔 채 달리기 시작했다.

"제길……."

눈앞이 어지러웠다. 웨일 소드와 샴나무 채찍을 동시에 들고 설쳤더니 기력을 너무 많이 빼앗긴 모양이었다.

이제야 자각한 사실이지만 그는 지금 이안의 몸을 빌어 쓰고 있었다. 그것은 곧 에너지가 약해지면 그녀의 몸에서 튕겨 나오게 될 수도 있다는 얘기다. 더 이상은 함부로 무기를 휘두를 수도 없었다.

만일 마리로슈의 제의제를 눈앞에서 보고도 몸이 없어 막지 못하게 된다면 그는 심장 발작으로 사망하게 될 것이다. 게다가 불운의 샴나무 채찍을 함부로 휘둘렀으니 무척 불운하게 이안의 몸에서 빠져나갈 확률이 아주 높았다. 게일은 검과 채찍을 모두 사라지게 한 후 마기가 피어나는 곳으로 달려갔다.

인상적이고도 잔혹한 밤 7

　지하 안은 온통 검붉은 색조였다. 삼면에 붉은 벽이 있는가 하면 또 삼면이 문이기도 했다. 그야말로 미로였다. 미로 속을 헤매는 게일의 그림자까지도 붉은색이었다. 그리고 머리를 몽롱하게 할 정도의 장미 향이 계속 풍기고 있었다. 게일은 자기가 거대한 장미꽃 속을 헤매는 벌레가 된 기분이었다. 하지만 불행 중 다행이라면 길을 헤매는 데 시간을 빼앗기지는 않을 거라는 점이었다. 선명한 피비린내가 그를 부르고 있었다. 마치 전쟁터를 방불케 하는 짙은 혈 향이었다.

　'도대체 얼마나 많은 사람들의 피가 제물로 바쳐졌기에…….'

　가장 떠올리기 싫은 기억이 그의 뇌리에 펼쳐졌다. 낯익은 얼굴들이 불투명한 죽음의 그림자를 쓰고 늘어져 있던…….

　정신없이 달리던 게일은 발 아래서 찰박이는 소리에 문득 정신을 차렸다. 수면에 파문이 생기며 물방울이 튀어 올랐다. 이안이 입고 있던 청바지에 튄 물방울은 주변 배경과 같은 검붉은색이었다. 마치 배경색이 액체 속에 녹아들기라도 한 것처럼.

게일은 걸음을 멈추고 이 붉은 액체가 흘러나오고 있는 문을 열었다.

끼이이익…….

무거운 비명을 내지르며 문이 열렸다. 흑요석처럼 까만 동공은 눈앞의 전경을 응시했다.

"우욱!"

게일은 갑자기 욕지기가 치밀어 올라 입을 틀어막았다.

욕지기를 겨우 참으며 그는 계속 앞으로 걸어갔다.

그곳은 양 옆에 아치 형의 회랑이 있는 거대한 강당 같은 곳이었다. 회랑 양 옆에는 은빛 가면을 쓰고 검은 로브를 입은 사람들이 줄지어 서 있었는데 어림잡아 오십여 명은 될 듯싶었다. 모두 엄숙한 표정으로 그레고리오 성가(로마 가톨릭 교회의 전통적인 단선율 전례성가) 같은 장중한 노래를 부르고 있었다. 성가곡의 반주로 파이프 오르간 소리가 들렸지만 어디에도 거대한 악기는 보이지 않았다.

파이프 오르간의 연주로 불려지는 성가를 배경으로 이 드넓은 공간에는 난교와 살육의 축제가 한창이었다. 후끈거리는 공기 속에는 피 냄새와 함께 끈적거리는 살 냄새가 가득했다. 공간의 한가운데에 불에 반쯤 그슬린 싸일러프라스 나무가 서 있었다. 자궁의 모양을 닮아 어떤 이들에겐 생명의 나무라 불리던 모습 그대로였다. 불에 탄 향루산에서 사라졌던 그 나무가 분명했다.

나무는 그 옛날 게일의 끔찍했던 기억 속에서와 마찬가지로 살아 움직이고 있었다. 그 잎은 싱싱한 초록으로 무성했고 수많은 작은 가지

들이 저마다 생명력을 과시하며 꿈틀거렸다. 마치 신화 속에 나오는 메두사의 머리에 들어앉은 뱀과 같았다.

사람들은 나무를 가운데 두고 모여 있었는데 그 숫자가 수백 명이었다. 모두 이마에 푸른 반점이 있는 것으로 보아 지금 한창 약에 취해 있는 상태가 분명했다. 그러지 않고는 몸에 실오라기 하나 걸치지 않고 여럿이 얽혀 몸을 더듬고 교합을 하지는 않을 것이다. 수백 명의 사람들은 열에 들떠 서로의 몸을 탐닉하다가도 갑자기 상대에게 위해를 가하고 피를 빨았다. 그러면 피를 본 사람들은 누구라고 할 것 없이 쓰러진 사람에게 파도처럼 덮쳐들었다.

그들은 좀비와 다를 바 없었다. 산 사람의 살덩이를 물어뜯고 그 피를 마시는. 찢어진 살갗으로 뼈가 드러나고 피가 분수처럼 쏟아져 나와도 그 살육을 멈추지 않았다. 그러면 싸일러프라스 나무의 가지가 군중들을 향해 움직였다. 나뭇가지는 낚시라도 하듯 생명이 떨어지기 직전인 사람을 건져 올렸다. 어떤 이는 팔이나 다리가 찢어져 있기도 했고, 혹은 내장이 쏟아져 나온 사람도 보였다.

너무나 비현실적인 장면이라 그들의 모습은 망가진 인형 같았다. 실밥이 뜯어지고 솜뭉치가 빠져나온…….

그들에게 싸일러프라스 나무는 차라리 구원인 것처럼 보였다. 나무가 안아 든 순간부터 망가진 인형 같던 사람의 몸은 눈에 띄도록 야위어갔다. 모든 생명의 기를 다 빨려 버렸는지 수백 년이 지난 미라처럼 쪼그라드는 데 걸리는 시간은 불과 5초도 안 걸렸다.

뎅…….

이윽고 종소리가 들려왔다. 그러자 아수라장으로 섞여 있던 사람들이 두려운 얼굴로 주춤주춤 물러섰다. 성가를 부르던 검은 로브의 사람들은 양쪽에서 한 사람씩 쌍을 이루며 싸일러프라스 나무 앞으로 다가갔다. 그들이 모두 싸일러프라스 나무를 인간의 담장으로 에워싸는 데 걸린 시간은 1분 정도였다.

뎅…….

다시금 종이 울리자 그중 한 사람이 하얀 단지를 머리 위로 들어 올려 보인 후 단검을 꺼내 자신의 팔을 찢어 피를 담았다. 그리고 옆 사람에게 돌렸다. 예전에 게일이 촬영장의 창고에서 했던 의식과 같은 것이었다. 하지만 다른 점이라면 그들은 각자 단검을 가지고 있다는 점이었다. 단검의 날은 모두 붉은색을 띠고 있었다.

게일은 알몸의 사람들을 헤집고 검은 로브의 사람들에게로 갔다. 그들이 바로 아마탄트 회원들일 것이다. 아마탄트 회원들이 감싸고 있는 것은 싸일러프라스 나무뿐 아니라 바닥에 거꾸로 꽂혀 있는 한 자루의 검이기도 했다. 반쯤 밖으로 나와 있는 블레이드는 아직 엷은 선홍색을 띠고 있었다. 하지만 주위에 있는 마기들을 불러들이느라 핏빛의 기류가 일렁였고 뇌전 같은 섬광이 번쩍이기도 했다. 검 손잡이에 조각되어 있는 두 명의 여신들은 금방이라도 두 눈을 뜨고 살아날 것만 같았다.

그것은 게일이 알고 있는 카하바나의 검이었다.

하지만 카하바나의 검이 곧 깨어나려 한다는 사실보다도 그의 시선을 빼앗은 것은 검 앞에 무릎을 꿇고 있는 사람이었다. 검은 로브를 입고 있었지만 가냘픈 어깨와 날씬한 뒷모습은 여자가 틀림없었다.

"마리로슈……?"

게일의 중얼거림을 들었는지 그녀는 자리에서 천천히 일어섰다. 그러자 카하바나 검과 그녀의 사이에 낯익은 얼굴이 보였다. 현재였다.

그는 땅을 뚫고 나온 싸일러프라스 뿌리에 온몸이 친친 감겨 있는 상태였다.

게일과 눈이 마주치자 현재는 곤혹스러운 듯 웃었다. 이마에 반점이 없는 것을 보니 아직 제정신인 모양이었다. 하지만 이런 끔찍한 의식을 제정신으로 보아야 한다니, 지독하게도 불행한 일이었다. 게다가 이 의식의 마지막 제물이라니…….

"왜 내가 아니라 그 녀석이지?"

"당신…… 또다시 그 애의 몸속에 들어간 거로군요."

뒤돌아 있던 검은 로브의 여자에게서 음성이 들려왔다. 넓은 공간이었기 때문에 나직한 음성이 길게 메아리쳤다. 게다가 아직도 계속되는 파이프 오르간 연주 때문에 그녀의 목소리는 거의 알아들을 수가 없었다. 하지만 게일은 자신이 기대하던 그 목소리가 아니라는 것을 충분히 알 수 있었다.

"넌…… 넌!"

여자가 몸을 돌렸다. 그녀도 얼굴에 은빛 가면을 쓰고 있었다. 그녀가 가면을 천천히 벗었다. 피 냄새 속에서 장미향이 짙게 풍겼다.

"……!"

게일은 무언가에 얻어맞은 듯한 표정이었지만 현재는 거의 넋을 잃었다. 로브 속에서 드러난 얼굴은 두 사람 모두에게 낯익은 얼굴, 재경이었다. 피처럼 붉은 공간 속에서 색소가 엷은 그녀의 두 눈은 고양이처럼 빛났다.

"후훗, 왜냐구요? 이것은 저의 제의제니까요. 제 검은 아무리 많은 피를 마셔도 늘 목말라 한답니다. 마지막으로 자신이 가장 사랑하는 자의 피를 마셔야만 그 갈증을 해소시킬 수가 있어요."

"마리로슈는… 그녀는 어디 있는 거냐!"

게일은 당장이라도 검을 휘두를 듯이 사납게 물었다. 그러나 재경은 고요하고 침착한 눈동자로 그를 응시했다. 반투명한 눈동자는 모든 것을 빨아들일 것만 같았다. 그녀는 재경이었지만 또 다른 사람의 모습도 가지고 있었다. 바로 이 제의제를 통해 부활하고 싶어하는 닉스 여신의 모습이기도 했다.

뎅…….

또 한 번의 종소리가 들려왔다.

"마리로슈는 제의제를 완성하기 위해 돌아갔답니다. 자기가 살던 세계로."

아미탄트 한 명이 단지 안에 모은 피를 카하바나의 검 주위에 뿌렸다. 그러자 블레이드의 붉은빛이 한층 더 짙어졌다. 게일은 붉은 기류 안에 세워져 있는 그 검을 노려보았다. 분명 마리로슈가 분신처럼 지니고 다니던 카하바나의 검이었다. 검이 여기에 있는데 돌아갔다고?

"그럼 설마 이 검은……?"

"의태랍니다, 카하바나 검의. 당신도 잘 알고 있을 텐데요?"

게일은 순간 쓰러지려는 몸을 겨우 추슬렀다.

"지금껏 그녀의 흉내를 낸 것도?"

재경은 고개를 끄덕였다.

"대부분 그녀의 뜻으로 제가 꾸민 일들이었죠. 알고 있나요? 우리처럼 닉스 여신의 선택을 받은 사람들은 스무 살이 되기 전에 여신을 몸속에 받아들이는 의식을 치러야만 하죠. 그러나 마리로슈는 당신과 바인더들의 추격으로 싸일러프라스 나무 근처에는 갈 수가 없었죠. 스무 살이란 시간이 가까워져 오면서 그녀는 점점 쇠약해져 갔어요. 하는

수 없이 다른 싸일러프라스 나무가 있는 곳을 찾다가 우리들과 연락이
닿은 거죠. 하지만 여신께서는 이미 이곳의 의식을 치를 사람을 저로
결정해 놓으셨어요. 대신 그녀는 이곳의 싸일러프라스 나무에서 생명
의 기운을 얻어 예전보다 훨씬 강해질 수 있었죠. 하지만 아무리 몸이
회복돼도 한 가지 치유할 수 없는 게 있었어요. 사랑하는 사람에게 증
오받아 다친 마음. 당신이 그녀를 용서하고 사랑했더라면 아마 좀 더
일찍 그녀와 만날 수 있었을 거예요. 하지만 당신의 마음속 증오를 알
고 있는 이상 우리들은 그녀를 지켜주어야만 했죠."

"닥쳐!"

이안의 날카로운 목소리가 넓은 실내를 짜랑하게 울렸다. 그러나 재
경은 말을 멈추지 않았다.

"그녀는 제가 현재를 사랑했던 것만큼이나 당신을 좋아했죠. 그래서
제가 이 의식에서 미련없이 그 마음을 버릴 수 있도록 축복해 줬어요.
그녀 역시 다음번엔 당신을 제물로 바치게 되겠죠."

"큭큭큭…… 그만 해. 역겨워서 들어줄 수가 없어. 사랑이라고? 너
희들은 애초에 사랑 따윈 할 수 없게 태어난 괴물들이야. 자신이 인간
이라고 착각하기 때문에 사랑 따윌 한다고 믿는 거겠지. 그렇게 얼음
장처럼 차가운 눈을 하고서 사람을 사랑한다고? 하! 사랑 따위를 주절
거리느니 차라리 괴물답게 포효라도 해보는 게 어때!"

게일의 외침에 재경의 얼굴은 싸늘하게 변했다.

"경고하는데, 이 의식에 당신은 상관하지 마세요."

뎅…….

또 한 번의 종이 울렸다.

콰지지직!

그 순간 붉은색에서 검은색으로 변한 카하바나의 검 주위의 땅이 쩌 억 갈라졌다. 의태한 카하바나의 검은 붉은 마기에 휩싸여 허공으로 높이 떠올랐다. 재경은 그 검을 붙잡으려 손을 뻗었다. 그러나 게일이 높이 뛰어오르며 먼저 검을 붙잡았다.

"그럴 수야 없지! 일단 저 제물 녀석과는 안면이 있는 사이고, 난 마 물들만 보면 투지가 불타올라서 말야."

카하바나 검을 붙잡은 게일의 손에서 연기 같은 것이 피어 나왔다. 검게 변한 검은 선택받지 않은 사람이 붙잡자 뜨거운 불길을 뿜어내며 저항한 것이다. 하지만 게일은 검을 놓지 않았다. 그는 손바닥이 타 들 어가는 데도 불구하고 그 검을 들고 현재에게 걸어갔다.

"이걸 저 녀석의 가슴에 꽂으면 이 의식은 끝나는 거란 말이지?"

그 말을 들은 현재는 사색이 되었다. 워낙 미친 짓을 잘하는 게일이 별안간 돌변해서 자신의 가슴을 찌를 것 같아서였다.

"호호홋, 내려놓는 게 좋을 거예요. 그러지 않으면 곧 정신을 차린 당신의 레이디 몸이 완전히 타버릴 테니."

재경은 빙긋 웃으며 게일을 바라보았다. 어리석은 아이를 지켜보듯 어딘가 오만하고 여유로운 구석이 있었다. 그녀의 몸속에 닉스 여신이 거의 다 들어온 모양이다.

여신은 게일의 에너지가 거의 다 떨어져 가고 있다는 사실을 아는 것 같았다. 게일조차도 아직까지 이안의 몸에서 튕겨 나가지 않은 것 이 신기할 정도였다. 하지만 최악이게도 게일은 지금 걸음을 옮기지 못할 정도로 기력이 모두 바닥난 상태였다. 마지막으로 그는 모든 힘 을 짜내 카하바나의 검을 휘둘렀다.

"이야아압!"

카하바나의 검은 그 두께만도 일반 검의 서너 배 이상이었고 무게는 이안보다도 더 나갈 것이다. 둔탁한 검이 허공을 갈랐지만 재경은 아무런 해를 입지 않았다.

그 순간 게일의 영혼은 결국 밖으로 빠져나오고야 말았다.

"여긴…… 아야!"

게일이 몸에서 나가자 정신이 돌아온 이안은 고통스러운 듯 양손을 겨드랑이 사이에 끼었다. 카하바나의 검을 쥐었던 손바닥은 화상으로 손가락이 서로 들러붙고 진물이 흘렀다. 이안은 온몸이 타는 듯 화끈거렸다. 하지만 더 끔찍한 건 주위의 광경이었다. 구역질날 것 같은 피냄새와 시체들로 산을 이룬 지옥도와 같은 광경이 눈앞에 펼쳐져 있었다.

"이곳이 미궁이야."

"으…… 최현재, 넌 왜 여기 있는 거야? 얼마나 찾았는데."

"설명하려면 복잡해. 내 뒤로 물러나 있어."

게일이 마지막으로 휘두른 검은 재경을 찌른 것도, 다가드는 마물을 베어낸 것도 아니었다. 그는 온 힘을 다해 현재를 묶고 있던 싸일러프라스 나무뿌리를 잘라낸 것이다.

졸지에 제물이 되었다가 풀려난 현재는 온몸이 욱신거리고 쑤셨지만 그런 것에 신경 쓸 틈이 없었다. 더 이상 꼴사납게 인질 따위가 되는 것은 그의 자존심이 허락하지 않았다. 더구나 제대로 정신 차리지 않으면 이안까지 화를 당하게 될 것이다. 하지만 그가 싸우기에 눈앞의 적들은 무시무시할 정도로 많았다.

인상적이고도 잔혹한 밤 8

뎅…….

다섯 번째 종이 울리며 드디어 자정이 되었다.

그러자 지금껏 제자리에서 움직이지 않던 아미탄트 회원들과 이성을 상실한 벌거숭이들이 싸일러프라스 나무를 향해 조여 들어왔다. 게다가 게일이 문 너머에 두고 온 마물들도 어느새 안으로 들어와 있었다.

현재와 이안은 사람들의 장벽에 갇혀 더 이상 도망갈 곳이 없었다. 이곳에서 나가려면 이 많은 사람들과 싸워야 하는 것이다. 아마 게일이라도 그건 불가능할 것 같았다. 그런 것을 아주 평범한 고교생인 현재와 이안 둘이서 해내야만 했다.

"죽여!"

누군가 소리쳤다. 그러자 사람들이 여기저기서 '죽여'라는 말을 연방 반복해 댔다. 현재와 이안을 향해서 하는 말이었다. 지금껏 서로를 죽여대던 광기가 단 두 사람에게로 모여들고 있었다. 재경이 죽이지 못하면 그들이 달려들어 몸을 찢어버릴 것 같았다.

두 사람은 그 살의에 심장이 뚫려 버리는 것 같았다. 하지만 현재는 각오를 단단히 하고 게일의 영혼이 빠져나가며 떨어뜨린 카하바나의 검을 붙잡았다. 하지만 재경이 한발 더 빨랐다.

"씨바……."

그녀는 검의 주인이었기 때문에 게일처럼 손이 타거나 하지 않았다.

주위에 흐르던 붉은 기류가 검을 잡은 재경의 몸 전체를 감싸기 시작했다. 엄청난 마기가 카하바나의 검과 그녀 주위로 모여드는 것이었다.

아직 상황 판단을 제대로 못하고 있던 이안이었지만 재경마저도 적이라는 것을 깨닫고 절망했다.

"그걸로 결국엔 내 심장을 찌르시겠다?"

현재가 냉랭하게 웃자 재경도 얼음처럼 차가운 미소로 대답했다.

"모두의 바람이다."

현재는 재경에게 닉스 여신이 빙의되었다는 것을 모르지만 평소의 그녀가 아니라는 것은 알 수 있었다.

"후후후, 왜 진작 몰랐을까? 네가 나를 좋아하지 않았다는 걸. 아니, 사실은 알고 있었던 건지도 모르지. 제멋대로 믿어버리고 싶었던 건지도……. 원래 사내 놈들이란 첫사랑에게 미련이 많은 법이거든."

재경은 바닥에 알약 몇 알을 던졌다. 몽환이었다.

"그걸 먹어라. 네가 선택된 것을 자랑스럽게 생각하게 될 거다."

"아니, 그런 바보 같은 짓은 한 번으로 족해."

"호호홋, 어리석은 아이로군. 어차피 여길 빠져나간다는 건 불가능하다. 여기 모인 마물과 사람들은 널 제물로 바치기를 바라니까. 그래야 영원한 생명을 얻을 수 있지. 날 좋아했다면 네 희생을 영광으로 생각해라."

"용서 못해. 좋아하는 마음을 이용해 먹다니……."

분노한 듯한 나직한 목소리에 재경과 현재는 힐끔 시선을 돌렸다. 이안이 커다란 눈을 치켜뜬 채로 재경을 노려보았다.

"현재가 얼마나 걱정했는 줄 알아요? 실종된 재경 씨를 며칠 동안 찾아다녔다고요. 얼굴이 핼쑥해질 정도로! 좋아하는 사람이 잘못될까 봐 걱정돼서 아무것도 할 수 없는 심정, 초조하고 피가 마르는 그 느낌, 문득문득 기분 나쁜 상상이 될 때마다 애써 마음을 가라앉히고… 그런 데 배신당한 것도 모자라 희생을 영광으로 알라고요?"

그 말을 하면서 이안은 울먹였다. 그러나 재경은 코웃음 칠 뿐이었다.

"흥! 그런 건 한가하고 어리석은 인간들이나 하는 생각이다."

"그래… 그런 마음, 당신 같은 사람은 아마 죽었다 깨어나도 모를 거야! 불쌍한 사람……. 현재는 당신을 용서할지 몰라도 나는 용서 못해!"

"용서 못한다고? 호호호홋!"

재경이 장내가 떠나갈 듯 웃어대는 동안 이안은 화상을 입어 진물이 흐르는 손으로 능력의 돌을 꺼내 들었다. 그녀의 손에 들려지기 무섭게 다섯 개의 돌에서는 푸른 빛이 쏟아져 나왔다. 그리고 회오리 같은 바람으로 변해 넓은 공간을 휩쓸고 지나갔다.

휘오오오…….

현재는 게일이 쏟아내는 정화의 바람이라는 것을 알 수 있었다. 그가 돌 속에 저장해 둔 검기로 조종하는 것 같았다. 하지만 솔직히 정화의 바람이라기보단 정화의 태풍, 아니면 정화의 회오리라는 이름이 더 적당했다.

바람이 내부를 휘젓자 카하바나 검을 향해 뭉글뭉글 몰려들던 붉은 마기들이 모두 튕겨져 나갔다. 그들을 죽이라고 소리치던 사람들과 마물들도 바람에 휘말려 더 이상 가까이 오지 못했다.

태풍의 눈과 같은 공간 속에 남아 있는 것은 재경과 현재, 그리고 이안 세 사람뿐이었다. 갑작스레 뒤바뀐 상황에 재경은 당황해하는 것 같았다. 그녀는 붉은 입술을 잘근 깨물고는 가련한 목소리로 말했다.

"현재야, 내 몸속에는 지금 닉스 여신이 들어와 있어. 나는 그분을 섬기는 사제로서 그 뜻을 따르지 않으면 죽게 돼. 제의에 실패한 사제는 영혼의 안식도 할 수 없지. 영원토록 어둠 속을 방황해야 하는 거야. 무서워……. 하지만 네가 나의 제물이 되어준다면 우리는 생명의 나무에서 생명을 받아 영원히 살 수 있을 거야. 너와 나, 우리 둘이 영원히 사는 거지."

조금 전의 오만하던 태도는 어디로 사라지고 그 모습은 애달프기만 했다. 그녀는 연기자다. 알고 있는 현재였지만 마음이 흔들렸다. 차갑고 제멋대로인 것처럼 보여도 사실 그는 마음이 매우 약했다. 재경은 그 사실을 알고 있는 것 같았다.

"흥, 저런 괴물 나무 따위가 영생을 줄 리 없잖아. 최현재, 재경 씨 말은 듣지 마! 그녀의 검을 얼른 빼앗아!"

지금의 이안은 단호하고 매서웠다. 현재 앞에서는 수줍음 많고 바보스러울 정도로 소극적이었지만 막상 위기 상황 앞에서는 게일 못지않게 박력적이었다. 현재가 제정신이었더라면 이런 이안에게 매력을 느꼈을지도 모를 일이다. 그러나 그는 지금 두 소녀들 사이에서 아무런 행동도 취하지 못하고 가만히 서 있기만 했다.

"나는 그 뜻을 따르지 않으면 죽게 돼. 제의에 실패한 사제는 영혼의 안식도 할 수 없지. 영원토록 어둠 속을 방황해야 하는 거야. 무서워……. 하지만 네가 나의 제물이 되어준다면 우리는 생명의 나무에서 생명을 받아 영원히 살 수 있을 거야. 너와 나, 우리 둘이 영원히 사는 거지."

　현재는 이 말을 되풀이 생각했다. 비록 자기를 이용했다고 해도 그녀가 죽는 것은 보고 싶지 않았다. 더구나 영혼마저 고통받고 안식할 수 없다니… 그 생각을 하자 왠지 모르게 가슴이 아프고 슬픔이 밀려왔다. 왜 그토록 감상적인 생각을 하게 됐는지는 그 자신도 이해할 수 없었다. 마치 홀린 것만 같았다. 영생 따위를 믿는 건 아니지만 차라리 자기가 제물이 되어 죽는 게 나을 것 같다는 생각이 들었다.
　"……!"
　갈팡질팡하던 현재는 순간 무언가에 얻어맞은 것처럼 몸을 움찔했다.
　그러더니 능력의 돌을 들고 있는 이안에게로 걸어갔다. 멍하니 있던 그가 결연한 얼굴로 움직이자 재경과 이안은 긴장하며 그를 지켜보았다.
　파앗!
　현재가 순간적으로 달려들자 이안은 능력의 돌을 어이없이 빼앗겨 버렸다. 그러자 주위에 맴돌던 정화의 바람이 순식간에 사그라들었다. 바람 때문에 접근하지 못했던 마물들은 다시금 서서히 몰려들어 왔고 재경이 들고 있는 검은 마기를 불러들였다. 다시 처음과 같은 상태로 돌아온 것이다.
　"최현재, 뭐 하는 거야! 어서 돌을 이리 내!"
　이안이 달려들어 빼앗으려 했지만 발빠른 그는 재빨리 몸을 피했다. 그는 달리기 시작했다. 싸일러프라스 나무를 향해서였다.
　"안 돼!"

현재가 무슨 생각인지를 비로소 깨달은 재경은 막으려 달려들었다. 하지만 그녀는 움직임이 어딘가 부자연스러웠다. 오랫동안 움직이지 못해 관절이 굳어진 사람 같았다. 그러나 카하바나의 검이 뿌리는 마기는 끔찍할 정도로 섬뜩했다. 검이 휘둘러지자 현재가 들고 있는 능력의 돌에서도 푸른 빛이 뿜어져 나왔다.

지이이잉…….

반가운 울음소리였다. 어느새 현재의 손에는 웨일 소드가 푸른빛을 발하며 들려 있었다. 다섯 개의 돌들은 그를 보호라도 하려는 것처럼 주위에서 빙빙 맴돌았다.

현재가 배신하지 않았다는 사실을 깨닫고 이안은 한숨을 내쉬었다. 하지만 재경이 그의 뒤를 바싹 쫓고 단검을 든 아미탄트들도 몰려들고 있었으니 뒤가 위험했다.

이안은 가방 속을 뒤져 무기가 될 만한 물건을 찾았다.

"이것도 아니고… 저것도 아니고……."

거울이나 빗 같은 것 대신 드라이버와 스프레이, 테이프, 본드 등이 나왔다. 보통 여고생의 가방에서는 절대 나올 수 없는 물건이었지만 프라모델 조립이 취미인 그녀에게는 매우 익숙한 물건들이었다.

이안은 그중에서 스프레이를 무기로 선택했다. 그리고 가방에서 라이터를 꺼냈다. 언젠가 게일이 담배를 피우다 넣어둔 것이다. 하지만 화상을 입은 손으로는 그것들을 들고 다닐 수가 없었다. 그녀는 양손에 테이프를 감아 오른손에는 스프레이를 왼손에는 라이터를 고정시켰다. 그리고 여전사처럼 분연히 일어섰다.

"흥! 누가 너희들 따위에게 현재를 내줄 줄 알고? 받아라!"

화르르륵!

이안은 라이터 불 위에 스프레이를 뿌려댔다. 금방 화염방사기가 되어 불꽃이 분사되었다. 아무리 제정신 아닌 사람들이라 해도 기세 좋은 불꽃을 보자 놀라서 물러섰다. 그녀의 화염방사기를 얕보고 덤벼들던 마물들은 고약한 냄새를 피우며 불에 타버렸다. 불붙은 놈들 중에는 길길이 날뛰다가 사방에 불을 옮겨붙이는 놈들도 있었다. 그녀는 계속 불꽃을 뿌려대며 현재의 뒤를 엄호했다.

한편 현재가 웨일 소드를 들고 달려들자 살아 있는 나무는 가지를 뒤흔들며 공격했다. 그가 민첩하게 잘 피하자 급기야 두 개의 거대한 줄기 중 하나가 위로 천천히 올라오더니 허연 액체를 흩뿌렸다.

촤아아아!

현재는 웨일 소드를 휘둘러 물방울을 튀겨냈다. 놀랍게도 가느다란 웨일 소드는 어떤 방패보다 완벽하게 그의 몸을 막아주었던 것이다. 허연 액체가 떨어진 바닥은 염산이라도 부어놓은 것처럼 거품을 내며 타 들어갔다.

'고마워, 게일.'

현재는 마음속으로 조용히 말했다. 만일 게일이 아니었더라면 자기도 꼼짝없이 그 꼴이 될 뻔한 것이다. 그가 들고 있기는 했지만 웨일 소드는 게일의 능력으로 움직이고 있었다.

조금 전 재경의 말에 홀려 대신 목숨을 내놓으려던 현재의 사고 속으로 이상한 파장이 흘러 들어왔었다. 언젠가 이안이 위험에 처했을 때 무언가에 끌리듯 와서 그녀를 구해주었던 적이 있었다. 그때와 비슷한 느낌이었지만 이번에는 좀 더 구체적이었다. 마치 게일이 멍청한 녀석이라고 호통 치는 듯했다. 그것은 점차 선명한 목소리가 되어 이안에게서 돌을 빼앗으라고 했다. 그러면 자기가 웨일 소드를 불러낼 테니 눈앞의 괴물 같은 나무를 찌르라고.

그래서 현재는 이안에게서 돌을 빼앗아 달아났던 것이다. 공격해 오는 적을 피하는 것은 그의 능력이었지만 그 적들을 정확하게 공격하는 것은 웨일 소드를 조종하는 게일의 능력이었다.

"내 의식을 망치려 하다니…… 용서 못해!"

등 뒤에서 재경의 앙칼진 고함과 함께 공기가 찢어지는 듯한 소리가 들렸다. 카하바나의 검이 내지르는 비명이었다.

챙!

현재가 몸을 뒤로 돌리는 찰나 웨일 소드가 반응하며 재경의 검을 막아냈다. 두 개의 검이 맞부딪치며 요란한 쇳소리가 쩌렁쩌렁하게 울렸다.

"……!"

재경을 마주 보게 된 현재는 순간 굳어진 듯 움직이지를 못했다. 그녀가 입고 있는 로브는 물론이고 얼굴 여기저기에 타 들어간 흔적들이 보였던 것이다. 싸일러프라스 나무가 뿜어낸 독을 미처 피하지 못한 것이다. 조각 같던 얼굴은 그 고통 때문인지 잔뜩 일그러져 있었다. 고양이처럼 빛나는 두 눈동자가 원망으로 가득했다.

슈칵!

"우윽!"

현재가 주춤하는 사이를 재경은 놓치지 않았다. 카하바나의 검은 왼쪽 가슴을 찔러왔다. 웨일 소드가 재빨리 쳐내는 바람에 다행히 옆구리를 베이는 것으로 끝났다. 하지만 생각보다 상처가 깊은 것 같았다. 현재는 신음을 지르며 울컥울컥 피가 솟아나는 옆구리를 움켜쥐었다. 그러나 재차 공격을 하려던 재경은 등 뒤의 뜨거운 기운을 느끼며 몸을 피했다.

화르르르륵!

"현재를… 현재를 다치게 하다니!"

이안의 분노는 게일이 폭주할 때와 버금갈 정도로 끔찍했다. 그녀가 화염방사기를 마구잡이로 휘두르자 재경은 감히 다가들지도 못했다. 카하바나의 검이 엄청난 무기이기는 했지만 움직임이 부자연스러운 주인에게는 무용지물이었던 것이다.

오히려 이안의 즉석 화염방사기의 위력이 더 엄청났다. 현재는 재경이 움직이지 못하는 사이를 틈타 나무 위로 기어 올라갔다. 게일에게 나무의 거대한 두 개의 줄기가 갈라지는 지점이 약점이라는 말을 들은 것이다.

싸일러프라스의 등걸은 울퉁불퉁했기 때문에 기어오르기가 어렵지는 않았다. 하지만 힘을 줄 때마다 옆구리에서 피가 울컥울컥 쏟아져 나오고 그 피에 발이 미끄러졌기 때문에 힘들었다. 현재는 이를 악물고 조금씩 조금씩 위로 기어 올라갔다. 손이 엉망이 된 이안이 자기를 위해 싸우고 있다는 생각을 하면 분발하지 않을 수 없었다. 그동안 마물들이 공격해 오기도 했지만 웨일 소드로 막아냈다.

나무 위의 거대한 줄기가 갈라진 부분은 생각보다 평평했다. 그 위에 올라서자 정가운데 부분이 숨을 쉬듯 펄떡거리는 게 보였다. 가죽으로 만들어진 것처럼 만지면 보드라울 것 같았다. 어린 신생아의 정수리 같았다. 그 순간 그의 의지와 상관없이 웨일 소드가 머리 위로 높이 들어 올려졌다.

"안 돼애—!"

크흐흐흐흥……

재경의 찢어지는 듯한 소리와 마물들의 비명 같은 아우성이 들려왔다. 아래를 내려다보니 모든 마물과 사람들이 싸일러프라스 나무 아래로 몰려들어 기어오르려 하고 있었다.

양손을 머리 위로 들어 올리고 아우성치는 모습은 마치 지옥에서 구원을 바라는 장면 같았다. 조금 전까지 화염방사기를 들고 맹렬히 싸우던 이안은 보이지 않았다. 설마? 그러자 게일의 음성이 뇌 속을 울렸다.

"아직 숨은 붙어 있어. 어서 찔러! 그래야만 레이디도 살아날 수 있다!"

"안 돼! 제발 날 버리지 마, 현재야! 난 영원히 안식하지 못하고 고통받게 될 거야. 난… 난…… 죽기 싫어!"

애원하는 재경의 얼굴은 너무나도 애달팠다. 죽음 앞에서도 당당할 것처럼 도도하던 그녀는 찾아볼 수 없었다. 현재는 재경이 연기자라는 사실 따윈 까맣게 잊어버렸다. 겁에 질린 얼굴이 안타까울 뿐이었다.

"뭐 해? 안 찌르고!"

"……"

"닉스 여신은 교활하다. 재경의 몸에 적응할 때까지 시간을 벌려는 속셈이야. 어서 찔러!"

게일이 재촉했다. 아까부터 재경의 움직임이 엉거주춤했던 건 오랫동안 잠자던 여신이 그녀의 몸에 완전히 적응하지 못했기 때문이다.

망설이던 현재의 눈에 얼핏 이안의 모습이 들어왔다. 마물들에게 당했는지 온몸이 상처투성이로 쓰러져 있었다. 이안이 그렇게 작고 가냘픈 여자애라는 것을 현재는 새삼 깨달았다.

그녀를 보면 어렸을 적 키웠던 작은 강아지가 생각났다. 너무 작아서, 힘주어 만지면 터질 것 같아서 아주 살며시 보듬어 안아야만 했다. 그리고 손 안에서 팔딱거리는 심장을 느꼈을 때 현재는 태어나서 처음으로 감동이라 걸 느꼈다. 그 작은 녀석이 너무나 귀여울 때는 괜히 못살게 굴고는 했다. 그럴 때면 짖어대기도 했지만 금방 잊고 다시 꼬리를 흔들며 다가오던 그의 어린 친구.

그사이 재경은 마기에 휩싸이며 천천히 몸이 허공으로 떠오르고 있었다. 어느새 그녀는 현재가 서 있는 나무 꼭대기와 같은 높이로 올라왔다. 싸일러프스 나무가 뿜어낸 독에 얼굴과 옷이 군데군데 타버리기는 했지만 여전히 아름다웠다. 오히려 피에 젖어 있는 그녀는 잔혹할 정도로 매력적이었다.

재경은 입고 있던 로브를 벗었다. 얇은 흰옷이 바람에 너울거리며 아름다운 실루엣이 그대로 드러났다. 그녀는 그 흰옷마저도 벗어버리고 완전한 나신으로 현재에게 한 발 한 발 다가왔다. 우윳빛 살결과 선홍색 가슴이 물결치듯 움직였다. 그녀의 전신에 흐르는 유혹적인 분위기에 현재는 온몸이 마비되는 것만 같았다. 갑자기 목이 마르고 가슴이 답답해졌다.

그녀와 함께하고 싶어…….

그것을 아는지 재경의 입꼬리에는 묘한 승리자의 웃음 같은 것이 걸렸다.

"최현재, 이리 와. 나와 함께 있어줘. 네가 필요해…….."

"듣지 마! 어서! 닉스 여신이 완전히 깨어나면 나 따윈 상대도 안 돼!"

"아악!"

게일의 외침과 함께 짧은 비명 소리가 들려왔다. 쓰러져 있던 이안을 거대한 마물이 덮친 것이다. 그녀의 가냘픈 모습은 금방 보이지 않게 되었다.

이안과 재경을 번갈아 바라보던 현재는 드디어 결심을 굳힌 듯 말했다.

"미안해…….."

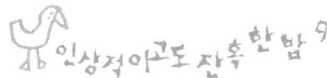
인상적이고도 잔혹한 밤 9

"어서 나가자."

"하아… 하아…… 괜찮아, 최현재?"

"너야말로 걸을 수 있겠어?"

"그럭저럭……."

이안은 그 말을 채 끝내기도 전에 앞으로 고꾸라지며 정신을 잃었다. 현재는 쓰러지려는 그녀를 받아 안았다. 빨리 옮기지 않으면 목숨이 위태로워 보였다. 마물들에게 팔과 다리를 뜯어 먹혀 뼈가 드러나 있었고 화염방사기로 싸우느라 그녀는 반쯤 화상을 입은 상태였다.

현재는 옆구리에서 피를 뚝뚝 흘리면서도 이안을 들쳐 업었다. 하지만 그도 심한 부상을 입어 더 이상 움직이기가 힘들었다.

"후우… 후우……."

여기저기 옮겨 붙은 불은 사방을 태웠다. 서늘하던 지하 안은 한여

름처럼 더웠다. 불꽃 속에서 싸일러프라스 나무와 그 나무 앞에 쓰러져 있는 재경이 보였다.

재경은 나무와 생명이 연결되어 있기라도 한 것처럼 나무를 찌르자마자 쓰러지더니 미라처럼 쪼그라들었다. 우윳빛 피부는 쪼글거리며 검게 변했고 넘실거리는 머리카락마저 백발로 변했다.

와르르르…… 퍼억!

천장을 받치고 있던 서까래가 불에 타며 재경에게로 무너져 내렸다. 사방에 반짝이는 재들이 흩날렸다. 현재는 더 이상 그녀의 모습을 볼 수가 없었다.

"우욱……."

현재는 오열했다. 옆구리의 통증이 극심해졌기 때문인지 매우 고통스러웠다. 눈물이 흘러내렸다. 아니, 어쩌면 육체보다 다른 곳이 더 아픈 건지도 몰랐다.

무섭게 번져 가던 불은 잠시 후 바닥에 쓰러져 있는 시체를 태우고 흥건하던 피의 강마저 덮어버렸다.

케에에에에!

불길 속에서 싸일러프라스 나무가 가지를 흔들며 아우성을 질러댔다. 놈은 자기가 가진 독을 사방에 맹렬히 쏘아대며 독비를 뿌렸다. 더 많은 사람이 자신과 함께 지옥으로 떨어지길 원하는 것 같았다. 도망치려던 사람들은 그 독비를 맞고 쓰러졌다. 이안을 업고 있던 현재의 몸도 점점 무너져 내렸다. 독비에 맞았기 때문인 것 같았다. 하지만 아프거나 하지 않았다. 점점 정신이 희미해질 뿐이다.

'안 돼…… 이안이를 살려야 하는데…….'

가물가물해지는 시야 앞에 시퍼런 빛이 나타났다. 희미해지는 의식

속에서 현재는 아주 잠깐 이상한 사람을 본 것 같았다. 긴 머리카락 사이로 드러난 음울하고 짙은 암록색 눈동자…….

"게일……?"

불이 난 지하실 입구를 서성이던 사람들은 불꽃 속에서 누군가 걸어 나오는 것을 보았다. 소년 한 명이 소녀를 업고 비틀거리며 나오고 있었다. 그들의 처절한 몰골에 사람들은 잠시 할 말을 잃었다.

소년은 온몸이 피로 흠뻑 젖은 상태였는데 팔과 다리에는 불이 붙어 살갗과 함께 타 들어가고 있었다. 하지만 그보다 더 심각해 보이는 것은 소녀였다. 살점이 여기저기 떨어져 뼈가 드러나 있었고 온몸은 화상으로 엉망이었다.

"너희 괜찮니?"

다나가 재빨리 물을 뿌리며 현재의 몸에 붙은 불을 껐다.

"나… 보다 이안이를 어서……."

그 말을 끝으로 현재는 다리가 꺾이며 무너졌다. 승수가 가까스로 이안을 안아 들었고 시내와 다나는 현재를 부축했다.

"어서 구급차를 불러요!"

사색이 되어 소리치는 시내에게 다나는 고개를 저어 보였다.

"다리가 잠겨 구급차도 소방차도 못 불러요. 게다가 주치의 선생님도 아까부터 안 보여요!"

"이대로 이 애들을 죽일 셈이에요! 무슨 다른 수라도 써봐요! 구급차가 안 되면 헬리콥터라도 부르든지!"

현재는 손을 흔들어 시내를 저지했다. 그는 또다시 말을 하려 했지만 목이 잠겨서 소리가 나오지 않았다. 현재가 계속 뭔가를 말하려 애쓰는 걸 보다 못한 시내는 귀를 가까이 가져다 대고 소리쳤다.

"뭐라고? 상록 씨가 어쨌다고?"

"그가… 그가… 가지고 있는…… 약……"

"약?"

"치료될 수 있다고……"

"안 돼. 상록 씨는 죽었어. 경찰서에서 시체를 인수해 갔어."

시내가 우울하게 대답했지만 현재는 고개를 저었다.

"그가… 옷 속에 가지고 있어요……. 약을… 어서 옷을……"

"옷?"

다나가 눈을 동그랗게 뜨며 끼어들었다.

"그래, 옷이라면 아직 한 경위님 차 안에 있을 거야. 그 아저씨는 아직 여기 남아 있거든. 거기에 중요한 약이 있단 말이지?"

현재는 천천히 고개를 끄덕인 후 정신을 잃었다. 다나는 바람이 불도록 밖으로 뛰쳐나갔다. 그녀의 평소 거짓말 실력과 소매치기 기술이라면 충분히 약을 빼돌릴 수 있을 것이다.

"저 아가씨는 도대체 종잡을 수 없는 인물이로군."

승수는 현재와 이안을 로비에 있는 소파로 옮기며 고개를 저었다. 두 사람은 다나로 인해 난데없이 감금되었지만 탐정 겸 흥신소 직원인 승수의 만능열쇠로 금방 탈출할 수 있었다. 그래서 집 안을 돌아다니며 조사를 하다가 다나와 마주쳤을 때는 놀라서 머리카락이 주뼛 일어섰다. 하지만 다나는 오히려 기뻐하며 그들을 이 지하 앞으로 끌고 온 것이다.

잠시 후 다나가 붉은색 비단 주머니를 들고 뛰어왔다. 게일이 상록의 조상에게서 받은 것이었다. 안에는 두 개의 알약이 들어 있는데 색깔이 거무튀튀했다. 무척 오래되어 변색된 것 같았다.

"정말 이 약을 먹여도 괜찮을까?"

"이대로 놔두면 어차피 둘 다 죽게 될 거야!"

승수가 주저하자 시내는 단호하게 소리치며 두 사람의 입 안에 물을 흘려 넣고 알약을 먹였다. 그러나 경과를 지켜볼 시간은 없었다.

"어서 나가십시오. 불길이 곧 여기까지 번질 거예요!"

아직 저택에 남아 있던 경찰들은 집 안에 있던 사람들을 대피시키기 위해 넓은 저택을 분주하게 뛰어다니고 있었다.

지하에서 발생된 불은 이제 1층까지 올라와 넘실거렸고 매캐한 연기는 바닥에 자욱하게 깔렸다. 소방 헬기를 불렀지만 오는 동안이면 저택은 복구될 수 없을 정도로 타버릴 것이다.

"구조대가 올 동안 제 차로 아이들을 옮겨요!"

시내는 이안을, 승수는 현재를 들쳐 업고 뛰었다. 현관문을 나가 그녀의 차까지 가는 시간은 대략 3분 정도 걸렸다. 이안의 뜯겨진 살이 재생되고 현재의 상처들이 사라지기에는 충분한 시간이었다.

"세상에!"

"뭐야! 어떻게 된 거야?"

차 안에 두 아이들을 내려놓던 시내와 승수는 놀라서 할 말을 잃었다. 조금 전까지 시체 같은 몰골을 하고 있던 아이들은 말짱한 모습으로 새근새근 잠들어 있었다.

두 사람이 요 근래 겪은 이상한 일들 중에서도 가장 기괴한 일이었다. 시내는 두 아이들이 정말 사람이 맞을까 싶어 이안의 통통한 볼을 살짝 꼬집어보았다. 그 순간 이안이 눈을 뜨는 바람에 까만 눈동자와 시선이 마주쳤다.

"미, 미안!"

자기도 모르게 화들짝 놀라는 시내를 보며 이안은 빙그레 웃었다. 도저히 어린 소녀가 지을 수 있는 미소가 아니었다. 무척이나 지치고 우수에 차서 슬퍼 보이는 웃음이라고나 할까? 이런 웃음을 시내는 평생 다시 볼 수 없을 것 같았다.

"모, 몸은 좀 괜찮니?"

이안은 고개를 끄덕였다. 까만 눈동자는 아스라이 물기를 머금고 있었다.

"부탁이 있어."

"무슨⋯⋯."

"내가 다시 정신이 들거든 지금 내가 하는 말을 전해줘. 그래, 그 녹음기인가 하는 걸 빌려주면 좋겠군."

승수는 만년필처럼 생긴 녹음기를 켜서 이안에게 들려주었다. 그러자 이안은 모두 차에서 나가달라고 다시 한 번 부탁했다. 영문을 몰랐지만 그녀의 부탁이 너무나 정중해서 들어주지 않을 수 없었다. 그들은 이 괴상한 소녀가 최초로 정중하게 부탁하는 사람이라는 것을 꿈에도 알지 못했을 것이다.

"그런데 이번 사건을 어떻게 정리해야 하는 거지? 너무 엄청나서 어디부터 어떻게 써야 할지 엄두가 안 나."

시내는 차 범퍼에 올라앉으며 담배에 불을 붙였다. 길게 한 모금 빨았다가 내뱉자 마치 모든 일들이 꿈처럼 느껴졌다. 승수도 담배를 입에 물고 그녀의 불을 빌렸다.

"게다가 초자연적인 현상들까지 얽혀 있지. 만약 우리가 본 걸 전부

다 기사화하면 아마 난리가 나겠지?"

"호호, 아마 날 당장 정신병원에 집어넣으려 할 거야. 잡지사에서 짤리는 건 말할 것도 없고."

"잡지사에서 짤리면 찾아와. 마침 어벙한 조수 녀석이 그만둬 버렸거든."

"흥, 그럼 이제부터 네 물주는 누가 하니? 적당히 짜를 건 짜르고 모자라는 말은 애매한 단어로 채워 넣고 그러는 거지. 그게 베테랑 기자의 노하우거든."

"젊은 기자양반이 많이 타락했군."

"먹고 산다는 게 원래 그런 거지 뭐."

눈앞에 있는 다나의 저택은 어느새 불꽃이 창문을 뚫고 나와 있었다. 마치 거대한 마물이 집 안에서 빠져나오기 위해 아우성치는 것 같은 모습이었다.

그들의 등 뒤에 있는 차창 유리 안에서는 녹음기를 들고 있던 이안이 다시 쓰러지듯 의자에 눕고 있었다. 그러자 능력의 돌에서 알 수 없는 기운이 정신을 잃은 이안의 주위를 부드럽게 맴돌다가 허공으로 흩어져 버렸다.

제12화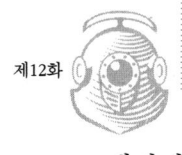

레이디

레이디

“이안아!”

“응?”

“너, 요즘 왜 그렇게 정신이 빠져 있어?”

“내가 그랬나?”

방과 후 집으로 돌아가는 이안에게 뛰어온 민주는 고개를 갸웃하며 뚫어지게 쳐다보았다. 확실히 예전과 뭔가 달라져 있었다.

“집안에 무슨 문제 있니?”

“아니.”

“실연당한…….”

멀리서 그녀들을 본 현재가 다정하게 웃으며 뛰어왔다. 누가 봐도 이젠 그가 이안을 쫓아다니는 것 같은 관계였다. 이런 걸 역전이라고 하는 걸 거다.

"…건 아닐 테고."

뭐가 문제인지 민주는 도통 알아낼 수가 없었다.

"그런데 너한테서 왜 실연당한 여자처럼 처연한 분위기가 나는 걸까?"

"농담 그만 해."

"음… 갑자기 성숙한 분위기도 나고. 요즘 너한테 눈독 들이는 남자 애들도 한둘 아니더라."

"그런 녀석이 있다면 먼저 나한테 알려줘. 내가 합격시킨 녀석들만 이안이 주위에 있도록 허락할 거니까."

두 사람에게 뛰어온 현재가 말했다. 민주는 입술을 삐죽 내밀었다.

"흥, 그럼 백 년이 가도 합격자가 안 나오겠네 뭐."

"아니야, 나보다 더 잘 보살펴 줄 것 같은 남자라면 언제든지 합격이지."

"어우~ 닭살커플……."

야유를 부리는 민주 옆으로 혜라가 도도하게 다가왔다. 또 어떤 시비를 걸지 몰라 세 사람은 사뭇 긴장했다. 하지만 그녀는 콧소리를 내며 이안에게 달라붙었다.

"저기, 이안아. 오늘 모처럼 시간도 나고 해서 너희 집에 한번 놀러 갈까 하는데……."

뜻밖의 제안이라 세 사람은 어리둥절했다. 그러자 혜라는 약간 부끄러운 듯 얼굴을 붉혔다.

"저기… 그 너희 집에 있는 사람 말야, 이름이 게일이라고 했던가? 잘 지내지?"

그 말이 끝나기 무섭게 이안의 커다란 눈에 눈물이 글썽였다.

"미안…… 나 급한 일이 생각나서 먼저 가볼게."

"이안아!"

"걱정 마. 내가 따라가 볼게."

"쟤 갑자기 왜 저래? 야, 오늘 안 되면 내일도 시간 나니까 괜찮아! 게일 씨한테도 안부 전해주고."

"게일 때문에 그래?"

결국 현재는 이안의 집까지 쫓아왔다. 집 앞에 도착해서야 이안은 걸음을 멈추고 고개를 끄덕였다.

"너무하잖아. 어떻게 한마디도 없이 떠날 수 있는 거야."

"그도 어쩔 수 없는 이유가 있었겠지."

"승수 아저씨가 녹음기를 빌려줬다는데 아무 말도 없었잖아. 떠날 땐 꼭 알려달라고 했는데… 작별 인사 정도는 해줄 수 있잖아. 너무해…….. 난 그의 레이디란 말야. 레이디에게 작별 인사도 없이 떠나는 나이트가 어디 있어! 엉터리 나이트야……."

이안이 흐르는 눈물을 소매로 닦자 현재가 손수건을 내밀었다.

"손수건도 챙기지 않는 레이디에게 예의는 필요없다, 그런 거 아니었을까?"

현재의 농담에 이안은 눈물이 그렁그렁하던 눈을 흘겼다.

"아직도 그가 사라졌다는 게 믿기지 않아. 어느 날 갑자기 아무렇지 않은 얼굴로 돌아와 있는 건 아닐까, 혹시 밤마다 내 몸을 빌려 마물을 잡으러 다니진 않는 걸까, 지나가다 눈이 마주치는 사람이 있으면 그가 다른 사람의 몸속에 들어가서 날 보고 있는 건 아닐까 생각도 해. 이상하지? 난 게일이 어떻게 생겼는지 알지도 못하는데 왜 이렇게나 그리운 걸까? 그에 대해서 아는 건 아무것도 없는데 마치 가족, 아니, 그보다 더 가까운 무언가가 사라져 버린 것처럼 허전해."

"그를 너의 일부분으로 받아들였기 때문일 거야. 그건 아마 좋아하는 것보다 더 깊은 감정이겠지."

"그런 걸까?"

현재는 이안의 어깨를 두들겨 주었다.

"힘내. 게일보다 더 좋은 사람이 나타나기 전까지 내가 너의 나이트가 되어 지켜줄 테니. 그게 스승님에게 받은 임무니까."

"평생 안 나타나면?"

"평생 나이트로 복종하는 거지. 한 번 나이트는 영원한 나이트 아니겠어?"

"후훗, 됐어. 나이트 같은 거 이젠 사양하고 싶어."

이안이 웃는 걸 보고 나서야 현재는 돌아갔다. 요즘 그는 확실히 자상하고 부드러웠다. 하지만 이안은 그다지 행복감을 느낄 수 없었다. 현재와 함께 있기만 하면 더 바랄 게 없을 것 같았는데 무언가 중요한 게 한 가지 빠진 것만 같았다. 게일 때문인 걸까?

대문을 열고 들어가려던 이안은 우편함에 소포가 들어 있는 것을 발견했다. 보내는 사람 이름이 박시내였다.

잘 지냈어요?

얼마 전 취재차 청목 수양원을 찾아갔더니 폐원되고 말았더군요. 권중원 사장과 이 일에 관계되었다고 생각되는 사람들도 그날 이후 실종되어 행방이 묘연하고요. 화재의 발화점이 되었던 지하는 조사해 봤지만 사람의 시체는 한 구도 발견되지 않았어요. 지하 안에는 거대한 나무 한 그루뿐이었다는 조사 보고를 들었답니다. 마치 그날 밤 겪었던 일들이 꿈같다는 생각이 드네요. 이안 학생도, 나도, 거기 있던 사람들도 모두 다 함께 기괴한 꿈을 꾼 것이 아닌가 하는……. 기사를 쓰려고 며칠 밤 고민하던 끝에 어디서부터 써야 할지 엄두가 나지 않아 결국 포기하고 말았죠.

하지만 내가 꿈을 꾸지 않았다는 것만이라도 확인하고 싶어 쉽게 손을 뗄 수가 없더군요. 그래서 최근 다시 권중원 사장의 저택에 갔다가 의외의 수확을 거뒀죠. 난 내가 꿈을 꾼 것이 아니었다는 걸 확실히 알 수 있었어요. 그것으로 만족하고 취재 수첩을 모두 접기로 했죠.

그러나 이안 학생에게 이것만은 보여줘야만 한다는 판단이 들더군요. 이안 학생에게는 참 많은 것을 묻고 싶은데 어차피 물어봐도 말해 주지 않겠죠? 만나게 되면 계속 조르게 될 것 같아 이렇게 소포로 보내요.

동봉한 것은 비디오 테이프예요. 그날 지하에서 벌어진 일들은 모두 몰래 카메라로 녹화되고 있었더군요. 화재로 인해 상당 부분 훼손되었지만 몇 분 정도는 볼 수 있을 거예요. 화면이 나오는 부분부터 테이프를 감아놨으니 바로 보면 돼요.

그럼 건강한 학교 생활 되길 바래요.

이안은 문을 잠그고 비디오 테이프를 기기 안에 밀어 넣었다. 파란 화면이 깜박이다가 영상이 나오기 시작했다. 떨림이 심했다.

화면 속에 나온 곳은 불바다가 된 지하실이었다. 자신이 현재에게 업혀 있었다. 뼈가 군데군데 드러나고 심한 화상을 입어 흉측한 괴물 같았다.

이안은 그때 입었던 화상 자국이 갑자기 뜨거워지는 것 같았다. 자기를 업고 몇 발자국 걸음을 떼어놓던 현재는 급기야 제자리에 주저앉고 말았다. 불길 속에서 그의 두 눈이 점점 감겨갔다.

그러자 현재의 주머니에 들어 있던 돌이 옷을 찢고 나와 허공에 떠올랐다. 무언가 알 수 없는 기운이 그들을 감쌌다. 이안은 TV 모니터에 얼굴을 바싹 가져다 댔다. 확실하지 않지만 사람의 형체가 보이는 것 같았다. 하지만 떨림이 심해선지 모습을 자세히 볼 수가 없었다. 얼핏 보이는 형체가 긴 머리에 망토를 쓴 것 같은 기묘한 차림이었다.

'저 사람이 게일?'

그 흐릿한 그림자에 의해 현재와 이안이 불길 속에서 끌려 나왔다. 싸일러프라스 나무가 그에게 독비를 뿌려댔지만 게일은 피할 생각도 하지 않았다. 두 사람을 보호하기 위해서였다.

이윽고 불길이 미치지 않는 곳으로 나온 게일은 그들을 바닥에 내려놓았다. 여전히 흐린 형체라 생김새를 자세히 볼 수가 없었다. 비디오 헤드를 청소하고 별의별 짓을 다 해봐도 마찬가지였다. 그래서 이안은 그의 움직임 하나하나를 놓치지 않기 위해 눈을 깜박이지조차 않았다.

그의 실루엣이 정신을 잃은 이안의 앞에 머물렀다. 그는 꽤 오랜 시간을 그렇게 서 있었다. 자기를 향해 무언가 말을 하고 있는 것 같았다. 그녀는 볼륨을 최대한 올렸다. 잡음 소리뿐이었다.

쾅!

이안은 화가 나서 비디오 기기를 후려쳤다. 그렇다고 달라지는 것은 없었다. 아무리 스피커에 귀를 기울여도 그의 숨소리조차 들을 수 없었다. 그가 어떤 표정으로 이야기를 하고, 어떤 음성으로 말을 하는지, 어떤 눈을 가졌는지, 어떤 체취가 나는지 아무것도 알 수 없었다.

그런데도 그가 그리웠다. 도대체 무엇을 그리워하는 건지도 알 수 없었지만 그리워서 눈물이 날 것만 같았다.

그날 밤 이안은 게일이 정리하고 떠난 빈방에서 잠을 잤다. 그리고 긴 머리의 커다란 남자가 자신을 내려다보는 꿈을 꾸었다. 검은 옷을 입고 허리에 검을 차고 있어 무척이나 살벌한 모습이었는데도 무섭지 않았다. 그를 보고 있으려니 왠지 슬픈 기분마저 들었다. 그의 신발 위에 내려앉은 먼지에서 지친 여행자만이 가질 수 있는 우수를 느꼈기 때문일까? 하지만 누구도 길들일 수도, 소유할 수도 없을 것 같은 남자. 그것이 그의 첫인상이다.

그는 가까이 다가오더니 이안의 앞에 한쪽 무릎을 꿇었다. 뭔가 맹세라도 하려는 자세였다.

그가 매우 지쳐 보여 이안은 그대로 편히 앉아 쉬기를 바랐다. 이곳이 여행의 종착점이기를 바랐던 건지도 모른다. 하지만 그는 금방이라도 떠나갈 듯한 자세로 이안을 물끄러미 바라보았다. 그의 눈은 굉장히 짙은 초록색이었다. 깊은 숲 속의 향내가 날 것 같은, 곧 그리워질 것 같은 눈. 그것이 그의 눈이다.

한 번도 웃지 않았을 것 같은 그의 얼굴에 잔잔한 미소가 번졌다. 그는 이안의 이마에 살포시 입을 맞추며 말했다.

"이것으로 영원한 작별이로군, 나의 레이디."

매우 맑고 부드러운 음성. 슬픈 중저음의 바리톤. 그것이 그의 목소리다.

이안의 눈꼬리에서 눈물이 흘러내렸다.

〈끝〉

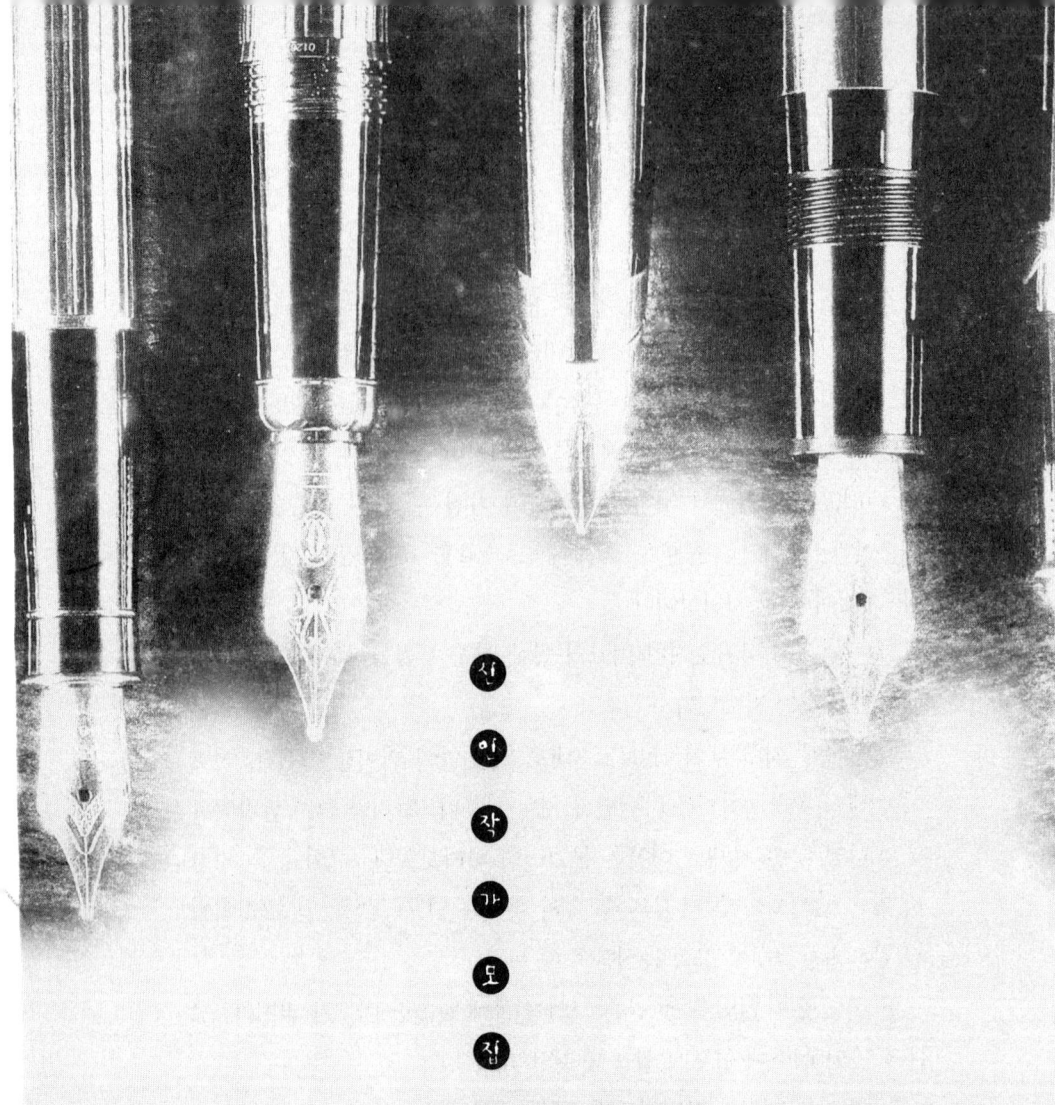

신
인
작
가
모
집

시작이 반이라고 했습니다.
작가의 길에 대한 보이지 않는 벽을 과감히 깨뜨리십시오!
청어람은 작가 지망생 여러분들의
멋진 방향타가 되어드리겠습니다.

저희 도서출판 청어람에서는
소설 신인 작가분들을 모집합니다.
판타지와 무협을 사랑하시는 분들의 많은 참여를 바랍니다.
소정의 원고(A4용지 150매)를 메일이나 우편으로 보내주시면
검토 후 출판 여부를 알려드리겠습니다.

주소:경기도 부천시 원미구 심곡1동 350-1 남성B/D 3F 우편번호420-011
TEL:032-656-4452 · **FAX:**032-656-4453
http://**www.chungeoram.com**
e-mail:chungeoram@chungeoram.com